光文社文庫

プラ・バロック

結城充考

光　文　社

目次

プラ・バロック……5
解説――今、ここにある悪夢　有栖川有栖《ありすがわありす》……419

序章

雨粒を受けて、地表に次々と波紋が広がる。

これまでにはなかった効果。新しく加えられた表現。

アゲハはいつもの場所、いつもの店に入った。

キリがいた。

アゲハ久し振り、と高い椅子に座って両脚を揺らし、キリがいった。以前よりもいっそう赤い口紅の色。

アゲハは頷《うなず》き、木目の浮かんだカウンタ、キリの隣に腰掛ける。

これ、とキリが何かをアゲハへ送った。

「こういうことでしょ……」

とキリはいった。

アゲハは受け取ったものを身につけてみた。銀色の紐から下がった、鉄色の小さな丸い固まりが揺れた。

真珠を模した球形。けれど、少しだけ歪《ゆが》んでいる。

凄く、よくできている。

期待した以上の仕上がりだった。椅子から降りて、そのペンダントが揺らぐ様子をアゲハは確かめる。

アゲハはキリへ向き直り、スカートの裾を両手で摘んで、ふわりと軽くお辞儀をしてみせた。

キリが微笑《ほほえ》んだ。

＋

階段を駆け上がった。

三〇二号室の前には、いつの間にか沢山《たくさん》の捜査員が密集している。クロハは息を切らしながら見渡し、管理官を探す。

部屋のすぐ近く、エレベータ前のフロアで、管理官は鑑識課の一人と話をしていた。

呼吸を整えろ、とクロハは自分へ命じた。腐敗の始まった遺体の臭いはフロアにも届く。

口元を引き締め、口紅の感触をクロハは確認する。緊張で、唇が乾き切っているような気がしたのだ。

「管理官」

呼びかけたクロハは、染みの多いコンクリートの床を小走りに蹴りつつ、

「部屋を契約していた人物が分かりました」

クロハの呼び声にも管理官は振り返らず、片手で、待て、という仕草をした。鑑識員の言葉に耳を傾けている。クロハへ向けた手のひらを、自分の首に戻した。顎下の鬚を指先で伸ばしながら、鑑識員の話を聞いていた。

「……もう少しアルミ粉を叩いてみなければ分かりませんが」

と鑑識員がいい、

「今のところ、部屋からはほとんど指紋が検出されていません」

「計画的。殺人だろうな」

背広の襟を正すようにして、管理官がいう。クロハを見た。

「そう視《み》るしかない……で、何だ」

「管理会社へ問い合わせました」

クロハは真っ直ぐに立ち、

「三〇二号室を借りたのは、被害者本人です」

「間違いないか」

「はい」

クロハは手に持った学生証を差し出し、

「被害者の所持品で、鞄《かばん》の中に入っていたものです。当人の学生時代のものです。鑑識課の許可を得て、持ち出しました。管理会社へ写真を見せて確かめたところ、間違いない、ということです」

「契約した相手を一人一人覚えているのか。その会社は」

管理官の厳しい目。白髪の多く交じった髪。場数を踏んだ警察官らしい表情。

「被害者が三〇二号室を借りて、まだ四日です」

クロハは静かに答える。

管理官がクロハから目を逸《そ》らす。クロハの伝えた事実はその場をわずかに混乱させ、フロアの空気を少し重くしたようだった。

数秒の沈黙ののち、管理官が口を開いた。

「……殺されるために部屋を借りたようなものだな」

独り言のようにいった。クロハは小さく頷いた。

可能性はあるかもしれない、と思う。

「だが殺人は殺人だ」

そういうと管理官は声に張りを足し、

「外の検視官を呼んでくれ。捜査本部を立てる。所轄の人間はいるか。本部の捜査一課は司法解剖の準備」

殺人は殺人。それは間違いない。

階段へ戻ろうとしたクロハは、自らが所属する、機動捜査隊の班長の姿を廊下の奥に認め、歩き出した。

写真機を手に忙しく動く撮影班の隙間を縫って足を運び、三〇二号室の前を通り過ぎる時には、狭い部屋の内部をもう一度視界に収めた。

蛋白質の腐る臭いが強い。鉄を連想させる匂いもあった。息を止めているはずなのに、鼻の奥を刺激する。帰宅した隣人が異臭を管理会社へ訴えたのも、当然のこと。

部屋の壁は、赤黒く変色していた。遺体の上を蝿が飛び交っていた。

警察医の証言を待つまでもない。遺体の男の首筋には大きな裂傷があり、それが動脈まで届いたために部屋の壁の一面、その半分近くは血で染められることになった。凶器となった大型の調理用ナイフは、鑑識課によってもう片付けられている。

細かい傷だらけのフローリング。血の付着していない側の壁紙も煤《すす》けていて、あちこちが剝がれ、建物自体の古さをそのまま表し、同時に賃貸料が安価であることも示していた。部屋から視線を外し、クロハは、やはり、と思う。

この部屋には生活感がまるで、ない。

小さな折り畳み机。机の上に銀色の電気ケトル。部屋の隅には、張りもなく潰れた肩掛け鞄。石鹸と着替えとオーディオ・プレーヤが入っていたはず。被害者の所持品は、ほとんどそれだけだった。

——殺されるために部屋を借りたようなもの。

本当に、クロハはそんな気がした。越したばかりにしても、余りに所持品が少なすぎた。これから新しい場所で、新しい何かを始めよう、と考えていた風には見えなかった。

自分殺しを依頼し、そのための部屋を借りる。ありえない、とはいい切れない。自らの命を絶とうという人間が、誰かの力を借りることで死の訪れをより確実なものにする、という方法はこれまでにもあったし、自宅を死に場所に選ぶとは限らないのだから。

でも、本当にそうなら。

もっと楽な、静かな死に方を望んだはずだ、とクロハは思う。遺体は苦しみにのたうち回った跡がある。身を捩《よじ》って倒れていた。捩れた形で、腐敗していた。

殺人は殺人。

部屋から離れても、まだ腐臭はクロハにまとわりついた。

吐き気がうっすらと、胸の奥に溜まる。

けれど、これこそ私が望んだものだ、とクロハは決意を込め、大きく息を吐く。

さらなる捜査の前線を求めて、自動車警邏《けいら》隊からの異動を望んだからこそ、ここにいる。何処《どこ》の課よりも早く事件捜査に乗り出す機動捜査隊の一員となったのは常に、こんな場面に居合わせるためだ。

歩く速度を上げる。初めての大仕事となるだろう。

初動捜査を担当する機捜の一員としてクロハは聞き込みを続け、捜査本部が機能する前に、小さな一つでも手掛かりを見付けて捜査員へと引き継がなければならない。

腰につけたポーチの重さをクロハは意識する。小物入れに見せかけた偽装ホルダ内部の自動拳銃の重さを。

今後の指示を受けようと近付くクロハに、強行犯捜査係長との会話を終えた班長も気がついた。人差し指で招き、

「クロハ、ここはもういい。お前、今から埋め立て地へいけ」

意外な命令にクロハは動揺し、

「埋め立て地。どういうことです……」

「別の事案がある。臨港署の警務課の手伝いにいってくれ」

すぐには、クロハは返事ができなかった。

警務課。所轄の警務は、総務の仕事も兼ねている。雑役、人事、経理。

「……どんな事案ですか」

「そんな顔をするな」

班長は眉間に皺を寄せ、

「臨港署は刑事課も生活安全課も人員が足りないんだ。誰かが手伝ってやらねばならん。助けてやれ。住民相談係の仕事だ」

班長と管理官は似ている、とクロハはふと考える。白髪の量も、捜査経験の多さも。厳しい表情を作ると、満身に不思議なほど説得力が宿る、その能力も。逆らえるはずがないことは、クロハにも分かっていた。

クロハは相手を睨《にら》みつけていたことに気がつき、少し俯《うつむ》いた。薄く開けた唇の隙間から緊張が全て抜けてゆくようだった。

「どんな事案ですか」

警務課の手伝い。クロハは努めて平静な口調を作り、改めて聞く。

「揉めごとだ。レンタル・コンテナの」

「コンテナというのは」

「いけば分かる。管理会社が自社のコンテナを開けるのに、立ち会うだけでいい」

簡単な仕事だ、といいたげな班長の声色にクロハは苛立《いらだ》った。まるで、私が楽な仕事を望んでいる、みたいないい方。

「下で地域課の車が待っている。それに乗れ。早くいけ」

「はい」

クロハは踵《きびす》を返した。何も考えるな、と胸の内だけでいった。

階段を急いで降りようとしたが、踊り場で、クロハの足は自然と止まった。

壁に大きな窓が設置されていて、花を模した鉄格子の先に、建設中の高層建築がいくつか見えている。厚く重たげな雲が、建造物頂上に接触しそうだった。クロハは街の周辺部にある低層住宅街、その建物の一つの、踊り場に立っていた。

これから向かうのは、さらなる外周。埋め立て地。工場と倉庫ばかりがひしめく地区。

風景はいつの間にか明度を落としていた。陽のかげりと、雨雲によって。

廊下の蛍光灯が、きんと小さな音を鳴らして、点灯した。その瞬間、クロハは腕に強い圧力を感じる。見ると、上腕を背広服の人間につかまれていた。

県警本部捜査一課の男。腕章がそのことを知らせていた。男はクロハの、思わず大きく開けた目を見下ろして、薄く笑ったようだった。

「よう。夕食つき合えよ。聞き込みにいく前に」

手を離さず、男がいった。腕に鈍い痛みが走った。三十をいくらか過ぎた男の顔に見覚えはあった。

「……これから臨港署の事案がありますから」

「臨港署の事案なんぞ、外国人労働者の喧嘩くらいしかないだろ。機捜がわざわざ出向くのか？」

「命令ですから」

「ああ、そういうことか。班長さんが姫君のために、いい仕事を回してくれた、ってわけだな」

言葉がクロハの心を波立たせ、

「あなた、階級は」

「巡査部長……あんたと同じさ、クロハ殿。経歴でいえばそれは俺の……」

「だったら、命令を受けるいわれはない、ということ」

クロハは目を細める。視線は逸らさなかった。

きついいい方に、男は息を呑んだらしい。大きな手のひらが、クロハから離れた。

「……一人の夕食も悪くない。でしょ」

そういって、クロハは男の体をすり抜け、階段を降りる。

小娘が、という吐き捨てられた台詞《せりふ》が、かすかな腐臭とともに、クロハへ届いた。

＋

夏の終わりをクロハは実感する。夜の訪れと同時に、周囲は急激に冷えた。雨のせいもあった。降り出した雨滴はすぐに数を増やし、その一つ一つが大きかった。

クロハはコンテナの一台に、身を寄せた。

襟足のところで髪を留めていたゴムを外した。反発心がそうさせたのかもしれない。今日はもう、走り回ることもないだろう。髪の先端が肩甲骨の辺りに広がる。

コンテナ群はまるで鋼鉄の迷路だった。

銀色の大きな直方体が二段に重なり、視界を遮《さえぎ》る壁となって並んでいた。敷地内の貧弱な照明を受け、コンテナは表面を鈍く光らせている。そこに大量の雨水が伝い落ち、有機的な、奇妙な潤いを与えていた。

クロハは目前のコンテナ上部に、監視カメラを発見する。本当に機能しているのだろうか。防犯意識を見せつけるための、単なる飾りかもしれなかった。これだけの広い敷地に守衛の一人もいない、という業務形態がクロハには不思議だった。

コンテナを越えた先に、独特な形の建造物が姿を見せていた。港湾振興会館。港の玄関を意味して埋め立て地に造られた、青い鳥居のような巨大な公共物。

展望室や飲食店を備えていても、それ等を利用する者が少ないのは、離れていてもすぐに判断できる。振興会館は暗かった。壁面を彩るはずの照明も、いつからか点灯されることはなくなっていた。振興会館の姿は、ほとんど背後の雨雲に溶けていた。

クロハは視線を落とした。

コンテナに近付いたことで斜めに降る空からの雨は避けられても、アスファルトの地面を跳ね返る水滴は次々と、クロハのスラックスと新品の革靴を濡らし続ける。染みができないだろうか、と気がかりだった。

でも、それよりも問題は。クロハは自嘲したい気分になる。

いつ風邪を引いてもおかしくないってことよね。

シャツ一枚で守られた自分の両腕を、クロハは手のひらで抱えた。

待ち合わせたはずのレンタル・コンテナの職員はまだ現れない。クロハは道路を振り返った。車の中で待とう、と決めた。クロハを置いてすぐに交番へ帰るはずだった警察車両は、まだ動き出さないようだから。寒さで、本当に歯が鳴りそうだった。

石油製油所の蒸留塔群が遠くに見える。多くの雨の斜線の向こうに、強く輝く光を連《つら》ね、金属製の要塞のような存在感を示している。奇麗、とクロハはそう思った。

警察車両の中では二人の巡査、制服警官が、どうやらクロハのために雨具を探しているらしい。クロハが後部座席扉を開けると、困惑顔が揃って小さな会釈をした。扉を閉じた途端、雨が風景を叩く音が弱くなった。それだけでも、クロハは少し落ち着くことができた。

二人の顔色に気付かない振りをして、声をかける。

「コンテナのスタッフ、まだみたいね」

「……この時間、埋め立て地は工場帰りの人間で、急に車が増えるんですよ。それに巻き込まれたんでしょう」

運転席に座り直して地域課の警察官がいった。年齢は二十代半ば。クロハと同じくらい。そうですか、とクロハは返答し、

「まだ、ここにいて、いいんですか」

「傘もないのに、この雨ですから。つき合いますよ。引き継ぎは少し待って欲しいと、無線連絡をしておきました」

「すみません」

「いえ……コンテナのスタッフさえ来れば、すぐに終わるでしょうし」

クロハの隣に座る女性警官は、新人のように見えた。十代かもしれない。紺色の制服がクロハを懐かしい心地にする。クロハにしても自邏隊《じらたい》の制服から私服姿に変わって、まだ二ヶ月だというのに。

「これ、全部レンタル用なの……」

クロハはコンテナを窓越しに指差して、女性警官へ訊ねた。

少し緊張した顔で、女性警官が答える。

「はい。全部のコンテナが、倉庫としてレンタルされています」

「二階部分のコンテナはどうやって開けるのかしら」

「車輪のついた階段があるんです。階段を動かして、昇って」

「借りた本人がそれを使うの？　ここ、管理人も守衛も全然いないのね」

「空いた土地の有効利用ですから。コンテナも全部、運送会社から払い下げられたものを並べただけで」

と運転席の警察官が口を挟み、

「この辺りは道路も広くて、路上駐車も自由だから駐車場を作っても誰も利用しません。レンタル・コンテナは契約書と身分証の写しさえ受け取れば、宅配便でコンテナの鍵を渡して、後は自由に何でも出し入れしてください、という簡単なものです。基本的には顧客の自己責任。支払いはコンビニエンス・ストアから先払い。こういうところは、あちこちにありますよ」

「そう……」

「一応スタッフが見回りに来る、ということですが、実際はどうなんでしょうね。しかし……鍵は頑丈だし、こんな辺鄙《へんぴ》な場所に貴重品を保管するとは思えないし、どのコンテナが使用されているのか外からは分からないし、盗みに入っても、苦労と成果が釣り合わないんじゃないですか」

そういうものかな、とクロハは思い、

「で……料金を払わずに、荷物を入れたままの客がいる、と。いつからなの」

「契約時以降、入金が途絶えているそうです」

と女性警官が答え、

「相談の電話を受けたのは私です。一ヶ月分は契約の時に支払われる保証金から充当されるそうで、実質的にはひと月分の未払いになります」

クロハは頭の中で計算する。契約時の入金は先払い分と保証金合わせて二ヶ月分。ひと月滞納。つまりコンテナは三ヶ月間、放置されていたことになる……

「そういう場合、コンテナの中身は廃棄するわけでしょ。契約書によると。廃棄する時には一々、臨港署が立ち会っているの？」

「いえ、普通はしません」

「じゃあ……」

これは普通じゃない、っていうの。クロハは首を傾《かし》げた。殺人の現場から埋め立て地へ来るのに時間はかからず、事案の細部はまだ聞いていなかった。

「普通ではないんです」

女性警官は生真面目にいい、

「これから開けるのは、冷凍コンテナですから」

クロハの横で窓硝子《ガラス》が突然大きな音を立てた。

驚き、振り向いたクロハは、覗き込む初老の男と目が合った。

片手で傘を差し、薄緑色の作業服を着て雨の中、硝子を懸命に拳で叩き、到着を告げていた。

やって来たレンタル・コンテナの職員は一人だけだった。警察車両の数メートル後ろに少し古びたワゴンが停められていた。

職員は、渋滞に巻き込まれました、という言葉を繰り返した。地域課警官から聞いた説明と、そっくり同じ話だった。地域課警官は職員を急《せ》き立て、冷凍コンテナへクロハ達をすぐに案内するよう、命令口調でいった。

敷地内を先導する職員の傘に入るわけにもいかず、クロハは住民相談係の女性警官とともに、再び雨に濡れることになった。コンテナ沿いに歩き、できるだけ雨粒を避け、敷地の奥へと進む。

「普段は、冷凍コンテナは出していないんです」

時折振り向く職員の声はちょっと掠《かす》れていて、雨音に紛《まぎ》れてしまいそうで、

「冷凍のためには電気を通さなければいけませんから、他より仕組みが複雑で、保管に気をつけなくてはいけなくて……お客さんの要望がなければ、コンテナごと本社の倉庫にしまっておきます」

説明しなれた口調ではあった。

「普通のものよりも、レンタル料がかかるのでしょう？」

女性警官が訊ねた。職員に続き、クロハの前を歩いている。

「五倍程度ですかね……冷凍コンテナは一ヶ月、二十万くらい」

それが高いのか安いのか、クロハにはよく分からない。

水の流れが表面を覆う、銀色のコンテナの迷路の中を次々と曲がり、奥へ向かう。

遠くには港湾振興会館がぼんやりとある。

仮想空間にいるみたいだ、とクロハは思う。

「契約者へ連絡はしたんですか」

クロハはすぐに浮かんだ疑問を、口にした。

「もちろん。電話は常に不通。住居も遠くないですから、二度訪ねてみましたが不在でした。何かあって逃げた、というのは想像したくない事態ですね……」

「今から荷物を運び出すんですか」

女性警官の質問に、

「内容を確認したのち、決定します。何か入っているなら、できるだけ早く運ぶつもりですが」

職員がまた少し振り返った。警察官が二人とも女であることを、不思議に思っているような顔。営業用の低姿勢の中に、不審が垣間《かいま》見える気がした。

気のせいよ。クロハは一人、つぶやいた。小娘が、という台詞を思い出す。

「今日は内容を確かめるだけです。今、立ち会っていただければ、それで……」

「どうして冷凍コンテナだと、立ち会って欲しいんです……」

そうクロハは聞いた。少し口調を強くした。

「入っているとすれば、海産物のはずですから。港から揚げて、ここで一時保管する。冷凍コンテナはそういう使われ方をします。水産業の人間が、試験的な取引相手がいる場合、短期間借りる形です。だから」

「だから……」

「海産物には高価なものもありますから……冷凍機を止めればすぐに傷《いた》み、価値は消えます。古本や自動二輪みたいに、空いた何処かに取り敢えず置く、ということはできないから。揉めごとにならないよう、警察に立ち会いをお願いします……ということです」

住民相談係というのは人がいいのね、とクロハは考える。重要事案が魚介類に変わったかと思うと、溜め息が出そうだった。

視界が少しだけ広がった。

フェンスが見えた。その先は雑草の生えた空き地だった。手前に、周りのコンテナとは質感から違う、真っ白に塗装された直方体が設置されていた。二×二×六メートル。他のコンテナと同様、大きさはそんなところだろう。

機械の振動音が聞こえる。冷凍装置の室外機が、コンテナに張りついている。

コンテナの中央に小作りの扉があった。職員は真っ直ぐそこを目指している。住宅に使われるような、ノブのある扉だった。銀色のコンテナの、両開きの無骨な出入り口とは違っていて、丁寧に作られた印象だった。

正面に着くと職員は首をすくめ、作業着を片手で探った。小柄な姿がいっそう小さく見えた。咳をしながら、プラスチックの札のついた鍵を取り出す。ノブに鍵を押し込み、なかなか納得がいかないように何度も回している。

ようやく扉を開け、職員は内部の明かりをつけた。蛍光灯の光と一緒に冷気がコンテナ内から漂い出し、クロハが歩を進めるのを躊躇《ちゅうちょ》させる。

諦めて中へ入り、二人の後ろから見渡した。

凍った水分をつけた頑丈そうな鉄の三段棚は、コンテナの内周を入り口の空間以外、完全に埋めていた。半透明のビニルに包まれた、大きな海産物をそれぞれの段に載せている。床に小さな踏み台がある。コンテナの中ではぶつかる雨の音が大袈裟に響く。

寒さがクロハの顔に刺さるようだった。

職員も女性警官も無言でいた。凍りついたみたいに。

クロハは仕事を促《うなが》そうと一歩前進し、そして何かがおかしいことを知る。

立ちすくむ行為が正常であることを、知る。

魚、とは見えなかった。

クロハが認めたように思ったのは、人魚が大勢凍っている、という光景だった。

棚のほとんど全ての隙間に、横たわっている。ビニルに包まれ、薄《うっす》らと姿を晒して。

そんなはずはなかった。鱗ではない。服の皺や模様が、一瞬そう見せただけだ。クロハは手首に巻いていたゴムを外し、頭の後ろで髪を束ね、留める。

遺体だ。全て。

人間の遺体。

髪の長い女性。胴の太い男性。眼鏡を手に持ち、仰向けに寝る青年。

クロハは素早く数える。

十四体。

十四の遺体が、コンテナの中で凍っている。人のいない棚の空間は、わずか一箇所あるだけだ。

がたがたと大きな足音を出して、動揺した職員が後退った。

それに合わせて、女性警官が短い、息を呑む悲鳴を上げたが、その時クロハはすでに警察車両へ向けて駆け出そうとしていた。クロハも女性警官も無線機器を持ち出していない。

「携帯で本部通信指令室へ連絡っ」

声を張って女性警官へ指示を出し、クロハはアスファルトへ踏み出した。

水飛沫。

一

そろそろ捜査会議から抜け出すべき時機だろう。

首を裂かれ死んだ男について建物の管理会社から得た話を、特別捜査本部、朝の第一回捜査会議で報告することだけが、クロハの役割なのだから。役割はもう済んでいる。

殺人事件特別捜査本部は、クロハにとって馴染《なじ》みのある場所に設置されていた。国道沿いの大きな警察署。二階には、クロハの所属する機動捜査隊分駐所がある。

報告が終わり次第、もう一つの事案、冷凍コンテナの件へ戻ることになっていた。けれど、なかなか席を立てずにいた。興味深い情報が、捜査員達によって次々と明らかにされてゆくからだった。

被害者は事件の一週間前まで精神科に通院しており、鬱病と診断されていたという。賃貸契約したその日の夕刻、被害者は集合住宅の一室に入居した。

被害者の血液から、バルビツール酸系睡眠薬が検出された。

死因は左耳下の頸動脈を刃物で刺されたことによる失血死。犯人は数回に亘《わた》り、明らかに頸動脈を狙い刺し、引き裂いている。

死後硬直と腐敗による変色、腹部膨張の状態から、管理人による発見時、遺体は死後およそ六十五時間経っているものと推定。

床と扉枠からは、被害者とは別人のものと思われる手のひらの触れた痕跡が、被害者の血液の微《かす》かな付着として数箇所見付かっているものの鮮明ではなく、掌紋として採用することは難しい。

死亡推定時刻と同時間帯の夜、被害者の部屋から床を強く叩くような音が聞こえた、という階下の住民による証言。


クロハは考える。情報を合わせれば――被害者は鬱病から逃《のが》れようと新しい生活を始め、睡眠薬を飲んで就寝したその夜、何者かに襲われた……

クロハはそっと立ち上がった。

会議室の一角を占める庶務班の一人が手元のキーボードを叩き、報告の概略を記している。結果は天井から下がった大きな液晶モニタに、箇条書きとなって表示される。クロハはその書き込みを待つ、ちょっとした会議の隙を見計らって、外へ出ようとした。

失礼します、と小声で一礼し机から離れると、静まり返った広い会議室に、クロハの足音が意外に大きく鳴った。会議へ参加する直前、分駐所で懸命に泥を落とした革靴が、発した音。会議室の正面には捜査陣の幹部が一列に並んでいる。理事官も管理官も署長もクロハの所作を気にした風はなかった。

長い机が多く連なる会議室。百人近い捜査員。クロハはその隅の一警察官にすぎない。

「早くいけ」

短くいったのは、席上、クロハの隣にいた班長だった。班長も、クロハを見なかった。

はい、とほとんど口の動きだけでクロハは返答した。

＋

灰色の雲がずっと空を覆っている。雨は昨夜のうちに止んでいた。

臨港警察署は三階建ての小さな、古びた建物だった。埋め立て地全域を担当する所轄署がこれほど年老いた建築物だとは、クロハは想像していなかった。玄関先に入ると、蛍光灯の明かりさえ薄暗く感じてしまう。

一階の警務課で来意を告げると、奥で副所長がこちらへ会釈するのが見えた。改めて頭を下げるクロハに、背広姿の警察職員が案内を申し出てくれた。

「三階の講堂ですか」

とクロハが確認すると、

「はい。会議室よりもずっと広いですし」

そういう職員は、カウンタの向こうから狭いエントランスへ出て来つつ、

「会議室は警務課の奥にあって、出入りしにくいですから。うちの署でも、頻繁に利用しますし」

クロハは階段近くの、壁につけられた案内図を眺める。最上階の図に目を遣《や》れば、そこはほとんど講堂と道場の二室だけで構成されている。クロハがさっきまでいた、会議室だけでも四つを収める大規模警察署のフロアとは、規模が全然違っていた。

案内されるまでもない。

「大丈夫です。分かりますから。ありがとうございます」

クロハは職員が先導しようとするのを止めた。

そうですか、と職員はいった。少し残念そうにも見えた。たぶん本部の人間が合同捜査にやって来る、ということ自体珍しいのだろう。クロハの周辺が、何となくそわそわして

いる感じだった。

人が少ないな、と思う。私の勤める警察署の何分の一だろう。

「もう会議は始まっているようですよ」

職員がいう。クロハは一礼して、その脇を通り過ぎた。


エレベータはなかった。階段をこつこつと踏み三階に到着すると、すぐにクロハのくぐるべき扉が視界に入った。

扉には『臨港変死事件合同捜査班』の張り紙。

クロハがこれから参加する専従捜査の拠点となる場所だった。結局、埋め立て地の冷凍コンテナの件で、捜査本部が立てられることはなかった。死者が多数であっても、整然としすぎたその状況は自殺の線が濃厚で、追うべき加害者がいないのであれば、捜査員を大量動員する必要もない。

講堂内に足を踏み入れると、全員の目がクロハへ向けられた。

「遅れてすみません」

とクロハは謝るが、遅刻することはすでに伝えてあった。室内の空気に変化はほとんどなかった。

あの殺人事件特捜本部と張り合えるのは、拠点の広さだけだろう、と頭を上げたクロハはつい、そんなことを考える。

講堂そのものは広く、それだけに部屋を占める捜査員の人数が貧弱に見えた。臨港署の好意、と考えるべきでも、がらんとした一室、その片隅に十人に満たない人員が集まる様を見て取れば、寒々しく感じないわけにはいかなかった。

建物自体と同様、室内も使い込まれた様子だった。白い壁紙は、清潔にされてはいても何処かくすんだ印象だった。壁際の机に、古ぼけた珈琲メーカが一つ。

そして捜査員は寄せ集め。一目見ただけで分かる。中にはクロハとともに冷凍コンテナに入った、住民相談係の若い女性警官も交ざっていた。灰色のスーツ姿が、ぎこちない感じだった。

全員真剣な表情で、ひどく余裕のない態度。ただ一人を除いては。

捜査の実質上の指揮を執るはずの男。

持っていた受話器を傍らの電話機へ置き、近寄るクロハをちらりと見て、いった。

「機捜の鋼鉄の処女《アイアン・メイデン》がお通りだ」

「本部機動捜査隊……分駐所所属、クロハです」

男の皮肉な笑いを無視して、クロハは挨拶をした。

昨日からの徹夜の疲れが急に、クロハの体内に出現するようだった。顔を思わずしかめてしまうのは、止められなかった。何てこと……

捜査班を指揮するのは、県警本部刑事部の主任だとは聞いていた。けれどそれ以上のことは、クロハは知らなかった。殺人のあった場所。その階段で私の腕をつかみ強引に食事へ誘おうとした男が、再び目前にいる。

「さて、挨拶からやり直さにゃならんとはな。まあ、いいさ。優しくいこう。ここで揉めて、何々ハラスメント扱いされちゃたまらない」

男は最前列の机の上に腰掛けて足を組んでいる。背広の外側に両手を突っ込み、体を斜めにしたまま、

「本部捜査第一課強行犯捜査係のカガだ。今度はよく覚えとけよ」

厄介な人間に絡まれることになった、という手触りをクロハは感じる。

カガの同僚、フタバという男が挨拶をした。巡査長で、定年間近ではないかと思われた。

県警本部からはもう一人が出向いていた。クロハの顔へちらりとだけ目を遣って、すぐに顔を伏せる。

「サトウです。生活安全部生活安全総務課。電脳犯罪対策室所属の巡査です」

クロハよりも若い。痩せぎすな、神経質そうな青年。一人だけ、デニムを穿いている。

清潔な印象ではあった。

臨港署の住民相談係、新人らしき女性警官は、ハラ、と名乗った。昨夜聞いているはずだったが、クロハは覚えていなかった。クロハに余裕がなかったせいだ。指示に従って雨の中、よく動いてくれたことだけは記憶していた。

他の三人も、臨港署の人間だった。

タケダは刑事課強行係、首の細い初老の巡査部長。

イシイは三十代、防犯係の小柄な巡査長だった。二人とも、捜査への緊張が顔色に表れている。

私は日によってはお手伝いできないかもしれません、ということを、交通捜査係の巡査、若手の警察官がいった。その時は誰か他の人間が入れ替わり捜査に参加します、という。常に専従捜査員でいられる暇はない、という意味だった。臨港署の人員数からすれば、仕方のない話といえた。

全て合わせて、八名の捜査員。

「あんたは……いつまでこっちにいられる?」

カガが顎で指すように、手近な椅子へ座ろうとするクロハへ訊ねた。

「……七日間です。特別な事情がなければ」

「機捜だからな。そんなものだろ。まあ、俺等も今回はさほど変わらない。本部の人間は、いわば、お手伝いだ」

「捜査指揮官はあなただと聞いていますが」

「名目だけさ。合同捜査班って名前はいただいているがね。こういっちゃ何だが……臨港署にしては、死体の数が多すぎる。そこで、本部の人間の指示を受けて、捜査を円滑に進めようってことさ。そうだよな、タケダさん」

臨港署の古株らしいタケダは目を瞬《しばたた》かせながら、丁寧に答えた。

「正直いって、こういう事案は初めてですから……冷凍された遺体が全部自殺だとすればそれぞれの身元は広域に亘るかもしれません。それならば最初から本部の指示を仰いだ方がいいと」

「ついでに、人手不足も本部から補充、責任も回避、って腹だ。臨港署の署長さんは、いいお人柄だよ」

カガの遠慮のない言葉にも、ほとんどの人間が笑みを作っていた。あるいは、そうしようと努力している。県警本部、という権威がそうさせている。

この男自身、とクロハは想像する。カガ自身、強行犯捜査係のお荷物となっているのでは。捜査への熱意もない、ただ権力を笠に着るだけの人間。捜査班の人選は県警全体における、捜査の優先順位の低さを表しているように思えた。

「今さっき帰った鑑識にいわせると……あんたとは入れ違いになったな」

というカガは手に持ったバインダの中身をめくり、

「冷凍コンテナは他のコンテナとは違い、住宅で使用されるような通常の扉を備えている……あんたは現場にいたんだっけな。この辺の情報は知っているか」

「はい」

感情を交えないよう気をつけてクロハは喋ろうとし、

「冷凍コンテナの扉は、中からも外からも開けることができます。施錠されていても、内部からはノブを回すだけで開く構造になっています。住宅内の部屋と同じような。ただし、中からは施錠できません。実際、コンテナは施錠されていませんでした」

「……お前、何て名前だっけ」

「ハラです」

突然カガにいわれ、女性警官が驚いた顔を上げた。

「遅刻者に説明してやれ。鑑識の話を。続きをな」

目前に座るハラへ、カガはバインダを放った。

ハラの顔は真っ赤になった。立ち上がり、資料を忙しく読みながら、

「ええと、ノブに付着した指紋についてですが……まだ完全に解析が終わったわけではないのですが……現在、遺体のうち、十一人分の指紋が扉の内外のノブから発見されました。つまり、彼等はコンテナへ自分達の足で入った、ということになります」

「……それも聞いています。集団自殺の可能性が高いために、捜査本部は立てられなかった、と」

「そういうことだ」

カガが後を引き継ぎ、

「コンテナ内部にも周囲にも、争った形跡はない。全員、死斑は背面部に集中していて、死後運ばれた様子もない。つまりは皆、粛々と扉を通り抜け、自分達で内側から閉めた。ということは皆さん、マイナス二〇度の中、整然とお亡くなりになったわけだ。ハラ、続きを」

「はい。死斑は鮮赤色をしていて、これは凍死の特徴である、とのことです。毒物の服用等がそれ以前にあったのか、直接の死因は司法解剖の結果待ちです。いずれにせよ彼等は自分の意志でコンテナへ入り棚に横たわり、ビニルで体を覆った……検視官にいわせれば、体を奇麗に保存するために、冷凍の状態を選んだ、ということです……近年の自殺者の多くが一酸化炭素中毒死を選ぶのと、同じ理由だろう、と」

クロハは頷いた。一酸化炭素は血液中のヘモグロビンと結びつき、死後の体色を桃色へ変える。しかし発見が遅れれば、当然腐敗は始まる。

凍死であれば、死斑は同様に鮮やかな色となり……クロハは遺体の一つを、両手を胸の上で組み、透き通るような顔色で動かない、ぼんやりと口を開けた若い女性の姿を思い起こした。胸騒ぎに似たものが、クロハの体に湧き上がる。愉快な感覚ではなかった。ハラも同じような気分でいるのかもしれない。顔色が悪かった。

クロハはカガへ、

「凍死であれば、コンテナの管理会社が発見するまで、腐敗する心配がありません」

「そういうことだな。賃貸料も十四人で割れば何でもない」

「疑問があります」

クロハが聞く。

「状態よく遺体を保存する、という意図があったとすれば、発見された後は、速《すみ》やかに火葬なりの処置を望むのでは」

「だから何だい」

「どの遺体からも遺書は見つかっていません。身分を証明する所持品もなし。身元をすぐに明らかにして、処置を進めてもらおうという、意志が感じられません」

カガは軽く肩をすくめ、

「わけありなんだろ。家族とでも」

「十四人、揃って全員が、ですか」

「……質問が多いな。そもそも奴等がどんな集団なのか何も分かっちゃいないんだ。死ぬことを目的に集まった人間達か？　宗教的な関係、かもしれない。お互いに顔見知りだったのか。何処で知り合ったのか。電子掲示板か。鑑識課に任せておけよ……あんたから、他に何か報告することはないのかい」

「コンテナの賃貸契約書類には、免許証の写しが添えられていました」

「聞いた話かもしれないな。まあ、先をどうぞ」

カガはハラからバインダを取り上げ、クロハのことは見ずに、耳を傾ける姿勢を作った。

「昨日の夜半に確認された情報です。自殺者の中に、免許証の持ち主がいました。顔写真での確認は済んでいます。一番年上、と見られている人物です」

「しかし免許証は偽造だった、と。間に入った保証会社もいい加減だな」

というカガはバインダの中へ視線を落としたまま、

「書類審査はもっと真面目にやるべきだね。困ったもんだ……とはいえ、大手のクレジット会社でさえ騙される時は騙される。まあ、今回は運が悪かった、ってところだな」

「運転免許証は偽名で、本籍地も免許証番号もでたらめ。現住所は実在のものですが、これはコンテナの鍵を受け取る必要があったからでしょう。実際に住宅の中へ入れてもらいましたが空家同然で、身元を確認できるものはありませんでした。レンタルは書類のやり取りだけで可能ですから、実際にその男性が借りたのかどうかは分かりません。鍵を配送した運送会社にこれから問い合わせ、免許証の写真と鍵の受取人が同一人物かどうか、はっきりさせる必要が……」

「誰かがなりすますはずもないだろ。自殺だぜ……免許証偽造の件はここに載っている。目新しい情報じゃないな……じゃあ、あんたの知らない話を教えてやろう」

カガは開いた書類の一点を指差した。

「見つかった指紋の中には迷惑なことに、あんたのもあるそうだぜ」

クロハは唇を引き締めた。あの状況で、最初から手袋を用意する人間がいるだろうか。

「次からは気をつけるんだな……じゃあ、続きだ」

資料をまた、ハラへ渡した。

ハラは緊張しきっている。懸命な顔付きは少女のようだ。

「はい……あの、遺体の身元確認は本部鑑識課で行う、という話です。鑑識課指紋係では普段から行方不明者の照会をしている、ということですから。外部の問い合わせも指紋係へ案内されるそうです。現在のところ明確に身元が確認された遺体はありません。遺体の指紋照会も行いますが当然、前科がなければ意味がありません。県警医会から歯科医師会を通じて、歯の治療痕の検索もお願いしています。通常、カルテは歯科医師法第二十三条、保険医療養担当規則第九条により五年、レントゲンフィルムは医療法施行規則第……」

「省いていえよ」

少し怒ったように、カガがいった。

ハラは首を縮めるようにして、

「……つまり、遺体の身元確認作業は鑑識課に任せ、私達捜査班の任務は自殺者達の実際の足取りを追い、動機その他、事件の全体像を明らかにすることにあります」

「肩の力を抜きなよ……鑑識が死体全員分の身元を確認すれば、それで全て終わりさ。動機なんぞ、人それぞれだ。全体像をいうなら、新方式の集団自殺。それだけのこと。今回、情報は先に鑑識へ届く。俺達は数が少ない。考えるのは奴等に任せればいい。鑑識につき合ってさえいれば、自動的に俺達の評価も上がる。それも悪くないだろ」

クロハには、カガの受動的な態度が不快だった。どうしても進言したくなり、

「集団自殺は、突発的に実行される傾向があります」

私達がするべきことは他にもある、と思う。

「ある時、誰かが誘い、すると誰かが場所を用意し、誰かが手段を準備する。これはとても曖昧《あいまい》なものです。偶然全てが揃った時にだけ、悲劇は決行されます」

「かもな。それで……」

とカガは興が冷めた口調でいった。

「今回の事案は偽造の免許証まで使い、冷凍コンテナという大掛かりな舞台を、計画的に用意しています。全てが偶然に揃う、とは考えられません。計画した人物、中心的な人物がいるのではないでしょうか」

「いたとしてもな、死んでるぜ」

「それでも、捜すべきでしょう。自殺幇助は刑法において、殺人罪の類型にあたります」

「死者に鞭打つとは、このことだな」

「個人攻撃をしろ、とはいいません。本事案の罪がこれから先までも、どんな意味を持つものなのか警察側が把握していればいい。把握するために必要なことは、二つ。証言を集めて事件の経緯を全て明らかにすること。もう一つは、中心となる人物を知ることです。今後のためにも、その人物の性向を知るべきだと……」

「鑑識がやるさ。必要なら、な。力を抜けって」

カガは鼻で笑うような仕草を見せ、

「今朝の新聞は読んだかい」

「いえ」

戸惑いつつ、クロハは否定した。そんな時間は何処にもなかった。

「記事になってるぜ。この件」

「それが……」

「死体は不法入国者のものかもしれん、とさ。コンテナに積まれて入国しようとして酸欠になった可能性がある、という記事だよ」

「まさか」

「報道機関を避けるために、ここの署長さんが発表した。そういっておけば、誰も触れる気がしない、不幸な事故みたいに聞こえるだろ。おかげでこれだけの死体が出ていながら俺達は報道に囲まれることもなく、少人数で自由に捜査ができるわけだ。何、署長さんは可能性がある、っていっただけさ。嘘をついたわけじゃない」

クロハは眉を曇らせた。

「ハラ、もう座っていいぜ……それでさっきは本部の鑑識が怒ってたけどな。外部からの問い合わせが減る、とさ。普通なら、家族を捜す身内からの確認が、もっと寄せられるはずだ、と。新しい事実が出れば、もう一度記者会見も……」

耳障りな電子音が鳴る。

講堂の隅、小さな机に設置されたFAXへ、捜査班の注目が集まった。

「早く持って来なよ。気が利かねえな」

カガの命令に、ハラが慌てて席を立った。

本部の人間が全員こんな人種だと思われたら、と考えるとクロハは目眩《めまい》がしそうだった。

クロハはカガの同僚、フタバを盗み見る。フタバは首の肉を弛《たる》ませて俯き、薄らとしか瞼を開けず、まるでうたた寝をしているようだった。面倒なことには何も触れない、という態度でいた。

書類全部が転送されるのを機械の前で待つハラは、早口でいった。

「死体検案書……司法解剖の結果が出たようです」

「出たか……よし、寄越せ」

カガは小走りに寄って来たハラから書類を奪うように受け取ると、

「そろそろ情報を整理するか」

だらしなくしていた姿勢を、少しだけ直した。

「昨夜発見された冷凍コンテナ内の、男性六人、女性八人、合わせて十四体の死体は三、

三、四、四体に分けられ、四つの法医学教室による司法解剖がこの朝から始まっている。結果が送られて来たのは、これが初めてだ。今回は計四体分。全員女性。で、薄層クロマトグラフィによる血液検査……ああ、なるほどな」
カガは死体検案書を片手で叩き、

「四体全ての血液に、睡眠薬が大量に含まれていた、と。これで睡眠薬服用の上凍死、がはっきりしたわけだ。写真撮影……歯型の採取……で、死体は冷凍状態が長く、司法解剖では正確な死亡時刻は判定できず、か……死亡日時の算定は、科捜研へ皮膚試料を送り、水分減少の様子からの推定と、捜査班の捜査結果による……だとさ。俺達が調べろ、とよ。冷凍コンテナの猶予期限が切れたのは、いつだった？」

「三日前。つまりレンタルの開始が、三ヶ月と三日前ということです」

カガの矛先がこれ以上ハラへ向かないよう、クロハが代わって返答した。

「その間の何処かで、睡眠薬を飲んだ酔狂な人間達がコンテナへ入り、自分等を凍らせたわけだ。それぞれの死体で死亡日時が違うかもしれんが、結局三ヶ月と三日以内でのことだ。レンタル・コンテナの本社は市の中心街……よし、俺とフタバがいく。レンタルした人間の書類をもう一度確認。防犯映像の確認も同時に行うか。本社の奴等、証拠提出の準備はしてるだろうな」

「任意で、提出の同意はもらっていますが……」

自信がなさそうに、ハラが報告した。

カガは聞いていないように、

「交通課のお前、運転しろ。地元のタケダさんともう一人は、引き続き聞き込み……地取りの方をね。レンタル・コンテナへ入った人間の、目撃情報を捜してもらおうか。あの辺りは工場と倉庫の労働者ばかりだからな……昨夜とは大分、人間も入れ替わってるだろ。まあ、目撃者がいるかどうか怪しいところだが、誰かがやらないと、な」

立ち上がった勢いを殺《そ》がれて、複雑な表情をするタケダとイシイの顔があった。

カガのいい方はさておき、確かに目撃者を見付けるのは難しいだろう、とはクロハも思う。埋め立て地の道は幅広く、それぞれの建物の間には距離があり、周囲の人間は皆忙しく働いている。コンテナに出入りする者を、注目していた人間がいるかどうか。埋め立て地各所へのバスの運行は多くあるから、コンテナへ到るまでの彼等の動きも、労働者達に紛れてしまっていることだろう。

「ハラはコンピュータを二台、臨港署の何処からでもいいから、調達しろ。クロハ殿とサトウに渡してやれ。専用の携帯電話もあった方がいいな」

クロハはカガの意図に気がついた。目を見張る。

顎を上げて喋る捜査一課員の顔。

「ハラは調達が終わり次第、こちらに合流しろ。外の捜査だ。経験だな、これも。残りの二人には庶務をお願いする。留守番を兼ねて。集まる情報の記録と整理をよろしく。定時になったら、帰ってもいいぞ」

……捜査から外されようとしている。

両腕が緊張し、思わず立ち上がりそうになった。

「いいたいことでもあるのかい」

クロハが体を強張《こわば》らせるのを、カガは机に座ったまま面白そうに見下ろしていい、

「機捜だから面倒な仕事はできない、ってそういいたいのかい……」

クロハは机の上の拳に力を込めた。

周りで捜査員達が困惑している様は、見回さなくとも分かった。

呑み込め、と胸の中でいう。

「……一番貴重な人材である警察官を腐らせておく、と」

唐突にそういったのは、サトウだった。捜査班全員の視線を集めたサトウは俯き、両手を机の下に隠し、ふて腐れるような態度でいた。

カガだけでなく、クロハも呆気《あっけ》に取られる。何の話をしているのか、その瞬間には理解

できなかった。サトウが何故カガに嚙みつくようなことをいったのか、クロハは不思議でならなかった。

「おい……どういう意味」

カガがいおうとした言葉を、突然の、電話の呼び出し音が封じた。呼び出し音が、講堂内の静止した空気を揺らす。カガは舌打ちして、電話機をクロハの方へ押しやった。

「お前が取れよ」

クロハはいわれた通りにした。落ち着きを少し、取り戻していた。受話器のマイクロフォンへ、はい、合同捜査班です、と発声した。

相手は機動捜査隊の班長だった。クロハと連絡を取るのに携帯を使わず、わざわざ捜査班に設置された警察電話を通すところが、班長らしい。

「何でしょう」

警戒心が、声に表れてしまったかもしれない。

「捜査班へ参加する間、臨港署へは肉親の家から通う、と聞いていたと思うが、それでいいのか」

「はい……姉の家に泊めてもらうことになっています。寮へ帰るよりも近いですから。バスで停留所五つ分です、最終がなくなっても、帰宅は徒歩でも、できます」

「ならば、そこを臨時の連絡先として、庶務係へ報告しておけ」

「了解しました」

クロハは苛立ちを覚えずにはいられなかった。

受話器を置くと、唇から自然と溜め息が漏れた。会話は周りに聞こえていたらしい。

「……子守りつきだぜ」

吐き捨てるようにカガがいう。

捜査開始だ、とカガが大声を出し、椅子の動く騒がしさが室内に発生したが、それもすぐに収まり、扉の開閉音が派手にあったのち、そして室内はしんと鎮まり、冷えた。

サトウがぼんやりと、閉じられた扉を見詰めていた。

自分も同じようにしていることに、クロハはなかなか気がつかなかった。

＋

最終バスの運行には間に合った。

クロハは広い居間に設《しつら》えられたシンクの、屋内配管に組み込まれた浄水器から伸びる水道栓を開けた。グラスを水で満たした。

口に含み、シャワーを浴びて体が失った水分を、ゆっくりと補給する。シンクの上の蛍光灯以外、明かりはつけなかった。それで充分、落ち着くことはできた。部外者である自分には、その方が相応《ふさわ》しいような気もした。

部屋は十四階建て集合住宅の十二階に位置している。カーテンの隙間から見える景観にクロハは気がついた。姉さんの部屋に泊まるのは、初めてのことだった。ここから夜景を見るのは初めてのことだった。

近寄り、カーテンの隙間を広げたクロハは驚いて、瞬間息を止める。クロハの心を動かしたのは、街の窓明かりが星空のように散らばっている様だけではなかった。眼下には別種の照明があった。

工場群から放たれる光。施設を縁取るように灯るたくさんの明かり。埋め立て地で、コンテナに囲まれて見た光景。今は別の角度からそれを眺めている。クロハは思わず錠を回転させ、硝子窓を開ける。夜の風はシャワーの水が薄く残るクロハの肌を、Tシャツを貫きひやりとさせた。クロハはすぐに戸を閉めた。風の冷たさなどは、何でもなかった。異臭に気付いたせいだった。

製油所から発せられる、樹脂を焦がしたような甘く不快な臭いがここまでも届いて来る。

——大した財産じゃないわ。

姉さんがそういっていたのを、クロハは思い起こす。

謙遜していったのでなければ、この臭気が建物の価値を下げる要因だろう。精神科診療所を経営する元夫から譲り受けた、広い広い資産。

有害な浮遊微粒子が部屋に入らなかっただろうか。クロハは傍に設置された空気清浄器の表示パネルを確認する。一瞬、汚染メータが黄色へと変化し、すぐに緑色へ戻った。

クロハの心配は、自分の体調でも姉さんのことでもない。心配の対象は、クロハが訪ねた時にはもう熟睡していた。今は姉さんもその隣で、すっかり寝入っている。

甥の、花が開くように笑う、その小さな顔に会えなかったのが、クロハは残念だった。

生後七ヶ月の甥は、いくつかのアレルギー疾患を持っていた。まだ皮膚に現れていないだけで、さらに多くの疾患を抱えている可能性もあった。姉さんは洗濯した衣類を決して外に出さず、窓も開けない。

離婚。工場。子供。洗濯。アレルギー……一連の話は聞いていたはずなのに。情報同士が頭の中で、ちっとも結びついていないんだわ、私。

もう一口飲んだ水さえ、何か今までと違う風味が加わったような気がした。

クロハはシンクに戻り、銀色の覆いに包まれた換気扇を動かした。静かな作動音。警察寮の、私の部屋にあるものとは大違い。

情報そのものが、ない。クロハはそう思った。

カガが引き連れていった捜査員達は捜査を進展させる何かを、一つも発見できずにいた。カガが運転手代わりに連れていった交通課の警察官が夕刻、電話で詳しく報告してくれた。レンタル・コンテナの上部から侵入者を映す防犯カメラは実際、ほとんど飾りのようなもので、五台のうち二台が壊れていた。動いているものであってもその一台は、視点の設定が高すぎて何も映していないに等しく、残り二台のカメラが映していたのは、一方の入り口付近と冷凍コンテナとは反対の位置にある敷地の角だけ。レンタル会社に残された映像は、十五秒間隔ごとに一フレームの記録、という方式。よほど運がよくなければ、自殺者達の生前の姿は、一人だって映ってはいないだろう。

カガは三ヶ月と三日分にあたる、計五時間の映像から何かを見つけ出そうと、レンタル会社に居続けていた。

他の機材と複雑に絡み合った業務用の映像レコーダを会社からどう引き剝がし、臨港署へ持ち帰ってどう設置するべきか。その検討だけでいたずらに時間が経ち、カガは、後日改めてレコーダの記録映像を複製し署へ郵送することを会社へ呑み込ませ、一先ずその場で映像の確認を行う、という二重の方法を採用した。

それがよかったのか悪かったのか、結局はクロハが講堂を出る前に成果を聞くことはできなかった。カガは今もたぶん、レンタル会社で退屈な映像を凝視し続けているのだろう。

クロハの忙しさは、外で捜査する人間とは、また別種のものだった。瞼を閉じると、慌ただしい講堂の状況が蘇《よみがえ》るようだ。

コンピュータの移動と設置は、サトウとハラに任せた。クロハは臨港署での丸一日、他の仕事に追われていた。遺体の保存、その手配に追い立てられていた。

身元不明の、大量の遺体の保管に、いつまでも法医学教室の解剖室を借りるわけにもいかず、また冷蔵設備付きの霊安室を持つ警察署は周囲に少なく、葬儀社にまで連絡を入れて、遺体それぞれにつき約一週間の保存期間を確保することができたのは、クロハ一人の働きによるものだった。

コンピュータ設置の過程を横目で見ながらせわしなく、多少強引にことを進めた。遺体全ての保管場所が決まったのは、深夜の時間帯へ入ろうという時だった。

必要なソフトウェアの確認。周辺機器の搬送。記憶媒体の確保。ネットへの接続。ハラとサトウによるコンピュータ機器の据え付けは順調だった。仕事の大半は、サトウが請け負っていたように思う。無口に、けれど着実に一つ一つを終えていった。

クロハはカガに、機器の設置にはハラの力がまだまだ必要だ、と伝えた。ハラをカガの元へ送りたくはなかった。クロハは隠れ、サトウにその要望をいわせることにした。うまくいったらしい。レンタル会社での、カガの余裕のなさが幸いしたのだろう。今日一杯は臨港署にいることができる、ということが分かった時の、ハラのほっとした表情をクロハは忘れられない。

機器の据え付けが終わっても、入力すべきことはほとんどなかった。鑑識課は一人の身元さえ未だつかめず、司法解剖の続報は、血液に含まれる睡眠薬、という自殺であることの証明を重ねるだけだった。クロハは自分よりも早く、ハラとサトウを臨港署から帰した。日が落ちると、タケダとイシイが冴えない顔で帰って来た。聞かずともいい結果のないことは分かった。

捜査は一つも進んでいない。追加される情報はなかった。断片的なものさえなかった。保存期間が過ぎれば、身元不明の遺体は市へ引き渡され、火葬されることになる。自殺者の正体は一人もつかめず、動機に至ってはいっそうの謎だった。

間に合うだろうか。クロハはまた喉の渇きを感じた。間に合わせなければいけない。後六日。過ぎれば、私は合同捜査班から離れることになる。

自殺、という区分を与えたことで、本部も臨港署も事態を甘く見る気分になったのではないか、と思えた。

十四体の遺体が脳裏に浮かんだ。遺体がコンテナから次々と搬出される様子を、クロハは間近でずっと見守っていた。全員、透明感のある真っ白な顔色だった。その色は、凍るまでの間に、循環しなくなった血液のほとんどが背部へ降りたために作られたものだ。死体検案書には、死者のほとんどが推定二十代の男女となっていたし、クロハにもそう見えた。一番年嵩《としかさ》らしき男性でも、三十代の後半といったところだろう。

彼等が何処で出会ったのか。

何故身元を明かそうとしないのか。

十四体全ての凍死体が、情報の開示を拒否している。

凍死は死の演出、とも考えられる。まるで、世の中へ死を誇示するかのよう。なのに、出演者の名前は明かさない、というのはどういうことだろう。

いいことじゃない。クロハはそう考える。考えごとに多くの時間が割けるというのは。捜査が進んでいない証しだから。忙しくない、という証し。

クロハはグラスに口をつける。眠気がゆっくりと首元から込み上げクロハの頬を温めた。寝入る前に歌が聴きたい、と思う。

けれど、慌てて荷物を詰めた車輪付きの旅行鞄には、ＣＤもオーディオ・プレーヤも入ってはいなかった。

忘れもの。取りに戻る暇はない。

調子の上がらない時、私に必要なのは何よりもサウンドなのに。

＋

コンクリートの地表に、また新しい要素が加えられていた。

水たまりのテクスチャ。

薄く透明な膜が地面を装飾している。

そこに雨点が当たり、波紋を広げては消し、広げては消しを繰り返していた。

アゲハは空を覆う雨雲を仰いだ。

雲を突き抜けて聳える塔の姿。近代的にも宗教的にも見える、刺々《とげとげ》しい形。アゲハがいつも向かうのは、その足下だった。

崩れた壁や錆びた金網が視界を塞ぐ。

その隙間を縫うように、アゲハは歩いた。歩きながら瓦礫《がれき》の金属的な質感を確認する。

トタン板の仕切りの向こうに、その酒場はあった。

そこだけは派手な照明で飾られていた。赤く青く照明が瞬く度《たび》に、店の周囲の、例えば傾いた給水塔や折れて地に横たわる太い鉄パイプの表面を染め上げる。

それぞれの物体《オブジェクト》には経年劣化を表す精細なテクスチャが張られていて、そこに糸引く雨ときつい明かりが加われば、複雑な模様と色が浮かび上がることになる。

アゲハの好きな場所だった。

地表の水たまりと波紋のアニメーションが増えたことによって、ますます奇妙な美しさが表現されるようになっていた。

酒場の一面を占領する大きな扉は、常に開け放たれている。

アゲハは酒場へ入った。

今日はキリがいなかった。誰もいなかった。

カウンタを前に座る。時間が遅すぎたのだろう、と思う。アゲハも長くいるつもりはない。眠気を感じていた。カウンタに載せられた、毛並みのいい小熊のぬいぐるみを、アゲハはしばらく観察した。ふさふさした質感を見るのが、心地よかった。

壁に貼られた図柄を眺める。

そこに揚羽蝶《アゲハ》のデザインが飾られているのは、ただの偶然。アゲハが初めてこの店を訪れた時には、もう蝶はそこに描かれていた。

白と濃い紫で彩られた揚羽。一筆書きのような簡素な意匠。見所はそこだけではなかった。揚羽をじっくり眺めたある日、アゲハは気がついたのだった。

蝶の翅《はね》の模様が、迷路になっていた。

難しい箇所はない。指でなぞってみれば解答はほとんど一本道で、翅の端からもう片方の翅の下方へ抜けるのに時間はかからなかった。奇麗な迷路。アゲハは気に入っていた。

この土地の全てが好きだった。

こんばんは、と呼びかけられ、アゲハは視線を動かした。ぬいぐるみが動いていた。小熊がカウンタの上を歩き、アゲハへ飲みものを運ぶ。

「管理人さん、今日はそれ？」

アゲハが訊ねると、

「そう。よく見れば時々氷が発光している」

「飲みもののことじゃなくて。格好」

「会うのは久し振りかな。最近はずっとこれだよ」

「可愛いわ」

「ありがとう。カウンタから落ちないようにするのが、大変なんだ」

小熊は歩き出したばかりの幼児のような動きで、カウンタの隅に座った。アゲハは微笑んだ。微笑みの表情を作った。

「いいペンダントだね」

両脚をぶらぶらさせて、管理人がいった。

「キリに作ってもらったの」

「うまいね、彼女。うまく揺れてる」

「うまいのよ、キリは」

キリが本当に女性かどうかは分からない、とアゲハは思いながら、

「地面にアニメーションが加わったのね」

「そう」

「素敵ね」

返答はなかった。けれどアゲハは気にしなかった。土地の全てを司る管理人は、その設計について、細かな話をしたことがない。

管理人はひたすら無人の、瓦礫の都市を築き続け、企業に場所を売ることも、個人に一部を貸すこともない。

大企業の税金対策さ、と管理人はいったものだった。

僕は管理人であり、作り手なんだ、と。

「あの塔はどれくらいの高さがあるのかしら」

アゲハが話しかける。

「三三〇メートル」

管理人は答えてくれた。

「もっと高くできる……」

アゲハが聞くと、

「できる」

「限界は何メートル？」

「さあ」

沈黙があり、答えの言葉をアゲハが諦めかけた頃、管理人がいった。管理人はずっと考えていたらしい。

「どれくらいだろう。たぶん、システムの計算が狂い始めるまで、伸ばせると思う。やってみなければ分からないな。システムが狂うより先に、大量オブジェクトのために重くなりすぎて、ろくに歩けない土地になりそうだ」

小熊が片手を上げて、店内の壁に埋め込まれたＴＶの電源を入れた。

「次は何を加えるの」

　アゲハはそう質問した後、返事を待ったが、何も返っては来なかった。

TVは報道番組を映していた。TV画面は六つあり、どれも同じ番組を放送している。集合住宅で頸動脈を切断され、殺された青年。番組では、五年前にも隣街で類似の事件があった、と知らせていた。二十二歳の女性が新しく入居した賃貸マンションで、首を切られ殺された……

同一犯でしょうか、と司会者がいう。可能性は充分にあり得ます、とその脇の評論家が応じる。本当だろうか、とアゲハは首を傾げた。ここでは、いつも事件報道ばかりが流れている。

「この場所は好きかい」

管理人がいった。

「好きよ、とても」

アゲハは正直に答え、

「細かいところまで奇麗に、書き込まれているから」

「本当にそう思っているなら」

小熊はTVの方を向いたまま、

「もう余りここには来ない方がいい」

「どうして」

「ここは君が思っているような場所じゃない」

「どういう意味」

管理人のいい方に、アゲハの手足が急に冷えてゆく。

「文字通りの意味。ここは奇麗な場所じゃない」

「奇麗だと思うわ。雨と鉄とコンクリート」

「そういうことじゃないんだ」

毛並みの中に隠れそうな小さな黒い瞳がアゲハを捉え、

「この都市が何を意味しているのか知ったら……がっかりするのは君だよ。クロハ」

アゲハはぞっとする。

仮想空間でしか喋ったことのない管理人が、どうして現実世界のアゲハのことを知っているのか分からなかった。

アゲハ＝クロハは混乱する。

小熊は酒場の中から消えた。

何のエフェクトもなく、突然に。

二

いつの間にか、クロハは高架道路を眺めていた。

防音壁に反射する太陽の薄い光。壁の隙間に、車両の残像。臨港署の窓外の景色は、ほとんどそれだけだった。

講堂の中にはカガも、昨日カガに連れられてコンテナ会社へ向かった捜査員達もいなかった。午後から捜査に参加するという。ずっと寝ていてくれればいい、とクロハは思う。

クロハはバインダの一つ、その中の書類へ視線を戻した。

資料の全てに目を通しておけ、というのがカガの伝言だった。ＦＡＸとして届いていた。

クロハはハラとサトウとタケダとイシイの前で、その紙切れを握りつぶし、屑籠へ投げた。

不安そうな捜査員達の目を、クロハは見返さなかった。タケダさんとイシイさんは、引き続き地取り捜査をお願いします、と伝えた。ＦＡＸにはそう書いてあった。

クロハが不安に思うのは、純粋に捜査に関してのことだけだ。

カガ達の捜査には進展がなかった。このままでは、合同捜査班が半端ものの集まりであるのを、自ら証明することになってしまう。

資料の頁《ページ》をめくる。

遺体の写真。昨日の司法解剖時に写されたもの。

女性の様々な部位の写真が、そこには載っている。血の気のない顔に、少し開いた両目。遺体の写真をこれだけ時間をかけて眺めるのは初めてのことだった。写真とはいえ、遺体とずっと向き合っていられるのも凍死体だからだ、とクロハは思わずにいられない。

自殺者達が、凍死、を選んだのも分かるような気がした。彫刻的、とはいえない。むしろ遭難者の印象に近い。それでも例えば膨れ上がった水死体と同じものには見えなかった。

……遺体は遺体だ。方法が違うだけ。

クロハはそう考え直した。写真を凝視していると、凍死に特別な意味を与えてしまいそうだった。自殺者と同じように。彼等は凍死を、最上の死の方法、と規定したのだ。

バインダを閉じようとして、クロハの手が止まった。

写真の一枚に、奇妙なものを発見する。

何かある。

クロハは目を凝らした。女性の遺体、首筋に何かがある。左の首筋。

手元にある他のバインダへ、クロハは慌てて手を伸ばす。

「……何かお探しですか」

遠くでハラがそう訊ねた。ハラはカガ達が散々調べたはずの防犯映像を念のため、と見直していた。朝一番に、バイク便で届けられたレンタル・コンテナのVTRを。

機材を操作してモニタ上の映像を止め、ハラはクロハの方へやって来た。

「一昨日の写真を。鑑識課が撮った遺体の写真」

クロハは答えた。

ハラが見付けてくれた。目的の写真を受け取り、見詰める。一昨日の検視時の写真と、昨日の司法解剖時の写真を見比べる。

「何かあるんですか……」

ハラがいった。

「どうかな……自殺者の首のところなんだけど」

クロハは指差して、教えた。自殺者の首に、傷が見える。生々しさのない無機質な傷だった。クロハは死体検案書を手に取った。幅約一センチの傷、との記載。古傷らしきもの、との説明も。死因とは何の関係もない……でも。

「何か意味があるんでしょうか」

とハラに聞かれ、

「こっちの方が、傷の状態が鮮明じゃない？」

クロハは鑑識課の撮影した、まだ冷凍状態にあった遺体を示した。

「……固い何かで、刺したような」

ハラがそういった。まるでマイナス・ドライバで突いたような形跡だった。

「死因とは関係のない傷です」

と改めていったのは、横からバインダを覗くサトウだった。気のない調子で、

「痣《あざ》がないでしょう。死後、冷凍されてからできた傷かな」

クロハは頷く。私にも確かにそう見える。凍った後に、何かを刺したような傷。

「現場の警察医は、何と？」

サトウからの質問。

「……何も」

警察医は傷のことを何もいわなかった、と現場での捜査状況をクロハは思い出し、それはそうだ、と思い直す。

検視官も警察医もコンテナの迷路の中で、ほとんど遺体を調べなかった。遺体が司法解剖へ回されることは誰が見ても明らかなのだし、凍りついた遺体を検視しようにも、強引

な指紋採取と、写真撮影程度しかできることはなかった。着衣を脱がすことさえ、現場のコンテナの床ではできなかった。ハラが硬い表情で、

「遺体を運ぶ時についた傷でしょうか」

ハラはいつも緊張しているように見える、とクロハは思いながら、

「どうかしらね」

コンテナ内部を脳裏に浮かべた。遺体と棚と踏み台。

壁にも極端に尖った部分はなかったはず。

「遺体を何処かに落とした、って報告もないし。古傷にしては深く見える……他の遺体に傷は？」

三人で、全ての写真にもう一度目を通した。膝に痣。手の甲に虫さされの痕。にきび。見つかるのはそのくらいのものだった。

「ありませんね」

サトウが断言した。クロハは軽く息を吐き、

「……検案書通り、古傷ってことね」

「遺体の身元が分かれば、傷の由来もはっきりすると思います」

とハラが気落ちしたようにいった。

「そうよね……気にしないで。ちょっと目についただけだから」

いい娘《こ》なのね、とクロハは微笑みそうになった。よく見れば短くした髪は柔らかそうで、可愛らしい面持ちだった。カガみたいな悪い男に、引っかかりませんように。

「映像には、何かあった……」

クロハの問いに、ハラは首を横に振った。

「ありません。今のところ、映っていたのは灰色の作業着姿の人間、一人だけです。自殺者の中に作業服の人物はいません。主任の報告書によれば、あと二名の無関係な人物が記録されていて、けれど自殺者は映っていないそうです」

「そう……」

警察電話の呼び出し音が鳴った。ハラが走り寄り、すばやく受話器を取った。はい、臨港合同捜査班です、と歯切れのいい声を出す。

はい、はい、と何度か繰り返したあと、驚いたようにクロハへ顔を向けた。

「本部の指紋係です」

クロハは立ち上がり、受話器を受け取った。

「遺体の身元確認を行っている指紋係の者ですが」

と相手は前置きをし、

「遺体の親族らしき方からの問い合わせが、入りました」

クロハの全身に、緊張が蘇った。

ジャケットから手帳とペンを取り出し、受話器を肩と顎で支え、机を前に屈んだ。

「詳細を教えてください」

「二十代前半と思われる女性の遺体です。識別番号はA―4。タカダミキ――」

「遺体A―4。探して」

受話器のマイクロフォンを一瞬手のひらで塞ぎ、クロハはいう。ハラがすぐに動いた。

「――年齢二十二歳。特徴が一致します。ほくろの位置や身長、体重。特に」

本部の方からも書類を繰る音が聞こえ、

「花をデザインした入れ墨が右内踝《くるぶし》にあります。両親からの問い合わせです。間違いないでしょう」

駆け寄るハラが机にバインダを広げる。入れ墨。青一色。水仙だろうか。尖った長い葉から開きかけた蕾が、俯き加減に伸びていた。

貴田未來《タカダミキ》、と書類の空白にクロハは書き込んだ。

「……両親への確認は」

クロハの質問に、

「写真は本部で、もう見せました。遺体を保管している所轄署へ、両親を案内することになっています。任意の家宅捜索の承諾ももらっていますから、自殺者と思われる女性が使用していた部屋を今、調べる準備をしているところです。女性は三ヶ月と少し前まで、両親と一緒に暮らしていたそうです。家は市内ですが……どうします。捜査班からも……」

「手伝わせてください。住所を」

クロハは手帳に、いわれた内容を書き留めた。

受話器を置いた。鑑識課はすぐに出発するということだった。遅れるわけにはいかない。

クロハは面を上げ、

「一人、遺体の身元が分かりました。これから自宅へ、捜査に向かいます」

「揉めますよ、主任と」

ぽつりといったのは、サトウだった。

「お休みのところを邪魔しちゃ悪いわ」

そういうクロハは壁に掛けられた電波時計を見上げ、

「二時間経っても主任が来なければ、こちらから連絡。二人はここで待機」

私もいきます、とハラがいう。

「運転します」

紅潮した頬。サトウは苦笑を顔に浮かべ、

「二時間すぎたら、本当に主任を起こしますよ」

「お願い」

クロハも微笑んでしまったかもしれない。ハラとサトウは敵ではない、という気持ちになれた。同時に、いつまでも座っていられるか、という思いが胸を満たした。

現場へ。

今すぐに。

＋

小さな住居はコの字形に並んだ住宅群の、最奥に位置していた。

私道は鑑識課の車が停まっただけで、いっぱいになっている。警務課所有のセダンを運転したハラはクロハを先に降ろした。駐車場所を見付けるため、区画を一周するということだった。

扉は開いていた。クロハは玄関へ入る前に、肩に散った水滴を手で払った。雨が降っていた。

よく整頓された屋内。居間には大きな硝子テーブルがあり、小さなTVが載っていた。鑑識員の遠慮のない大声が頭上から聞こえて来る。クロハは二階へ、声のする部屋を目指す。部屋の一つに、紺色の制服、三人の鑑識員が詰めていた。鑑識員達は膝をついた姿勢で机上のコンピュータ、そのモニタを見詰めていた。狭い学習机を前にして、男達が肩を寄せ合う姿は、不思議な光景だった。

ご苦労様です、臨港捜査班のクロハです、と声をかけて室内へ進む。振り向いた顔に、見知った者はいなかった。皆意外そうな顔でクロハを一瞥《いちべつ》し、体勢を変えず会釈をした。

クロハは部屋を見回した。

黒い鉄パイプのベッド。白いタオルケット。勉強机。小型の本棚。文庫本が出版社別、著者名順に並んでいる。それぞれの背表紙には、傷一つなかった。

部屋に、不思議な色彩があった。

赤や青の原色で、ベッドから絨毯までが薄らと染められている。見ると、半分だけ開かれたカーテンがあり、窓ガラスには様々な色のシートの小片が張られていた。ステンドグラスのように、色で模様が形作られていた。

天使の姿だった。

小さな羽で飛び、上空を目指している。部屋の主の、手作りだろう。硝子の天使は雨粒を受けていた。

クロハが訪れたことにより、部屋には少しの沈黙が生まれ、その間、雨と建物との接触音が空間を満たした。

「……身元は確認されましたよ」

鑑識員の一人が横顔を見せていい、

「霊安室で、ご両親が確認しました」

そうですか、と答えたクロハは、机へ両手を合わせ頭を下げ、無声の短い言葉で冥福を祈った。瞼を開け、

「……ご両親は自殺の原因に、心当たりがあるのでしょうか」

「自殺した娘さんは半年前に派遣の仕事を辞めて、その時に小さな入れ墨を彫ったそうで。失恋したから……と母親はいっていますが。入れ墨のことで、父親とよく口論していたとか――」

水仙の花。青色。

「――それで、三ヶ月前に家を飛び出し、それ以来行方不明だった、ということです」

「その時、すぐに捜索願は提出されたんですか」

「いや……それが、彼女は仕事先の場所によって友人の家に泊まったり、ホテルに泊まったり、ひと月くらい帰宅しないことはよくあったそうですから」

居間の硝子テーブルは曇りなく磨き、そして家族は彼女の死を見逃していた。

いつまで雨が降るのだろう、とクロハは思う。

「消去されてますね」

と一番若い鑑識員がいった。

「きれいに消してあるな……」

初老の鑑識員が呟いた。

机の上の、コンピュータのことをいっているらしい。古い型だった。ベージュ色の本体。ブラウン管のモニタ。クロハは屈み、モニタを覗き込み聞いた。

「彼女のマシンですか」

「ええ……何か情報が発見できるかと思ったんですが、受信メイルも送信メイルも消去されていて」

説明する眼鏡の鑑識員は制帽の上から頭を掻き、

「ここから他の自殺者の身元も割れるだろうと思ったんですがね……仲間に迷惑がかからないよう、文面をまとめて消したんでしょうな」

「消去された情報《データ》は復元できるかもしれません」

そうクロハはいい、

「捜査班には電脳犯罪対策室の人間がいます。こちらに預けてもらえれば、調べますが」

「持ち帰ってじっくり調べますか。両親の許可は出ると思いますが……主任」

「先ず、うちがやってもいいいんだが」

初老の鑑識員がいった。

引いてはいけない、という気になった。

「身元が確認された以上、指紋の採取はもう必要ありません。本来なら、証拠品は捜査班の扱い……」

「そう尖らないでくれ」

主任は制帽を被り直しつつ立ち上がった。その場に立ったまま、しばらくの間無言でいた。隣の若い鑑識員へ、

「……捜査班に渡そう。電源を落として、運ぶのを手伝ってやれ」

クロハは自分が一人、空回りしているような気分になる。

「他に、何か持ち帰るべきものは……」

「ノートの一冊さえ、ない」

無愛想に主任が答えた。

「携帯は……」

クロハが全部いわないうちに、

「携帯電話も見つからない。電話会社に発信の履歴を追ってもらった。最後の位置が確認できるのは、やはり三ヶ月前の時点。この区域だ」

「つまり」

クロハは主任のいわんとすることを受け、

「彼女は死にゆくために家を出てすぐ、電源を切った」

「電池を抜いたか、携帯ごと壊し、捨てたか。交友関係。メイル記録。画像記録。捨てられてしまえば、一つも見付けることはできんな……」

主任は疲労の色を見せ、そういった。

自殺の前に、貴田未來は自分とその周辺の情報を全て削除している、とクロハは気付いた。意図的に。念入りに。彼女の存在自体を消去するように。

遺書も身分証もない遺体。死後、個人の情報を物理的にも電子的にも荒らされたくない、という意味だろうか。でも。

クロハは違和感を覚える。もう一度部屋を眺め渡した。

何処かに雑誌が積み重なっていたり、洋服が乱暴に壁から下がっていたりはしない。片付いた無機質な空間。孤独を象徴しているように、クロハには思えてならない。でも、死後も孤独でありたい、と考えるものだろうか。

携帯の呼び出し音がした。

クロハの上着が振動していた。手に取る前に、失礼します、と声をかけて廊下へ出る。携帯の画面には、番号のみの表示。最近電話番号を交換した相手といえば、合同捜査班の人間だけだ。回線を繋いだ途端、

「……タケダです」

少し嗄《しゃが》れた声が、

「新しい遺体が出たかもしれません」

「何処に」

思わず強い口調になった。

タケダが告げた場所は、この地区から近い。

「聞き込みをしていて、おかしな冷凍コンテナの話を聞きましてね。ええ、レンタルのものです。前の件とは別の会社ですが、業務内容はほぼ同じです。今その敷地内にいるんですが……鍵を開けるよう会社に連絡して、到着を待っているところです」

「通報は」

「まだです。本当に遺体があるのか、分かりませんから。ただ……」

「何です……」

クロハが先を促すと、

「臭いが酷《ひど》くて。一昨日から酷いらしい。冷凍機が停止しているみたいで」

階段を誰かが駆け上がる大きなもの音が、クロハの背後で聞こえた。ハラが息を切らせながら、顔を覗かせる。

「今からそちらへ向かいます」

携帯のマイクロフォンへ、クロハはいった。

＋

腐敗臭の強さに、クロハは驚いた。

交通量の多い車道から眺めたレンタル・コンテナの敷地は、以前クロハが入ったところよりずっと狭く、コンテナ自体も小型で、二階部分は存在しなかった。周囲に見えるのは古びた倉庫ばかりだった。傘を持った三人の男が、敷地の奥に立っていた。

入り口の近く、警察車両と軽自動車が連なったその後ろに、ハラは車を停めた。扉を開いただけで強い臭いがした。明らかに、何かが腐る臭いだった。

ポーチから取り出した綿の手袋に指を通しながら振り返ると、運転席のハラが青ざめた顔でいた。

「ここで待っていて」

クロハがそういうと、ハラは強張った表情でこくりとする。

車外へ出たクロハはジャケットにぶつかる雨の粒を意識した。

タケダとイシイと、三十代と見える背広姿の男が、何ごとか話し込んでいる。近付くにつれ、停電の原因を話し合っていることが分かった。設備の老朽化による漏電が、最も有力な説であるらしい。クロハへ全員の顔が向いた。

「借り主に、連絡は」

「電話が通じないそうです」

クロハの質問に、イシイが答えた。時折手のひらで鼻を塞いでいる。

「誰からの情報ですか」

「隣の地区で話を聞きまして。小さな工務店で、部品の保管場所にここを使っているという話ですが」

と今度はタケダが返答し、

「一昨日、昨日と部品を取りに来て、異臭に気付いた、と」

「いつから停電を？」

「冷凍コンテナが置かれたのは、三ヶ月前ですが、停電はこの一週間以内だと」

イシイがそういって、ちらりと傍らの職員を見遣った。

「一週間前には、見回りに来ましたから」

怒ったように職員はいった。手に持った携帯電話を背広へしまい、

「開けるしかないですね……」

「任意ですが、お願いします」

丁重に、クロハは依頼する。

いくつかのコンテナを隔《へだ》てた先に、白い直方体はあった。

砂利のまかれた敷地内を一歩進むごとに、臭いが増すようだった。クロハは上着からハンカチを出し、鼻と口に当てた。

鍵を片手に、扉のノブに触れた職員はすぐ後ろに下がり、クロハへしかめ面を見せた。開いています、といった。理不尽な仕打ちに耐えている、という態度だった。

クロハは職員を一瞥し、無言で前へ出た。

扉を引いた途端、臭気は塊となってクロハへ襲いかかる。眼球に小さな痛みが走った。意を決してコンテナ内部に立ったクロハは、薄目で様子を窺う。

状況を把握すると、すぐに外へ出た。

「……通報してください」

それだけを、伝えた。呟き込まずにいられなかった。タケダとイシイが動き出した。

三段の鉄の棚が二つ、コンテナの壁に沿って設置されていた。合計六体の遺体がそれぞれの、棚の空間に置かれていた。以前に見た現場とほとんど違いはなかった。

違うのは、腐敗が進んでいることだけだ。

遺体の皮膚は青黒く、固体から液体へ変化しつつあるように、その形を崩していた。

できるだけ現場から離れたかった。

職員が震える指で何処かへ電話をかけている脇を抜け、クロハは敷地の入り口へと歩き出した。後は捜査一課が引き継ぐことになるはずだった。

片手の中にハンカチを握り締め砂利を踏みながら、他殺である可能性をクロハは考える。ないだろう、と思えた。殺害した遺体を冷凍保存するはずもなかった。停電となったのは事故にすぎない。同じ事案だ、とクロハは思う。

判断は捜査一課が下す。すぐにやって来るだろう。

ハラは車から出て、クロハを待っていた。駆け寄り、頭上を傘で覆ってくれた。ありがとう、といいながらも、クロハは自分に付着した腐臭が気になり、ハラから体を離そうとしてしまう。

携帯電話が、クロハを呼び出した。

画面には番号だけが表示されている。通話ボタンを押した。

「サトウです」

「サトウ君。今、こちらでは……」

クロハが現況を伝えようとすると、

「イシイさんから聞きました。用件は事案のことではなくて」

今までにない、緊張を含んだ声で、

「まずいかもしれませんよ。いった通り」

クロハは思い起こし、

「主任のこと……」

「主任のことです。電話で報告をしたところですが……凄い剣幕ですよ。出番を奪われたと思っているんでしょう。すぐに、こちらへ来るそうです」

思わず悪態代わりの息を吐いた。ハラが怯《おび》えた様子で、クロハの方を見た。

面倒なことになりそうですよ、とサトウがいった。

＋

競技へ向かうような気分だった。タケダとイシイに現場を任せ、先に臨港署へ戻ることになったのは、カガにそう命じられたからだった。

通話でのカガは怒りを抑えた声色で、今すぐ拠点へ戻れ、とだけいって接続を切った。

捜査よりも自分の面子《メンツ》を優先することが、クロハには信じられなかった。

臨港署のエントランスでは、機動捜査隊の班長がクロハを待ち受けていた。

意外なことだった。カガが機動捜査隊へ抗議の電話を入れたという話は、サトウから聞いていた。けれど、まさか班長が臨港署に来ているとまでは、想像していなかった。

「クロハ」

ソファから離れた班長が、クロハのゆく手を塞ぐように立ち、

「落ち着け」

「落ち着けですって……たかが捜査係の主任に怒鳴られたくらいで、機捜の班長が慌てる

方が、どうかしています」

遠慮せずに、クロハはいった。自然と声が大きくなった。

「俺がここにいるのは、何も呼び出されたからじゃない」

班長は低く、厳しい声を出した。

「じゃあ、何故」

「無線を聞いていないのか。新しい殺人事件が臨港署の管内であった。このすぐ近くで。俺は刑事課との打ち合わせのために来たまでだ。カガ主任と会うつもりはない」

「でしたら、班長、そこを退《ど》いてください。通れません」

「忠告くらいはしてやれる。聞け。つまらん主導権争いはやめろ」

臨港署の警察官達の視線を集めていることに気付いたからだろう、班長の声は一段と低くなり、

「主任にも問題があることは分かっている。だがここはお前が折れろ、クロハ」

「どうしてです」

班長はクロハへ近寄り、声をひそめた。

「相手は暴力行為の前科も噂される、厄介な男だ。女相手でも容赦をしない、とな。それでも県警本部の捜査一課。腐っても捜査一課だ。関係を壊せば今後にも響くぞ」

「捜査から外されようとしています。私は」

「今回だけが捜査の機会というわけでもあるまい」

「私が何のために刑事部へ、機捜へ転属を願い出たのか、お分かりですか」

クロハは背の高い班長の両目を、下から強く見上げ、

「捜査の本質を求めての転属です。本質に触れるために、私は機捜を選びました。捜査班の留守番をするためではありません」

「上司の命令を無視する者がいて、警察機関がなり立つと思うか」

「私ごとで捜査方針を決める上司がいては、捜査力は鈍るばかりです」

班長は周囲にきつい視線を送り、警察官達の注目を退けて、

「お前に上司を選ぶ権利はない。上をないがしろにしたのは、お前の方だ」

クロハが言葉に詰まると、班長はふと語勢を弱めた。

「お前もこれから、捜査課に配属される可能性だってあるんだ」

視線を逸らし、

「たった一週間だ。もう一週間もない。それだけの期間我慢すれば全て丸く収まる。落ち着け。もう自殺者の数も決まっているんだ。お前が動いて、被害が減ることもない。あとの日数、留守番でも何でも、しているがいい。何を焦る必要がある」

クロハは沈黙する。焦りを抱いていることは、確かだった。

「お前がここでいたずらに、組織間に傷をつけて、どんな意味がある」

そういって班長は少しだけ動き、道を開けた。

「クロハ、お前は結婚でもすれば、穏便に組織を抜けることができる。残される人間達のことも考えろ。捜査一課の連中に逆らうな」

クロハは奥歯を噛み締めた。

無言を承諾と捉えたらしい。班長はそれ以上何もいわず、外へと歩き出した。

クロハも足の運びを再開させる。

視界の隅に、長椅子から心配顔で立ち上がるハラの姿が映った。

＋

扉を開ける、というだけの行為を、これほど苦痛に感じたことは今までになかった。

扉を押すと、徐々に広がる隙間の奥に、挑発的に顎を上げるカガの姿があった。最前列の机に腰掛けた、前日と同じ格好だった。

カガとフタバとサトウ。室内にいたのは、その三人だけだった。

背後にいるハラの息遣いがクロハに届く。隠れるようにして、ハラはそこにいた。

「いい度胸してるよな」

カガは何か嬉しそうにそういった。

クロハがうんざりしたのは、カガの同僚、フタバの表情に気付いたせいだった。

フタバはカガと同じ種類の笑みを浮かべていた。これから同僚の主任が行う叱責を、見物として楽しみに待っている、という態度。

クロハが睨みつけると、一瞬フタバの口元は強張ったようだ。サトウ君、と声をかけた。

「車に押収品を載せています。ここに運んで、設置をして。詳細はハラさんに聞いてください」

居心地悪そうに座っていたサトウが席を立った。

サトウとハラが講堂から遠ざかる足音が聞こえ、それが消える頃、

「いい度胸してるな」

もう一度カガがいった。

「お休みの邪魔をすることもないかと」

数歩講堂に足を踏み入れ、クロハはいう。

「主任の代わりに、押収品のコンピュータを受け取っておきました」

「いうねえ……」

カガは背広の外ポケットから小さな包みを取り出し開くと、中身を口の中へ放り込んだ。美味しくもなさそうに音を立ててガムを嚙み、

「出し抜きやがって」

静けさが講堂にゆき渡っていた。声は張らずともよく響いた。

つまらない争い。クロハもそう思う。

カガはどう怒りを放出するかを、考えているようだった。その隣には、狡そうに笑うフタバの顔。クロハの苛立ちは増した。そして、クロハは頭を下げた。

後ろ髪が頰から肩へと流れ落ちた。

「申しわけありませんでした」

一番穏便な解決方法。

「何がどう申しわけないっていってんだよ」

とカガは居丈高《いたけだか》に、

「人の面子を潰しやがって。コンピュータを押収しただと？　まるで主役みたいに動き回ってくれるじゃねえか。俺を起こさなかったわけは何だ。いってみなよ……」

クロハは答えなかった。何をいっても取り繕うことはできないと、分かっていた。

「見ろよ、フタバ」

カガは遥かに年上の同僚を呼び捨てにして、

「こいつは駆け引きが分かってる。出世するかもよ。臆病者のあんたと違って」

それでもクロハが黙っていると、カガは再び皮肉な微笑みを作り、

「つまり、こういうことだろ」

口に含んでいたガムを銀色の包みにしまって丸め、カガは叩きつけるように、クロハのすぐ傍に投げ捨てた。

「この俺をぶちのめしたいわけだ。小娘の分際で」

「……腕力では敵《かな》いません」

クロハはつい、そういってしまった。

「他に何がある。空でも飛べるのかい。空中殺法に、千の関節技、か？」

カガが鼻で笑い、それを追ってフタバが笑った。

「……現実的な話をしましょう」

クロハは、会話の決着をつけるつもりでいった。

「いってみなよ……」

少し白けた顔で、カガがいった。

「今後、主任を差し置いて行動することはありません」

「いうまでもない」

「主任の捜査方針に、全て従います」

「だったら、よ」

ふてぶてしい表情が蘇り、

「これから飯にでもいくか。ええ？　愛想よくつき合うか」

「いいお店でしたら」

「見ろよ、フタバ。あの顔。腕力で敵わないくせに、あんな気取った顔をしていられるんだから、あんたもちっと見習ったらどうだ」

「気をつけてくださいよ」

いいつつフタバはクロハを盗み見るようにして、

「あの人が高級官僚《キャリア》とでも交際していたら、私等二人とも、首が飛ぶんですから」

カガが鼻息だけで笑った。

クロハはこの場にいることが心の底から厭わしくなる。他の機動捜査隊員は新たな殺人事件に追われているというのに。茶番に巻き込まれている、と思うと惨めな心地になった。

警察電話が鳴る。クロハは少しだけほっとする。捜査班としての日常が、やっと戻って来たような気がした。

主任の顔色を窺うフタバが、近くにある受話器を取ろうか迷っている様子だった。カガは電話機ごと机の上を滑らせて、フタバから遠ざけた。クロハが取れ、という合図だった。クロハは逆らわなかった。憤りは胸の奥で小さく燻《くすぶ》っている。

「臨港合同捜査班です」

クロハは受話器を耳に当て、いった。

「本部、電脳犯罪対策室です」

という早口の声。

クロハは普段やり取りのない部署からの連絡を不思議に思い、

「サトウ君は今……」

「いえ」

対策室からの声は、驚くほど硬く、

「別の件です。埋め立て地の集団自殺について、重要な情報が見つかりました」

クロハは、今までの不愉快な気持ちを忘れた。緊迫感が全身にゆき渡る。

「伝えてください」

クロハは電話機の、スピーカ・スイッチを入れた。

カガとフタバにもやり取りを聞かせるためだった。

『本部に寄せられた電子メイルの中に、貴田未來からのものを発見しました』

電話機が、電脳犯罪対策室からの声を発音する。

すぐにカガの顔からも笑みが消えた。受話器を貸せ、とはいわなかった。警察電話本体へ、身を乗り出すようにした。

『県警本部に送られたメイルは、様々な相談から意味不明のものまでたくさんあるのですが……犯罪を匂わせるものは電脳犯罪対策室へ回されることになっています。ですから私達の部署では、そういったメイルの蓄積が大量にありまして、鑑識課から先ほど、集団自殺の一人の身元が分かったという連絡が来た時に、貴田未來の名で検索を行いました。それで今、検索に引っかかったメイルがあったという……』

「どんな内容ですか」

クロハは思わず、責めるような口調になった。

『遺書です』

対策室の答えに、クロハは一瞬、言葉を失った。

やはり遺書はあったのだ。

「メイルを捜査班に送ってください。アドレスは……」

「おい、サトウ、こっちへ来い」

といったのはカガだった。クロハが見遣《みや》ると、貴田未來のコンピュータ・モニタを抱えたサトウが、廊下から姿を現したところだった。

「そいつは、その辺の机の上にでも置いておけ。電脳犯罪対策室からの情報を受け取れ、そっちの方が先だ」

サトウは無表情のまま、いわれた通りに動く。昨日サトウ自身が講堂に設置したコンピュータの前に、座った。

『送信はしますが、注意してください』

電話機からの忠告。

『メイルには添付ファイルがついていますから。添付ファイルがどういったものなのか、まだ確認できていません。うかつに開かないように』

「拡張子は」

『ありません。故意に消されているのかもしれません』

不明なファイルを添付した遺書メイル。

クロハは顎を喉元へ引き寄せ、考え込む。

まるで、謎掛けをされているよう……

「僕が解析する、と伝えてください」

サトウがぽつりといった。

私にいったのだ、ということにクロハは気付き、通話相手にサトウの言葉を伝えた。

メイルの転送が始まり、講堂の中がしんとした。ハラもいた。いつの間にか、クロハの隣に立っていた。

転送はすぐに終わった。遺書、と対策室が説明したメイルを、サトウは躊躇なく開いた。

全てが、私の体を素通りしてゆきます。
留まるものは一つもありません。
言葉も声も形も。
光も風も雨も。
この世界に、未練はありません。
全ては、私とは関係のない存在です。
私はもう、死んでいるでしょう。
この言葉は誰かに届いていますか？

記念碑になりたい。

美しい記念碑に。

組み立ててください。

それ以外、何の望みもありません。


「死人からのメイルかい……」

カガの軽口も、小さな声量でしかなかった。

クロハは文章を見詰める。意味を捉えようと頭脳を働かせていた。

そうしているのは、クロハだけではなかった。

「記念碑……」

と呟いたのは、ハラだった。クロハが考え込んでいるのも同じ箇所だった。

記念碑。何のことだろう。

組み立てる、とは……

「このメイルは貴田未來本人からのもので、間違いないですか」

クロハは思考を中断し、訊ねる。

『そのことについては、留意すべき点があります』

そういったまま、対策室からの声は沈黙した。

伝えるのを躊躇している……そう感じたクロハは、先を促した。

「どんな……」

『送信元のメイル・アドレスを両親に確認したところ、本人のものに間違いありません。ですが、本当に本人が送信したメイルであるかどうか、断言はできません』

対策室のいい方に、クロハは違和感を覚える。他に誰が送信するというのだろう。

「どういうことですか……」

『メイルが県警本部に届いたのは、昨夜零時です』

講堂の中に、小さな動揺が起こった。クロハは息を呑む。

貴田未來はその時刻、遺体として所轄署の霊安室に安置されていたはず。

死者からのメイル。

『何度も調べたのですが……こちらのサーバには、昨日着信と記録されています』

クロハが受話器を置くまでの間、またそれからしばらく経っても、講堂には沈黙が満ちたままだった。

一つだけ音がしていた。サトウが叩くキーボードの、乾いた小さな音。

「……誰かが貴田未來を騙《かた》ってんじゃないのか」

とカガが不機嫌な顔でいった。

「何のためです」

そう質問したのはサトウだった。喋るときも手を止めずに、

「本当は殺人者がいて、犯行を隠すために偽装メイルを送った、とか」

「……殺人は、検視官が否定しているわ」

口をつぐんで苛立つカガに代わって、クロハがいい、

「それ以前に、犯行を隠すためなら、時間を置いて偽装の遺書をわざわざ送る必要もないでしょう。ただ黙っていればいい」

「僕がいいたいのは」

応じるサトウの沈着な姿に、クロハは軽い驚きを覚える。

「時間差でメイルを送る方法なんていくらでもある、ということ」

「何かソフトウエアを使って……」

「メイル・ソフト単体でもできますよ。けど、その場合はマシンが起動している必要がある。自動送信用ソフトウエアの中には、予約情報をプロバイダ側のサーバへ記録して、指定された時間に、そこから送信できるものもあります。もう一つ、数年先までの通知《リマインダ》メ

イルを設定できる専用のサイトもあります。おそらく貴田未來は後者二つのどちらかを使用したんでしょう。確実ですから。僕ならそうします」

淡々とサトウは語った。

電脳犯罪対策室にいるだけのことはある、とクロハは感心する。サトウは、子供じみた態度を残す内向的な青年、というだけではなさそうだ。

「むしろ問題なのは、添付ファイル。こちらの方でしょう」

というサトウはモニタを凝視したまま、

「ファイルの種別を示す拡張子が消されてる。意図的だとすれば、僕等を困らせようとしている。1・2メガバイトの情報《データ》。静止画。音声。動画。あるいは大量の書類。何かのプログラム……どんなものでも構成できる情報量。外からは分からない」

サトウは画像閲覧《イメージ・ビューワ》ソフトウェアを画面上に立ち上げた。不明ファイルは何かの画像、と仮定しての選択だった。その可能性は高い、とクロハも考える。

クロハは身構えた。イメージ・ファイルだとすれば、突然どんな映像が目前に広がるか予想できるものではない。まともなものとは限らなかった。貴田未來に悪意があれば、そのファイルは目を背けたくなるような写真——それがグロテスクなものであれ、エロティックなものであれ——という場合もあり得た。

しかし画像は現れなかった。

対応したファイルではありません。モニタにはそう表示されていた。

クロハは肩の力を抜いた。

「エディタで確認します。ファイルには普通、頭の部分に識別情報が入っているので。ファイル・ヘッダを調べます」

マシンを操作するサトウの働きに、捜査員達の視線が集まっていた。誰も言葉を発しようとはしなかった。フタバでさえ真剣な顔でいることを、クロハはちらりと確かめる。

不明ファイルの内容が表示された。

意味の読み取れるものではなかった。

文字列が延々と続いている。

……v -9.1670 62.1054 -9.0829
v -3.5068 52.6308 -12.2344
v -3.3838 55.8300 -11.9640
v -2.0303 49.4316 -13.8301
v -1.9384 46.0167 -13.6802

v -1.9384 47.7089 -13.0714
v -4.6142 47.3398 -12.0870
v -3.8760 39.5148 -8.1495

f 2//1 1//2 3//3
f 11//4 4//5 5//6
f 6//7 7//8 8//9
f 9//10 7//11 6//12
f 9//13 6//14 11//15
f 30//16 10//17 11//18
f 12//19 32//20 13//21
f 14//22 15//23 16//24
f 18//25 17//26 19//27……

「テキスト情報《データ》です」

というとサトウは一度、深呼吸をして、

「でも、ヘッダがない」

「……で、こいつはどういう意味なんだい」

飽き飽きした、という調子でカガがいった。

「文字ですよ、見た通りの」

サトウはモニタから目を離さず、

「これ自体に意味があるのかもしれないし、あるいはテキスト形式を使って、文字以外の何かの情報《データ》を記録しているのかもしれない」

「テキストで文字以外の情報を記録する必要って、あるのかしら」

クロハが声をかけた。

「様々なアプリケーションで使いやすいよう、汎用性を持たせる場合には、あります。医療系や技術系で使われる数値をテキスト形式で記録する、という風に」

「で、この数値の固まりから」

とカガが顎をしゃくり、

「何か有意義なもんを引き出せるのかい、お前は」

「僕が解析します」

そういうサトウは初めて首を回し、カガの顔を一瞥した。すぐに姿勢を戻し、怯える様

子もなかった。平然と、

「全ての可能性を、虱潰《しらみつぶ》しに調べていきます」

「どのくらいかかるんだい」

「分かりません。先に貴田未來のマシンから、消去されたメイルの復元を試してみます。復元できれば、事件を理解する重要な証拠になる」

「確実に復元できるのかい。何か出んのかい」

「分かりません」

「そいつはいい」

とカガがいう。馬鹿にしたように、

「サトウに任せておけば、全て解決というわけだ。他の捜査員はぐっすり一晩眠って結果を待つ、って按配《あんばい》だ」

「どうぞ」

気を悪くした様子もなくサトウはいい、

「僕が一人で解析した方が、効率がいい。コンピュータ二台、使わせてもらいます。これは僕の仕事です」

サトウの態度は、カガを挑発するようだ。クロハはちょっと心配になった。悪気のなさそうなところが気がかりだった。火の粉が降り掛かった時、払う術《すべ》をサトウは心得ているだろうか。

私も心得ているわけじゃない、とクロハは思う。

カガは舌を打ち、

「全く結構なことだぜ。揃いも揃って……報告は俺に回せよ」

そういうと不機嫌をあからさまに表して、大きな足音とともに机から降り、講堂を出ていった。そのあとをフタバが追った。

サトウが、押収した機器の設置を開始した。クロハも手伝おうと動き出す。延長電源ケーブルの場所を変えていると、コンピュータの裏側で接続を助けるハラの、一人吐き出した小さな溜め息が雨音に混じり、ふとクロハの意識に届いた。

＋

クロハは市営バスの最後列に座った。

雨はまだ降っていた。傘の必要のないほどの霧雨が、それでもバスの窓硝子を曇らせ、街灯の光を溶かしていた。

エンジンの駆動が座席に伝わり、バスが動き出す。クロハは臨港署を振り返った。サトウはまだ講堂にいるはずだった。サトウに任せるしかない。貴田未來から送られたメイルが、本当に本人のものなのか確かめるには、彼女のコンピュータを解析するしかない。サトウ以外に適任はおらず、サトウは誰の補助も望んでいなかった。

タケダの報告によれば、新しく発見された遺体も本部鑑識課と合同捜査班の扱いになりそうだ、ということだった。以前の冷凍コンテナの件と、状況が余りにもよく似ていた。契約書に使われた身分証は偽造品で、身元を示すものは、何一つ見付からない。司法解剖の結果を吟味して管理官が明日正式に決定する、という。

一つの計画を二箇所で実行したもの。そう考えるべきだろうと、クロハも思う。遺体はさらに増える可能性さえあった。

腐敗臭が、鼻孔の奥に蘇った気がした。シャワーで洗い流したい……

クロハは市営バスの後ろに、黒いクーペがついているのを見た。

夜の時間帯に入ってはいたが、それにしてもクーペのフロントグラスは黒すぎるようだ。フィルムが張ってあるのだろう。道路運送車両法違反。警察署の前をフル・スモークで通り抜けるなんて。

クロハは呆れるが、携帯電話へは手を伸ばさなかった。別の大事に忙しいはずの地域課や交通課を、さらに酷使するほどの事案とは思えない。いいわ。今回は勘弁してあげる。クロハは背後を見るのをやめた。

思索するのに、車内の暗さは丁度よかった。自分の横顔をわずかに映す窓硝子の奥、流れる景色を見遣《みや》った。

遺書メイルのことをクロハは考えていた。貴田未來のメイルのことを。

誰かの悪戯《いたずら》、とは思えなかった。本物のように読める。疑う理由が見付けられない。

本物。

クロハは、はっとした。遺書が本物であるのなら。

貴田未來だけではないかもしれない。同じような遺書が他にも送られているのでは。けれど、他の遺体の身元が先に確認されなければ、検索の仕様もなかった。

自殺者の名前が判明しない以上、警察に送られる大量のメイルから、遺書を探し出す術はない……クロハは深く、座席に体重をあずける。

県警本部に送られている、とも限らなかった。所轄署でもそれぞれ電子メイルは受けつけているし、県外へ送付されたものもあるかもしれない。

遺書に何か、共通項でもあれば。貴田未來のメイルには、どんな特徴があったろう。

大きな特徴があるようには思えなかった。文章に、遺書という言葉自体、使われてはいなかった。

記念碑になりたい、という一文を、クロハは思い出す。

記念碑を組み立ててください、ともあった。どういう意味だろう。記念碑、を検索時のキーワードにできるだろうか……できるかもしれない。他に何か……

形式不明のファイル。ウイルスではない、とサトウは断言していた。

自殺者は全員、遺書にファイルを添えている、としたら。添付ファイルを元に検索はできるだろう。

提案だけはしてみよう、とクロハは考える。少しでも前へ進めるものなら、願望でもないよりはまし。ジャケットから携帯電話を取り出し、周囲に人がいないのをいいことに、臨港署にいるはずのサトウへ、用件を最低限の文字数にしてメイルを打った。

一瞬、黄色い彩りが、クロハの視界を横切った。

窓外を通り過ぎるその色を、クロハは目で追った。

立ち入り禁止《キープアウト》テープの黄色だった。新しい事件。機捜の車も見えた。

クロハは思わず、窓枠に設置された降車ブザーを押した。

＋

停留所から事件現場まで、そう距離はなかった。

小走りにクロハは立ち入り禁止テープ《キープアウト》へ近寄った。古い木造アパートの玄関に、テープは張り渡されていた。

すぐ傍に機動捜査隊の車両は停まっていたが、隊員の姿は見えなかった。

事件発生からだいぶ時間は経っているようで、野次馬もいない。クロハはぎりぎりまでテープへ近付いた。班長がいっていた事案だ、ということにクロハはやっと思い当たった。

新たな殺人事件が発生した、と班長はいっていた。

初老の制服警官が、クロハを止めるためにやって来た。警察官はクロハの顔を見て、おや、という顔をした。

「久し振り。スギさん」

「クロハか」

自動車警邏隊の馴染みだった。応援に駆り出されて、ここにいるのだろう。

「こっちの捜査に参加するのかい」

「いえ……通りかかっただけ。殺人、ですよね……」

スギは辺りを見回し、

「中で話そう。雨もある」

テープを持ち上げて、クロハを建物内へ誘った。

ひどく軋む階段を踏んで、二階へ上がった。

そこだ、とスギが顎で部屋の一つを示した。

クロハが覗くと、中には数名の鑑識員がしゃがみ、作業をしていた。誰もクロハのことを気にしなかった。

部屋のほとんどの壁は、CDケースで埋め尽くされていた。棚からもはみ出して、地層のように積み重なっている。大きなスピーカがケースを挟むようにして、置かれていた。CDとオーディオ機器だけで占められた部屋、といえた。

そして血糊が凄かった。クロハは手のひらで、鼻孔を覆った。

遺体はすでに運び出されていたが、その形を床の絨毯に、流れた血液が縁取るように残していた。まるで大きな容器に入れた血を、部屋へ無造作に叩きつけたようだった。

似ている、と思った。

首を切り裂かれ、死んだ男の現場に。

スギに促され、クロハは階段の踊り場まで戻った。そこで、スギが声を落としていった。

「連続殺人だ」

クロハは頷き、

「前の現場は、私も見ています」

「頸動脈らしいぞ」

「はい。被害者は……」

「若い女だ。お前さんと同じくらいか。ここで、三年暮らしていたそうだ」

「殺人の他に、何か……」

「ない。強盗も強姦もない。痕跡を残さないよう、周到に行動しているらしい。血痕を拭き取った跡もあるようだ」

スギは首の凝りをほぐすように頭を傾けて、

「奇妙だよ……」

「奇妙」

「安アパートだ。壁も薄い。だが、物音がした時間は短く、小さい。昨日の夜中に、階下の人間が天井に何かがぶつかる音を聞いた、というくらいだ。これだけの現場なのにな、抵抗した様子がほとんどない、って話だ」

クロハは両目を細め、

「……第一の現場も同じです。被害者は鬱病で精神科へ通院していて、睡眠薬を服用していました」

「こっちも同じだとすれば、犯人はあらかじめ、睡眠薬で寝入った人間ばかりを狙う快楽殺人者、ということになるな。薬を摂取した被害者を何処で知ったのか……」

「もう一つ、可能性があります」

少し考えてから、クロハは口を開く。

「……被害者が自分殺しを犯人に依頼した、という可能性です」

スギは制帽の鍔《つば》を持って少しだけ持ち上げ、クロハの顔を見た。

「可能性か」

「可能性です」

クロハは繰り返す。

「全ての可能性を考慮する。悪いことじゃないな。お前さんは今、機捜で何をしているんだい」

「埋め立て地の集団自殺について、捜査しています」

「そうかい」

スギは表情をわずかに和らげ、

「お前さんがいれば、解決はすぐだな。その事案は」

スギは本気でそういっているようだった。自邏隊にいた時から、スギは表情の険しさに似合わず、クロハをほとんど叱らなかった。

よくできた父親のように、とすぐに連想してしまうのは、クロハが父を十代で亡くしているせいだろうか。いや、とクロハは否定する。父さんはこんなに優しくなかった。もっと猥雑な人間だった。

踊り場に立つクロハは、薄らと風を感じる。木造建築の隙間風。

クロハは思い出し、苦笑した。悲しくさえあった。

「私、外されているんです。捜査の中心から」

クロハがそういうと、

「色々あるさ」

スギは分厚い体を斜めにし、クロハが通れるだけの空間を踊り場に空けると、

「事情は常に変化するんだ。その中で……使わなくてもいい能力ってものもある。使えば皆、お前さんの腕を見直すだろうよ。そんな状況が起これば。だが……お前さんの技量でそいつを使うことになれば、死者が出てもおかしくない。それだけ凶悪な状況が発生した、

ということだからな。そんな事態はお前さんもご免だろう。焦る必要もないさ。ゆっくりやればいい」

スギのいっている意味は、クロハには理解できた。クロハのことをよく知ったいい方だった。

クロハは微笑み、頷いた。

携帯が振動したことに、クロハは気付かなかった。

何気なく取り出すと、携帯の小さなライトが点滅していて、サトウからの返信を知らせていた。了解しました、朝一番に電脳犯罪対策室へ連絡します、と短い返事があった。

クロハが立ち入り禁止テープ《キープアウト》を潜ると、雨はさらに弱くなっていた。

停留所に着き、一人バスを待っているクロハは、悪い気分ではなかった。

一言愚痴をいったことで、幾分肩が軽くなったようだ。時刻表を見ると、次の車両はすぐに着くらしい。幸先がいい、とクロハは考えることにする。

けれど、時刻表から視線を外した途端、クロハの中の小さな幸福感は霧散した。

黒いクーペ。

フル・スモーク。道の先に停まっている。

見張られている……そう考えた途端、クーペはゆっくりと動き出した。
クロハの視線を避けるように。

三

クロハがネット上のコミュニケーション・ツールとして最終的に選んだのは、仮想空間だった。

電子掲示板では全てが他人《ひと》ごとでありすぎた。ソ《S》ーシャル・ネ《N》ットワーキング・サ《S》ービスに参加してみれば、今度は人と人との距離の近さが、息苦しさを生んだ。中間に位置していたのが、多角形《ポリゴン》で築かれる仮想の都市空間だった。

常に人とすれ違う形態は、ちょっとした緊張感をクロハへ与えた。他人との緩やかな繋がりが、クロハを仮想空間に止《とど》まらせる理由となった。

クロハのノート・コンピュータ、LEDモニタに映し出される計算上の都市。仮想空間では、様々な姿とすれ違う。そこではどんな容姿を選ぶのも自由だった。

目を見張る美女が街を歩いているからといって、その分身《アバター》を持つ人間が女性であるとは限らなかったし、猪の頭を持つ大男を、男性が操作しているとは限らなかった。

アゲハ＝クロハは拘束服のような、細身のつなぎの上にフリルのついたスカートを穿き、あちこちに鋲のついたアクセサリをはめていた。黒を基調とした衣装。現実では着るはずのない衣装だった。

そこでは誰も、アゲハ＝クロハの実世界の様子を聞いたりはしなかった。

性別も歳も職業も、質問されることはなかった。仮想世界を本当の世界として認め、機能させるためには、常にそれぞれが分身《アバター》を視点とすることが必要で、その一種の連帯感が互いへの詮索を止める装置となっているのかもしれなかった。そういう距離感がクロハの肌に合った。

けれどももし、その土地を見付けることができなければ、クロハが仮想空間に居着くことはなかっただろう。素通りするだけで終わっていただろう。

そこでは、いつも雨が降っていた。

土地の中央には雲を超える高い高い塔があり、周囲では鉄筋を剥き出しにしたコンクリートの瓦礫が迷路を作り、そして、酒場だけが明かりをつけていた。

瓦礫は増殖を続け土地を無造作に埋め、瓦礫を飾るテクスチャの細部が日ごとに、精細になってゆく。

アゲハ＝クロハは半年前にそこに降り立ち、錆びた金網が雲を遮る風景を見た。雨滴が網目を抜けて降る景色を発見した。

大企業が未来都市を志向して作ろうとする白い清潔な場所にアゲハ＝クロハは興味を覚えなかった。瓦礫の土地に魅了された。進展する数々の要素を知り、訪れるようになった。

サウンドと仮想空間があれば、日々の無意味な隙間を、アゲハ＝クロハは埋めることができる。仮想空間はアゲハ＝クロハにとって貴重なものではなかったが、必要なものではあった。

サウンドは自宅に忘れてきた。今は仮想空間しかない。

＋

酒場に管理人はいなかった。

何故管理人が自分の素性を知っているのか、アゲハは問い質すつもりで来た。緊張していた。個人情報が流出している可能性。

ネットで使用するクレジット・カードは作り直すことにした。私的に使用するためのメイル・アドレスを、もう一つ新たに設定した。それでも解決したとは思えなかった。管理人に直接問う以外、解決はないだろう。

酒場にはキリがいた。

キリだけではなかった。今夜は人が多く集《つど》っている。

管理人の姿をクロハは探した。生きものの形をしているかどうかすら、分からなかった。

管理人はいないよ、とキリにいわれ、アゲハはほっとする。問題を先延ばしにするだけ、ということは分かっていたけれど、相対するのはやはり怖かった。

「アゲハ。隣に座りなよ。そこ空けて」

キリにいわれて、レゴがカウンタ席から移動する。ブロックで組み上げられた人形。レゴは透明な丸テーブルを前に座り直す。

気分を害している様子もなかった。こんばんはアゲハ、といった。

お休みアゲハ、と二匹の猫が優雅に長い尾を振りながら口々にいって席を離れ、酒場の外へ出ていった。

酒場はアゲハとキリとレゴだけになった。

アゲハはキリの隣に腰を下ろした。

キリの全身を眺める。

今日の衣装はふわりとしたドレス。布地が何重にもなっていて、二箇所で結わえた髪と一緒に、ほんの少しの動作でも美しく揺らいでいる。キリの手作りの衣装には、アゲハはいつも驚かされる。その技術のために、キリは誰からも一目置かれている。

「つけてくれているんだね」

とキリがいった。アゲハの、胸元のペンダントのことだった。

「もちろん」

アゲハは答えた。

「管理人を探しているの？」

「そう。聞きたいことがあって」

「どんな話」

「現実のお話。楽しい話じゃないと思う」

「ふうん」

といって、キリは黙り込んだ。

「キリが最後に会ったのはいつ？」

「最近会わないね。いつだったかな。ああ、事件があった時。あれはいつだっけ、レゴ」

「雷雲の奴？」

レゴが喋ると、ブロックのいくつかが、体から外れそうになる。

「そう」

「それなら、二週間前だよ」

「雷雲って何……」

アゲハが聞くと、

「臓器。黒雲。雷。爆音。全然聞いてないの」

キリが愛らしく首を傾げる。

「全然」

アゲハは答えた。キリのような自然な動作を分身《アバター》に加えることは、できなかった。

「そこにいたのは管理人とキリだけだ。僕が見たのは痕跡だけ」

とレゴがいった。

「気味の悪い奴。水でできたみたいな球体に、動く心臓を納めていた。それが、そいつの分身。やって来たのは、二週間前」

そうキリが語り出し、

「ここを目指して歩いて来た。心臓がどくどくいって、地面に血を垂らしていた。でも、そんなこと全然問題じゃない。でしょ。どんな分身でも、個人の自由。問題は、アクセサリの方。彼が身につけていたもの」

「武器か何か……」

「そうともいえる。身につけていたのは、大きな黒雲。彼の背後から、もくもくわき出していて、歩く彼を追うの。ひどかったんだ。黒雲はかなりの時間、世界に残ってた。不定形の雲は凄くよくできていて、あれだけの表現をするためには、どうしたって最高級のCPUとグラフィック・アクセラレータが必要になる。彼がちょっと動くだけで、オブジェクトが増えて、どんどん世界が鈍間《のろま》になってゆく。つまり、あれは悪質な嫌がらせよ。この土地と繋がったコンピュータの処理速度を低下させるのが目的の。想像してみて、アゲハ。世界が急に紙芝居みたいな動きしかしなくなるんだから。誰かの悪意のせいで。もっと最悪なのは」

キリは肩をすくめて、

「黒雲には稲妻のエフェクトがついていたの。大きな音と稲光。光を処理するために、また世界は重くなる。しかも稲妻は銃の設定なのね。下手したら、私、いきなり吹き飛ばされていたかもしれないのよ。ここで武器の使用が禁止されていることは、誰でも分かるでしょ。そう表示されているんだから。でもそいつは、悪意を持ってここへやって来た」

「どうなったの」

キリの怒りは、アゲハにもよく理解できた。

キリはまた肩をすくめ、

「管理人が注意した。雲を外してくれ、って」

「それで……」

「男はいうことを聞かなかった。俺に命令するな、ってさ。どんどん近付いて来る。管理人はすぐに男を追放した。躊躇なく。それで終わり」

土地の所有者には、秩序のための権力が与えられている。管理人は正当に権力を行使し、男の姿を消去したのだ。

「アカウントを変えて、男がまたここに来る、って可能性は」

アゲハは思いついた疑問を口にした。

「わざわざまた追放されるために?」

キリがいい、

「無意味」

「でも、管理人に会わなければいいわけだから」

「たぶん、来ているよ」

とレゴがいった。閉じた二枚貝の形に変化し、

「姿は見ていないけど」

「ほんと？　いつのこと」

とキリが聞く。

「昨日。塔を黒い雲が覆ってた。そういう新しい要素を加えたのかと思ったんだけど……男が塔を昇った跡だったんだろうな」

「嫌な話ね」

アゲハはいった。

「ほんと」

とキリが同意し、

「塔の中なんて、階段以外なんにもないのに。アゲハ、昇ったことある？」

「少し。でもすぐに引き返した。何もないから」

「どうして管理人が塔を作ったか、知ってる……」

「知らない。どうして？」

「罠なんだって。何を捕まえるための罠なのかは、教えてくれなかった」

「罠」

どういう意味なのか、アゲハには想像すらできなかった。

「塔の中に、男が閉じ込められていたらいいのに」

そういうと、キリは、すとんと白黒のタイルが敷き詰められた床に降りた。

キリの背中から大きな蝶の翅が生え、

「現実にはほんと、楽しい話ってないんだ。どう思う、アゲハ」

「そうね」

少なくとも今日は、賛成したい気分だった。

「でしょ」

キリは片足を軸にして、ふわりと一回転してみせた。鱗粉が舞う。

「だから今は楽しい話をしよう。何か話を聞かせてよ。アゲハ」

「じゃあ……」

少し考えてみても、楽しい話は思い浮かばず、

「数字の羅列だけのファイル。テキスト・ファイルなんだけど、数字しか書かれていない。数値三つで一組。それがたくさん。これ、何だと思う」

「謎々のつもり」

「たぶん」

「いいわね、アゲハは」

キリはもう一度両肩を上げ、

「きっと本物のアゲハも美人なのね」

「どういう意味？」

「いった通りの意味。きっと美人なのよ。だから人にサービスする必要がないんだ。そんなの、面白い話でもなんでもない」

キリは怒っているのだろうか、とアゲハは心配になった。困り、レゴの方を振り返った。レゴは何もいわなかった。最新式の燃料電池バスの形に変化して、黙っていた。

「ごめん」

とアゲハは謝り、

「よくいわれる。愛想がない、って」

「いいの。そういうアゲハが私、好きなんだから。お世辞も嘘もいわないところが」

アゲハがどう返事をしようか迷っていると、キリは少しだけ、宙に浮いた。

キリがいう。

「xyz。そのテキスト・ファイルは私達と同じよ」

「同じ」

アゲハが聞き返すと、

「ポリゴン・データってこと。3Dオブジェクトのデータ。ポリゴンは結局、空間上の座標の集まりでしょ。xyzの集まり。数字だけで記述できる。どう。正解？」

アゲハは、真剣に思慮していた。可能性はある、と思った。

「正解、かもしれない。私も解答は知らない」

といってから、

「もう仕事の話はしないわ」

「何かの調査？　アゲハはもしかして、警察関係の人？」

珍しいことがある、とアゲハは不思議に感じる。キリはさっきから、現実世界のことを話題にしている。

「秘密」

とだけアゲハは答える。

「秘密か。いいわ、私だって秘密は多いもん。でも、一つだけ教えてあげる」

キリはいい、

「私ももうすぐ、アゲハになるんだ。奇麗な揚羽に」

アゲハがキリの言葉を、新しい流行りのいい回しか何かだろうか、と考えていると、

「本当になるんだ」

キリはそう続けた。

ふと、その容姿の向こうが透けて見えた。酒場の奥、大きな換気扇の回る様子が、キリのドレスに重なった。キリはどんどん透明になってゆく。

すでにレゴが消えていることに、アゲハは気付いた。いつログ・アウトしたのか、全然分からなかった。

「さようなら、アゲハ」

キリがいった。

キリのドレス、翅、白い肌、が完全に消失した。

酒場で、アゲハは一人になった。

＋

玄関から、錠を開ける音がした。

クロハは居間へ出た。姉さんがスリングの中に小さな息子を抱いて、入って来るところだった。

「早いのね、ユウ」

と姉さんがいった。クロハは軽く頷いた。

「捜査本部って深夜勤務もないし、普段より楽なのね」

乳児用のマットを床に敷きながら、姉さんがいった。

「捜査本部じゃなくて、合同捜査班」

クロハは訂正した。こんな細かいことが気になるなんて職業病かも、と思いながら。

「違うの……」

不思議そうに、姉さんが訊ねる。

「規模がね。あとは予算の下り方とか責任者の階級とか」

「ユウがいるのは小さくて楽な方なんでしょ」

クロハは苦笑いし、

「楽じゃいけないの。早く帰れるのは捜査が滞ってる印。父さんの時だって、そうだったでしょ」

「覚えてないわ」

姉さんは少し厚みのあるマットへ息子を寝かそうとし、けれど息子がクロハの顔をじっと見詰めていることに気付いて、抱き直した。

クロハはちょっと緊張して、甥の小さな顔と見詰め合った。幾度も訪れ、抱き上げる時間があったのは二ヶ月前までの話。自分のことを覚えているとは限らなかったし、もう人見知りが始まっていてもおかしくはなかった。

「こんばんは、アイ君」

クロハは近寄って、挨拶した。

アイはしばらく怪訝な顔で居候を眺め、急に緊張を緩めると口をふわりと開き、満面の笑みを見せた。釣られて、クロハも微笑まずにはいられない。

アイの笑顔って魔法よね。クロハは感心し、

「ちょっと待ってて」

寝床として借りた書斎へ戻る。大きな木製の机の上、コンピュータの隣の携帯電話を持ち出し、カメラを起動させる。

笑顔笑顔、とクロハが指示しても、アイは不思議そうに小さなレンズを見詰めるばかりで、今度はなかなか笑ってくれない。くすぐったり、携帯を背後に隠したりして、何とかそれらしい表情を捉えるのにクロハはやっと成功する。姉さんの困ったような苦笑顔も、同時に記録することになった。

クロハが聞く。

「そっちは遅いんじゃないの？」

「会議」

姉さんは短くいって、小さな息子をマットにそっと置き、

「提携病院の変更を検討して、延々と」

「そう……」

クロハはソファに掛けられたバスタオルを折って寝具代わりに、アイの体へ乗せた。

アイはぼんやりと、自分の両手を眺めていた。

クロハはアイの顔を覗き込む。甥の瞳を観察する。昨夜には、できなかったこと。

アイの瞳の色は薄く、灰色がかって見える。

蛍光灯の硬質な光の下で、金属的な輝きがある。アイは同月齢の乳児と比べると小柄で、顔も小さく、すべすべした肌からしても、奇麗な人形のようだ。

もし私が子供を産んだら。クロハはアイの目を覗く度《たび》に、考える。

私の子も、こんなに奇麗な瞳で生まれて来るだろうか。

アイのような瞳の色をした子供を、クロハは他に見たことがなかった。

クロハには、長い期間の妊娠に耐える心構えも全然なかったし、どう育てるかなど想像もできなかったし、母として行動する自信もなかった。

第一。クロハは考える。子供を産むにも、魅力的な男性との出会いから始めないといけ

ないんだから。一々そこからやり直さないといけないなんて。

アイはクロハの視線に気付き、にこりとした。

クロハも笑顔を返した。いっそ、あなたが私の子供になってくれたらいいのに……でも
君はそんなこと、喜ぶはずないよね。

クロハは振り返り、キッチンで食事の支度をする、アイの母親の横顔を見た。当たり前
の顔で、母としてシンクへ向かっている。羨ましいな、とクロハは思った。どうしたらあ
んな風に、無駄なく凛々しく生きてゆけるのだろう。

「ねえ」

クロハが話しかける。

「別れた夫が経営する診療所にずっと勤めるのって、どんな気持ち」

「普通」

姉さんは振り向かずに答え、

「一緒に住んでいるのじゃなければ、何も問題なし」

「一緒に住むと、どうなるの」

「腹が立つわ。雑誌片手にソファに座ってるだけで。ひと言いいたくなる」

そうだろうな、とクロハは思う。姉さんの夫は在宅している時、いつもソファに体を預

けていた。姉さんの家事を手伝うこともなく、アイの世話をすることもなかった。アイを指し、『面倒な子だよ』と素っ気なくいった男。

「仕事仲間なら平気なの」

聞かれた姉さんは、

「全然普通。冗談だっていえる」

クロハは少し考え込み、

「昔の彼にも、私は会いたいと思わないのに。姉さんと別れた人にだって、もう会いたくないわ」

「ユウは潔癖性だから」

こともなげに姉さんはいい、

「嫌いなんでしょ、あの人のこと。でもあなた以上に、向こうこそユウとは会いたくないでしょうね」

「どうして……」

「だってユウってさ、吸血鬼っぽいもの」

クロハは面食らって、

「何それ」

「ユウは、表情を人に読ませないでしょ」

「……無表情ってこと？」

「ちょっと違うわね」

姉さんはボウルにビネガーを注ぎ、

「ユウってね、威圧感があるのよ。特に、怒るとね」

「まさか」

「少しは計算して、威圧しているんじゃないの……」

姉さんの声に、楽しそうな雰囲気が混じり、

「気に入らないことがあると、口を結んで、目を細める。そうすると濃い睫毛《まつげ》に瞳が隠れて、もう穴が空いたみたいに真っ黒になるわけ。まるで恐怖映画の一場面だもん。ほとんどの人間は、震え上がるわ。ユウの前にはもう立ちたくない、って思うわよ」

「いいすぎよ」

「もちろん。ユウがそういう顔をする時は、本当は単に拗《す》ねているだけ。でも私じゃないと、そんなこと分からないから」

クロハは顔をしかめて、笑みを浮かべるしかなかった。姉さんには敵わない。子供の頃からそうだった。

　たった三歳しか違わない、と認識したのはつい最近のこと。クロハはずっと、姉とは途方もなく歳が離れているような気持ちで育ってきた。

「母さんとそういう話をしたことがあるのよ。ずっと昔」

　姉さんも小さく笑うと、

「ユウのあの顔は、拗ねているんだけど、相手を威嚇《いかく》してもいるんだよね、って。母さんと話していて、そういう結論に辿り着いたんだから」

　クロハはアイを見た。

　寝息が聞こえて来たからだった。顔だけを真横へ向けて、静かに寝入っていた。他の赤ん坊と比べると、どうしても華奢に見える姿。

　母さんはもういなかった。世を去ったのは一昨年のこと。肺炎をこじらせたのが原因だった。咳をしながら新聞配達をし続けたのが、原因だった。

　私達、三人だけね。

　アイの寝顔を観察しながら、クロハはそう思った。

　母さんの葬儀で会った親戚達は、初対面の人間ばかりだった。三人で充分だ、と思う。

「寝たよ」

　クロハはそう報告する。立ち上がり、キッチン前のカウンタ席に着いた。

仮想空間での同様の行為が急にクロハの内に蘇り、奇妙な気分になった。

キッチンでは、塩分と香辛料を控えてビネガーばかりを成分としたドレッシングが、ボウルの中に出来上がっていた。

姉さんはパスタの袋を持って振り、

「ユウは食べる？」

「私も野菜だけ頂戴。もう寝るから」

「そう」

自然発生した沈黙。アイの寝息。風邪でもひいたように、喉が少し鳴っている。

「大人しいよね、アイ君は。寝入る時も大人しい」

とクロハはいった。

「……アイはね」

姉さんが口を開き、

「このふた月、身長も体重も増えていないのよ」

「個人差でしょ。小柄なのが、可愛いんだから」

クロハは動揺をうまく隠した。

「そうなんだけど」

姉さんは俯《うつむ》き気味に、

「寝返りも全然しないのよ。体がちょっと斜めに起き上がるだけで」

「個人差よ」

クロハはそういい切った。弱音《よわね》のようなものを姉さんが口にすること自体、意外だった。

「そうね」

姉さんは降参するように、

「でも環境は気になる。引っ越すことを今、真剣に考えているの。保育所ももっと近くにあった方がいいし」

クロハはカウンタに両肘を乗せ、

「夜景、奇麗だけどね。凄く」

「いくら奇麗な蝶でも、毒があるなら近付かないでしょ」

「毒があるならね。環境安全基準はどの工場も満たしているはずだけど」

クロハは少し考え、

「……気にして悪いこともないか」

振り返りアイの様子を見た。ごろごろと喉を鳴らして、それでも熟睡している。

「私、あの製油所の傍にいったのよ」

クロハは思い起こし、いった。

「臭い、きつかった？」

「ここと変わらない。それよりも雨で寒くて、死にそうだった」

「何しにいったの」

「いったのは近くのレンタル・コンテナ。最初は……簡単な用事だったんだけど」

クロハは何となく声を落とし、

「遺体がいっぱい見付かってね。集団自殺の。すぐには帰れなくなった」

「ユウが今捜査しているのも、その事件？」

「そう」

捜査から外されつつあることは、いわないことにした。

「遺体がいっぱい出た、なんてニュースあったかしら」

と姉さんはわずかに首を傾げた。

「……不法入国者の窒息死の可能性がある、って臨港署の署長が発表したのよ」

クロハがいうと、

「それなら新聞で読んだかも。小さな記事じゃなかった？」

「そうなることを意図して、発表したらしいの。署が報道につきまとわれないように。事件を捜査する身としてはありがたいけど」

「事実は、違うの？」

「全く。自殺者達は睡眠薬を飲んで、冷凍コンテナの中へ入った。意図的な凍死よ」

クロハは軽く伸びをして、

「今日、また似たような状況の遺体が見付かったんだけど、前の件のこともあったし、報道も余り注目してないみたい」

クロハは事件について、姉さんの、精神科医としての意見が聞きたかった。続きを話すことに決め、

「凍死を選んだのは、遺体をきれいに保存したかったから、だと思う。でも何か異様な感触がある。理解できそうで、できない何か。どう思う……」

姉さんはペットボトルから二人分のコップへ水を注ぎ、サラダの入ったボウルと取り皿とともに、カウンタの上に並べた。ボウルからトマトをフォークですくい口へ運ぶ。咀嚼し、飲み込むとクロハの目を見詰め、

「前世紀の初めのころ、一人の学生が風光明媚な滝へ飛び込んで、死んだわ。曰く不可解、って言葉を残して」

もう一口食べる。静かな口調は変わらず、

「その後少しして、ある女性が火山の火口へ飛び込んだ。女性の社会的な立場の低さを嘆いて。この二つの事件が、ルールを変えたのよ」

「何のルール……」

「自殺のルール。自殺の常識。それ以前は、人目をはばかって秘かに死ぬものだったから。二つの事件を通して、自殺はまるで自己表現の手段の一つ、として考えられるようになった。周囲はね、滝へ飛び降りた学生を詩的なものとして賛美したのよ。『いかにその死にざまの美《うるわ》しくして欠点なきよ』って。劇場型自殺の始まり……ユウの違和感の原因はここでしょ。死にたいという欲求と自己表現の欲求が同時に機能していることが、理解しにくいっていう」

そうかもしれない、とクロハは思う。ドレッシングを浴びて光るレタスの切れ端に、ステンレス製の爪楊枝を刺した。

姉さんはクロハの表情を観察するような顔をして、

「自殺願望は鬱病、あるいは孤独感から派生することが多い。自己表現の欲求とは矛盾しないわ。死ぬ時くらいは派手に、って思う人も大勢いる」

「集団で死のうとするのは何故なの……」

「寂しいから、でしょ」

「集団による責任感で、死が確実になるんじゃないの……集団に参加するのは、死ぬことの責任感を自分に植えつけて、逃げられないようにするため、って」

クロハは以前に蓄えた知識を、思い起こした。

「同じことよ。一人ではできないけど、誰かとなら。一人で死ぬのは寂しい。最期に、人との繋がりを感じたい。想像しなさい、ユウ。一部だけを抜き出せば普通のことだから」

クロハはしかし想像しようとは思わなかった。想像したいとは思えなかった。

「……集団に中心人物はいるの」

訊ねると、

「例えば最初に掲示板で募集をかけた人物。連絡係、というくらいの意味では中心といえるかも。でも精神的指導者っていうような人間は普通いないわ。宗教的な団体以外では」

「でも今回は特殊よ。中心的人物がいてもおかしくはない」

「どうしてそう思うの」

「死んだ人間の数が多すぎるから。計画的でありすぎるから。十四人よ。いえ、合わせて二十人。指導的立場の人間もいないのに、理路整然とそんなにうまく死ねるものかしら」

「二十人……署長さんが、細部をぼかしたくなるのも分かるわ」

姉さんがいい、

「でも、指導的立場というなら、外部の人間の可能性だってある」

「外部」

「誰かが劇場の外から舞台設定をして、命を絶つ手伝いをしている、ってこと。外部から自殺幇助をしている」

クロハは唖然とし、

「何のために……」

「人の性癖は色々」

「まさか」

「全ての可能性を考慮するなら、ね。でも、もし中心人物が本当にいるとしたら……その人物は感情が死んでいるのね、きっと。そんなに大規模な群発自殺を計画する人間は、信じられないくらい、命を軽くみていることになる。集団自殺の計画中、よく起こることがあってね、一緒に死ぬためのやり取りをしていたはずなのに、相手には死んで欲しくない、と思い始めたりもするのよ。長くやり取りをしていると。自分は死ぬけど、あなたには死んで欲しくないって。死ぬことを願う人は別に、命を軽く考えているわけじゃないから、そういうことが起こる」

「お互いを利用できなくなるの？」

「やり取りが短ければ、お互いが促進剤となって歯車が回る。全ての歯車が嚙み合えば、自殺は決行される。お互いに思い入れが生まれて、相手を道具とは考えられなくなった時、集団は殺人機械としての機能を失うのよ」

「短いやり取りの中で、凍死の段取りができたとは思えないな」

クロハはボウルの底に溜まったドレッシングの、細かな油を見詰める。

本当に、中心的人物は存在するのだろうか。自殺者のうち最も年長らしき、偽造免許証のあの男性がそうなのか。

まだ何も明らかになってはいない。

その事実に、クロハは歯嚙みをしそうになる。

「遺書から何か分からないの……」

姉さんに聞かれ、

「遺書が見付かったのは、たった一通。それも電子メイルで死後、県警に送られたの。同僚にいわせれば、時間をおいてからメイルを送る方法はいくらでもあるんだって。長い時間差でメイルを出す必要性はよく理解できないけど……それ以外は何もなし。誰も、身元を知らせる所持品を持っていない。劇場型の方法なのに、なかなか配役を教えない、っていうのは……私が一番不思議に思っているところなんだ」

捜査班の中で、たぶん私だけの疑問。

「遺書はどんな内容なの」

「――私はもう死んでいるでしょう、記念碑になりたい、組み立てて欲しい、って」

「記念碑の意味は？」

「不明。謎掛けみたいに」

いつの間にか、爪楊枝と取り皿を打楽器代わりにしていることに、クロハは気がついた。指の動きを止め、

「凍った自分達の状態のことをいっているのかもしれないし、違うかもしれない」

「記念碑、っていい方は……」

今度は姉さんの方が両手の指を組んで考え込み、

「記念碑は集団にとって意味のあるものでしょ。集団にとっての何かを記録するための、媒体よ。個人的なものじゃない。よく考えて、ユウ。その一通の遺書には『私』は死んだ、と書かれていたんでしょ。『私達』じゃなくて。だったら、あくまでもそれは個人の遺書。ということは――」

クロハは黙って、姉さんの、ビネガーで少し光る薄い唇を見詰める。

「――死者からの遺書はまだあるはず。たぶん全員分。遺書は二十通ある」

思わず、姉さんから体を遠ざけた。クロハ自身も考えていたことだったが、明確な理由は今まで見出せないでいた。

「そうでしょ……だって死は全員の記念なんだもの。劇場型の事件。一人だけの記念のように事件が片付けられるのを、残りの十九名が望んでいるとは、考えられない。遺書はこれから全員分が揃うことになると思う」

という姉さんは、また少し思いを巡らせる素振りを見せてから、

「記念碑は、凄く貴重なものかも。彼等にとって凄く大切なもの」

絡めた指を離し、

「身元を隠しているのも、記念碑のことをあえて秘密めかしているのも、そこに注目を集めるための手段、かもしれない。だから遺書を時間差で送った。遺体発見と同時に遺書の文面が読まれるように。記念碑、という言葉を際立たせるために。劇的にするために……

確かに大掛かりね、そうすると」

クロハは夢から覚めるような気分で、

「どこまで信じていい？　その話」

「さあ」

姉さんは食器を持って、立ち上がると、

「ユウにお任せ」

「姉さんが刑事になればよかったのに」

「駄目よ。無理。私はユウみたいな怖い顔、できないから」

姉さんの声は笑っていた。

敵わないな。クロハはまたそう思った。

「ただし、気をつけてね」

食器を機械へ入れ、ボタンを押した姉さんがいう。機械の唸りと水飛沫の音。

「私達が今、話題にしていたことには、全て人間が関わっているって事実を。生身の人間についての話をしていたことを」

姉さんは食器洗浄機の方を向いたまま、

「彼等は統計上の数字じゃない。私が仕事中、常に思い直すのは、人間は類型化できない、ってこと……ユウは捜査だけに集中しすぎているみたい」

クロハは返事をしなかった。怖れや過剰な同情。捜査上、制御すべき感情はいくらでもあるように思えた。

誰かが咳をしていた。クロハがそのことを意識した時にはもう、姉さんは走り出していた。姉さんはアイの傍らにしゃがみ込んだ。

アイが泣き出した。

咳が止まらない。咳と同時に、嘔吐《えず》くように泣いている。

ただごとではないと、ようやくクロハも気付き、カウンタ席から立った。

「大丈夫」

姉さんは、アイとクロハへいったようだった。

膝をついたままアイを抱き上げ、その背中を小さく叩き、

「まだ気管支喘息とは限らない。アレルギーとは限らない」

姉さんはそういうと、

「風邪をこじらせただけ」

アイを、そっと抱きしめるように立ち上がった。アイは苦しそうに、涙を流していた。

クロハは二人の姿を、呆然と見守ることしかできなかった。

「咳が止まらないの。この時間になると、いつも」

姉さんは独り言のように、そういった。

+

バスの中でクロハの携帯が鳴った。

液晶画面を確認すると、呼び出しはサトウからのものだ。通話ボタンは押さなかった。もう臨港署が見えていた。

講堂の扉を開けた瞬間から、ただならぬ事態が起こったことをクロハは察した。

三人の見知らぬ制服警官がいた。忙しく立ち働いている。電話機を増設している。

外へ出る警察官がいて、すれ違い様クロハへ、お早うございます、と忙しそうに声をかけた。クロハは挨拶を返すのが遅れた。捜査班の備品が強化されるのは、その必要のある何かが発生した、ということを意味している。窓際の机、新設された電話機にタケダとイシイが張りついていた。二人ともしきりに何ごとか手元の紙へ記録していた。

サトウとハラがいる。

見入っていたコンピュータ・モニタから二人は緊迫した顔を上げ、クロハを見た。

「状況を教えてください」

歩きながらクロハの方から、促した。腰を浮かせるハラへ、

「そのままで」

「昨日の遺体のことですが、司法解剖の結果が出ました」

ハラは資料を手に取りつつ、

「腐敗は進行していましたが、六体の血液中に微量ながら睡眠薬成分が検出されました。睡眠薬摂取の上、凍死。漏電事故により、腐敗」

顔を上げ、

「十四の凍死体と同一の事案とし、本部鑑識課と合同捜査班で扱うものとする、と管理官から通達がありました。資料として死体検案書が送られています」

クロハは頷いた。そこまでは予想通りの展開だった。サトウが口を開き、

「貴田未來のメイル復元はできませんでした」

落胆した気配もなく、

「完全に消去されています。専用のプログラムを使用して。意図的に行われています」

「じゃあ、この状況は……」

「『記念碑』あるいは『記念』という言葉。添付ファイル。この二つを手掛かりにして、電脳犯罪対策室でメイルを検索してもらったところ」

「遺書が発見されたのね……貴田未來以外の」

「そうです。警察へ送られて来た日付はばらばらです。古いもので、二週間前。新しいものでは、昨日の夜中」

どれくらいの睡眠時間を取ったのか、サトウには疲れた様子もなく、シャツは着替えら

れていて、昨日とは違う色だった。

「何通見付かったの」

「恐らく全て揃いました。貴田未來のものとあわせ、二十一通です」

二十一通？　クロハは訝《いぶか》った。

遺体は二十体なのに。

「全部、県警本部宛？」

「いえ、うち七通が所轄署の方へ届いていました。電脳犯罪対策室から照会を各所轄署へ依頼し、発見したものです」

張り詰めた声で、ハラがいった。

「一通は重複……それとも紛れ込んだ無関係のメイル？」

「それが……区別がつかなくて。名前の重複も、アドレスの重複もありません。何度も読んで一つを除外しようとしているんですけど……」

「名前は全て本名？」

「いえ、ハンドル・ネームも交ざっています。本名らしきものは貴田未來を除き十四通」

「メイル・アドレスはコンピュータのもの、それとも携帯のもの？」

「携帯アドレスが十八通。三通がコンピュータからのものです」

サトウが淀みなく答えた。

携帯からの送信が多いとなると面倒だ。クロハは考え込む。貴田未來のように携帯を何処かに捨てられてしまえば、内容を確かめて自殺者の周囲を洗うことは不可能になる。いや……

少なくとも、メイル・アドレスを元に、自殺者本人の住所、本名は調べることができる。

クロハは必要な手続きを思い浮かべながら、

「……各通信業者へメイル・アドレスの所有者を問い合わせて。ガイドラインに従って、個人情報を開示してもらうわ」

「鑑識課の方で、もう始めています。分かり次第、こちらにも直接報告してもらえるよう手配済みです」

とサトウがいった。

「歯の治療痕の検索は」

「歯科医師会からの連絡は、まだ」

「本名と思われる自殺者の名前を、警察庁の家出人データベースへ問い合わせています。生活安全課に依頼して」

ハラがいい、

「今はその結果待ちです」

あらゆる手法を使う、ということだった。サトウとハラのやり方に問題はない。

クロハは二人の後ろからモニタを睨んで、

「……メイルの中身を見せて」

大量の遺書を読む、という行為には勇気も必要だった。

サトウは一つのメイルを画面に広げた。一読したクロハは、

「他のものを」

とサトウへ頼んだ。次々とメイルは重ねて表示され、クロハは文章の上で視線を動かす。

誰かに恨みを持って死ぬのではありません。

生きていく自信をなくしただけ——

この孤独は死によってのみ、癒される。

一緒に死んでくれる人へ感謝を込めて——

世界はずっと灰色で、僕自身もずっと灰色で——

せめてきれいに死ぬ方法を選びたいと――
死ぬ時は記念になるものを。
誰か組み立てて――

死の恐怖は感じる。
でも生きることの絶望に比べたら――

記念碑があります。
形になれば幸せです――

寂しい。誰かと一緒に生きたかった。
それができないなら――

憂鬱に飲み込まれてゆく。

その感覚に逆らえなくなった――

記念碑を――

クロハの心が明度を落とす。感情を封じろ、と胸の中でいった。

全て別々の遺書。全て本物。

二十一通のメイルに目を通したクロハはそう感じた。それぞれ独自の遺書として読めた。

ということは。クロハは思い出す。冷凍コンテナの内部を。

一つだけ遺体のなかった、棚の空間を。

「遺書が全部本物だとしたら――」

クロハはつぶやくようにいった。

「――生き残った人間がいるんだわ。二十一人目の人間が」

「生き残った人間」

驚きを小さな声に含めて、ハラが繰り返した。クロハは考えながら、

「……死ぬことを断念した人。途中で、集団自殺から外れた人間、コンテナに入らなかった人間が。でも遺書だけは先に送っていて、取り消すことができなかった」

サトウは唸った後、
「今現在は、別の場所で死んでいるかも……」
「そうかもしれない。送られた遺書の数からすれば、後一人、遺体が増える可能性はある
……でも、少なくとも集団自殺には参加していない。これだけ確実な計画から降りたのだ
し、二十一人目が今生きている可能性はあると思う。生きていてくれれば……証言を聞く
ことができるわ。この事案の裏側を。集団自殺事件の全貌を明らかにすることができる」
生きていて欲しい、とクロハは祈るような気持ちになった。証言のために。
二十一人目の、自身のために。
「生活安全課からの内線です」
イシイが少し離れたところから、大声でいう。
「本名十四名のうち十一名は家出人として、登録されていました。資料が送られて来た、
とのことです」
忙しく、紙にペンを走らせ、
「ちょっと下へ、プリント・アウトされたものを取りにいってきます」
名前だけが記されたA4用紙をサトウへ手渡すと、FAXを待つ時間ももどかしい、と
ばかりイシイは講堂を出ていった。

「捜索願の出されなかった残りの三名は、独り住まいでしょうか」

ハラが小声で、クロハへ訊ねた。

確かに独り住まいなら、三、四ヶ月の失踪に家族が気付かないこともあるだろう。けれど。

「同じ住所に暮らしていた家族が、捜索願を出していないこともあるわ……例えば、家族の虐待から子供が逃げ出した場合、とか」

クロハの言葉を聞いたハラは視線を落とし、返事をしなかった。

サトウがキーボードを叩きつつ、

「住所が明らかになったものは……どうします？　片っ端から現場に向かいますか。何とか鑑識課に合わせて」

「人手が足りない。家出人が使用していたコンピュータがあるなら、それをこちらで押さえる用意だけをして。現場での調査が終わったコンピュータをこちらが預かる、という風に。角を立てないようにね。現場は鑑識課に任せて、何か動機に関する資料が出た時は、コピーでもいいから、それを受け取ること」

これは主任が決定する事柄だ、とクロハは思い起こし、でも他にやりようもない、とも考える。捜査班が本当に求めるべき対象は。

……二十一人目。

生きている、という感触のある人間を捜すこと。

「プロバイダの一社から、情報公開がありました」

タケダの声が、クロハの耳に入る。

「二名の本名が判明。それぞれの電話番号へ連絡をしてみましたが、誰も出ません。新しく発見された本名ですから……こちらも生活安全課の方へ回して、家出人の検索を依頼しますか」

お願いします、とクロハは答えた。タケダの広い額には汗の膜がかかっている。皆懸命だった。このままカガもフタバも来なければいい、とクロハはそう思う。

廊下を走る靴音。イシイがぶつかるように扉を開けた。

「これを」

三階分の階段を駆け上がって来たらしいイシイは、息を切らせていた。書類の束を封筒にも入れず、片手に持っている。

クロハは書類を受け取った。一枚一枚に、家出人の顔写真と本名が記載されている。

手近な長机に十一枚の書類を並べ、

「照合しましょう。遺体写真のバインダを」

クロハがいうと、ハラはコンピュータ横に並んでいたバインダをクロハとイシイへ一つずつ渡し、もう一つを自分で開いた。

遺体の写真の詰まったバインダを持つと、その重さを意識してクロハの緊張は高まった。

「家出人の中に二十一人目がいるとしたら」

ハラがぽつりという。

「バインダの写真にはない人物、ということですよね」

クロハは無言で頷いた。

バインダを開けた。新たな写真も加わっていた。少し崩れた、青黒い顔。

それでも顔立ちの特徴は残されている。家出人と遺体の顔写真を見比べる。

痩《こ》けた頬。長い髪。笑顔の青年。

バインダの中では、瞼を閉じて、少し口髭が伸びていた。

「……遺体A—5、確認」

クロハはサトウへ伝えた。歯を食いしばりたくなるような心地だった。

一枚の家出人書類を机から取り除き、床へ落とした。長机から消えた人物は、つまりこの世にもいない、ということだった。

「B—2、確認しました」

ハラが暗い声でいった。

「C―2、ありました」

イシイがいった。

次々と死の確認が進む。

捜査員達の手から離れた紙が、床へ軽々と接する、乾いた音。

サトウがキーボードを叩く音。

画面上、遺体リストの項目に情報が加えられる。素性不明の遺体に名前が与えられる。

クロハ達が囲む机から、家出人の書類は全てなくなった。

十一人分の確認が終わった、ということだったが、誰も何もいわなかった。皆無言で床に落ちた十一枚の書類を集め、机上で重ねる。

貴田未來を含め、十二人の死が確かめられたことになる。

二十一人目は、ここにはいなかった。

クロハは、

「……生き残りが、二十一人目が見付かり次第、すぐに重要参考人として、事情聴取に向かいます」

とだけいった。死への願望は増減を繰り返す、ということをクロハは知っていた。簡単に消えることはない。二十一人目が生きているのなら、保護することも考えるべきだった。そのためにも発見を急ぐ必要があった。

そしてどうしても、手掛かりが欲しかった。今日を含めてもクロハが捜査班に参加できる日数は、残り五日。胸に手を当てて、焦りを抑えなければならなかった。

待機するしかない。情報が揃うまで。クロハは椅子を引き寄せ、座った。机に肘を乗せ両手を組んだ。目を閉じて瞼の裏に、二十一通の遺書の内容を蘇らせようとする。

――きれいに死ぬ方法を選びたいと。

――寂しい。

――死ぬ時は記念になるものを。誰か組み立てて。

――記念碑があります。形になれば。

――記念碑を……

記念碑。

凍死した彼等の姿は、記念碑そのものではないような気が、クロハはした。


組み立ててください。

誰か組み立てて。


死体とはまた別の、それでいて形のある何か。構築できる何か。

メイルの共通項は……記念碑と不明ファイル。クロハの考えは、そこで停止した。

「……ファイルは二十一通、全てに添付されていたの」

クロハが訊ねると、

「はい」

サトウが背中を向けたまま、答えた。キーを打ち続け、情報を整理している。

――xyz。そのテキスト・ファイルは私達と同じよ。

昨夜の会話が蘇る。

——3Dオブジェクトのデータ。ポリゴンは結局、空間上の座標の集まりでしょ。xyzの集まり。数字だけで記述できる。

キリがそういっていた。

三次元情報であれば、形を持った記念碑となる可能性は、ある。

「……あくまで推測なんだけど」

クロハはサトウの背中へ声をかける。

「コンピュータ上の3D情報《データ》、という考え方は、どう」

「あり得ます」

横顔を見せてサトウはいい、

「数値は空間座標を表しているのかもしれない。いくつか、候補はあるのですが。この記録が終わり次第、不明ファイルの調査を再開します」

サトウの態度には何処か、不自然な部分があった。口を真一文字に閉じる、幼いような、それでいて真剣な仕草。クロハは不思議に思い、

「同じことを考えていた？」

「……いえ」

サトウは小さな声で否定した。

私から提案されたことが悔しかったのだろうか。何か、奇妙な印象だった。

扉が開く。イシイが書類を持って室内へ入る。いつの間に講堂を出ていたのか、クロハは覚えていなかった。イシイは書類を差し出し、

「二名の家出人登録者が、新たに判明しました」

クロハはハラとともに、またバインダを広げ、そして二人の死を認めることになった。これで、十四名が確定したのだった。クロハはゆっくりと息を吐き、首を回す。緊張で首から肩への筋肉が硬くなっていた。こんな調子じゃ、今日一日だってもたない。気持ちを鎮めよう、と珈琲メーカへ目を遣った。砂糖を沢山入れよう。長机から体を離そうとしたその時、

「判明しました」

窓際の席でタケダが突如、叫ぶようにいった。受話器を握り締めていた。

「二十一人目です。ムラカミハルカ」

講堂内部が、殺気立つようだった。

タケダは耳を潰すように受話器を顔に押しつけ、もう片方の手で二十一人目の情報を、ペン先にかつかつと音をさせてA4用紙へ記録する。いいえ、娘さんに問題はありません、

また後で連絡いたします。そういって、タケダは受話器を置いた。すぐに持ち上げ、

「女性。十九歳。電話会社による情報公開です。携帯の契約書に、自宅電話番号の記載がありました。そこへ連絡を入れると同居している母親が出ました」

「生きているの」

クロハは質問を挟んだ。興奮を隠せなかった。

「ムラカミハルカは今の時刻職場にいるそうです。化粧品会社の物流倉庫。確認します」

タケダが事務所へ連絡し、ムラカミハルカの出社を確かめている。通話の相手が替わる度に生まれる待ち時間では、クロハだけでなく、捜査員全員がじりじりした気分を持て余しているようで、吐息や机を指先で叩く音があちこちから聞こえた。

礼をいうタケダの声。目尻の皺に、汗が溜まっていた。受話器をそっと電話へ戻した。

「間違いありません。生存しています」

タケダは上気した顔でそういいながら、クロハのところへ来た。A4用紙を手渡し、

「二行目が職場の所在地になります」

その箇所を指差した。クロハは書面に見入った。

邑上晴加《ムラカミハルカ》。

化粧品会社の物流倉庫に勤務。場所は、埋め立て地。

すぐにいける距離だ、とクロハは瞬間的に判断し、

「鑑識課に連絡を。先に私達が……」

小刻みな咀嚼音が聞こえた。視線に気付き、クロハは背後を見た。

廊下側の壁際にカガの姿があった。

隣にフタバを従え、壁にもたれていた。ガムを嚙みながら、

「先へ進めればいい」

不味《まず》そうに口を動かしていた。そのせいで声は少しくぐもっていて、

「俺のことは気にせず」

できるかぎり事務的な口調で、クロハは報告する。

「……重要な証人の存在が、明らかになりました」

「らしいな」

カガは皮肉な、それでいて嬉しそうな笑みを浮かべた。

電話の呼び出し音。見ると、新しく設置された電話機の一つが鳴っていた。三台目の電話には、誰もついていなかった。ハラがそこへいこうとするのを、

「待てよ」

とカガが制し、

「たまには働いて税金の有効活用といこうじゃないか」

クロハへの視線を外したカガは、フタバの肩を叩いて、

「どうぞ、先輩」

フタバは一瞬、嫌な顔を見せたが、何もいわずに歩き出し、窓際の席へ移動した。まるで忠誠心を試すようなやり方だった。自分の手を離れ一人歩きする捜査班に、カガは苛立っている、とクロハは見た。苛立ちをフタバへぶつけている。

カガはその場を動かず、顎先をサトウへ向けていった。

「……で、メイル復元の件はどうなった」

「できませんでした。完全に消去されています」

「できませんでした、か。凄え発想だな」

カガは呆れたように、

「子供じゃあるまいし。できませんでした、で済むとはね」

「復元できたものは、恐らく彼女の収集品でしょう、写真ばかりでした」

というサトウの顔色は変わらず、

「リストカットされた手首。子猫。雲が流れる風景。アスファルトから出た植物。それ等が数千点あります。確認しますか」

「捨てとけよ、そんなもの」

クロハは手にした紙をカガの前に置いた。相手にしてられない、という気分だった。

「サトウへ渡せよ」

とカガがいう。

「先ずは機械に入力しな」

クロハがいわれた通りにすると、カガはサトウがキーボードを叩く様子を遠目に眺め、

「終わったら、その紙を取れ。ハラ」

という顔には小さな笑みが浮かび、

「重要参考人の邑上晴加の職場へいく。運転しろよ、ハラ。車の中で細かい話を聞こうじゃないか」

クロハは舌打ちしそうになるのを、辛うじて堪えた。

はい、と返答して、ハラは機械的に席を立った。

主任、とクロハは声を出そうとするが、続く台詞が見当たらない。ハラはクロハの方を見なかった。

「動くなよ。ここを」

カガがいった。クロハへいったのだった。

黙っていると、カガは少し声を大きくしてもう一度いった。

「動くなよ。いくのは俺だ。当然だろ？」

「……はい」

クロハは相手を見据えたまま、頭を小さく縦に振った。

ハラが扉を開けた。カガの隣に新人の女性警官が座る、と考えただけでクロハはぞっとせずにはいられなかった。ハラに続いてカガが講堂から消えると、室内の張り詰めた空気がふと緩《ゆる》み、そのことさえ、クロハを苛々《いらいら》させた。

電話の呼び出し音がする。

フタバが鳴りっぱなしの電話を前に、寛《くつろ》いでいた。椅子の背もたれに寄りかかり、仮眠を取ろう、という体勢だった。

腹いせにクロハは怒鳴った。

「フタバ、電話に出なさい」

クロハの勢いに驚いたらしくフタバはがたがたと音を立て、慌てて受話器を手に持った。

「大丈夫です。主任のことなら」

ちょっと声を落として、サトウがそういった。

「大丈夫って……」

聞き返すと、

「主任は、いくら横暴に振る舞いたくても、何かを仕出かすことはできない。次に何か起こせば、もう監察官室も黙っていないでしょう」

クロハも声量を小さくした。

「どういうこと……」

「主任は以前、女性に暴力を振るって怪我をさせ、警察沙汰になった、という噂があります。相手は恋人だったとか」

クロハは口をつぐんだ。

「主任はだから、監察官から睨まれています。行動は緩やかにですが、監視されている。本人も知っているはず。問題を起こすことはできません」

クロハは、サトウの落ち着きの秘密を知ったような気がした。

「よく知っているのね」

何気なくクロハがそういうと、サトウの顔色が変わった。クロハの言葉を、一種の皮肉と取ったらしい。

「情報収集の腕を買われて、電脳犯罪対策室に入ったんです、僕は」

サトウは顔を紅潮させていた。

「疑っていないわ」

クロハはそういった。サトウの内面の、風変わりな繊細さにも慣れてきたように思えた。イシイが書き込んだA4用紙を受け取り、サトウへ渡した。家出人情報の補足、ということだった。サトウはマシンへの入力を再開させた。

フタバがやっと重い体を椅子から離して、情報を記した用紙を運ぼうとする。サディストの兄貴分に置き去りにされた自分の立場を、どう捉えるべきか迷っている様子。視線には落ち着きがなかった。こちらも補足です、とフタバは小声でいった。

書類はクロハが受け取った。サトウとの中継点となれるよう、席を移動した。時間さえ経てば、寄せ集めでも組織《チーム》として動き始めるものね。クロハは、身の置き場がなくなった自分の立場も含めて、そう思う。

沈黙が続き、クロハは化粧品倉庫に勤める邑上晴加のことを想像する。

繊細な女性。自殺願望のある女性。

カガの聞き込みが、彼女におかしな圧力を加えなければいいが。

クロハは不安を胃の奥へしまい、押し殺そうとする。なかなかうまくはいかなかった。

電話会社から新たに三名の情報公開、とタケダがいった。そのまま身元確認のための手続きを始めた。

……その人達は、きっと死んでいる。

クロハは暗い気持ちでそう思った。邑上晴加が発見された以上、これから新しく耳にする名前は、全員死者のものということになる。キーボード上の、サトウの手が止まった。次の情報を待つ体勢だった。その機会にクロハは質問する。

「邑上晴加の遺書は、本名？」

「いえ……」

サトウは名簿を見直し、

「電話会社からの情報公開で、本名が分かりました。遺書にはハンドル・ネームで『ペイン』と」

クロハは眼前の、もう一台のコンピュータを起動させる。サトウが怪訝《けげん》な面持ちをしているのは、視界の隅に捉えていた。

「邑上晴加のことが知りたい」

とクロハはいい、

「ペインの名で何処かの自殺サイトに出入りしているかもしれない。検索をかけてみる」

「それなら」

クロハの見詰めるデスクトップに表計算ファイルが出現した。サトウが送ったのだった。

「一昨日と昨日の作業結果です。自殺サイトとそこに出入りする人間の一覧」

クロハがファイルを開くと、大量のサイト・アドレスとハンドル・ネームが記録されていた。いつの間に、とクロハは驚き、

「これ、どれくらいの数なの」

「サイトは計九十四。リストカット・サイトを含めて。人数は合計千百七人。仲間内だけで使うようなサイトは検索にかからないから、これが全てというわけじゃないですけど」

「凄い。参照させてもらうわ」

クロハは素直にいった。嬉しそうな口元をサトウが作った。

ファイル内部の検索は、一瞬で終了する。結果は二件。

ペインという名に関わりがあるのは、二箇所のサイトだけだった。

その二箇所に現れたペインが邑上晴加と同一人物なのか、確かめる必要がある。クロハはウェブ・ブラウザを立ち上げる。

一つ目のサイトは、すでに廃墟となっていた。無関係な、性的な宣伝コメントで掲示板が埋め尽くされている。主催者はサイトを放棄している。

頁を送りつつ、クロハは、ペインの名前を捜した。

最後の頁。時期にして最も古い頁に、援助交際を推奨する文章と異性との出会いを保証する宣伝に挟まれて、ペインのひと言が載っていた。

ここはもう誰もいないのね。いいけど。

ペイン

プロバイダに問い合わせれば、主催者はつかまるだろうか、とクロハは思案する。すぐには無理だろう、と思えた。

次のサイトへ。アドレスを入力して表示されたのは、蒼の自殺掲示板、の題名がつけられた黒い背景のウェブ。携帯の解像度に合わせているのだろう、簡素な装いだった。灰色の建物、地下へ続く薄暗い階段を写した小さな写真が、一枚だけ張られていた。

自殺を勧めることなく、真剣に生と死を考える人のためのサイト。

そう注意書きが記されていた。クロハはサイト内部へ入った。

多くの投稿があった。一つの話題に多人数が参加する入り組んだ形式の掲示板だったが検索の仕組みは整っていた。

クロハは、ペイン、の文字を検索窓へ入力する。

ペインの投稿は少なかった。二、三人に対して励ましの言葉を残しているだけ……いや。

そこには、ペイン自身の体験談が投稿されていた。


〈あたしは車の中で殺されそうになったよ。一緒に練炭で死のう、とかいう男にさ。先にミンザイを飲め飲め、ってうるさいから怪しいと思って、口の中に入れたままにしてたんだ。薄目開けてこっそり見ていたらそいつ、ビニル紐を持ち出しちゃってさ……よくある話でしょ？　車のドア開けて逃げ出したら、向こうもあたしと同じくらい驚いたみたいでそのまま車をすっ飛ばして逃げたよ。それ以来あたし、一緒に死のう、二人で死のうって男は警戒してる。怖いよ、大きな男って。今でも〉


〈相手は何て名前？〉

『鼓動』という人物からの、質問。ペインはすぐに答えていた。

〈本名は知らない。Aだってさ。体の大きな、目つきの暗い二十代の男だった。たぶん、

そんな感じ。作業服のつなぎみたいのを着てた。車のナンバーを控えておけばよかったね。青のワンボックスだったよ〉

〈男にはもう近寄れないね〉

『シリウス』と名乗る人物からの言葉。

〈あたしね、今、物流センターで働いているのよ。だから周りには体格のいい男がいっぱいいるのよね。だから毎日、びくびくしてるよ。暗いところで擦れ違う時なんて、特に。機械の音に負けないように、みんな大声出すしさ。毎日憂鬱。私ほんと、早く死なないといけないんだけど実家だし、一人できれいに死ねるいい方法を思いつかなくて困っているんだ。いい方法知ってるなら誰か教えて。いい薬とか。なければ無理矢理逝くよ〉

クロハは日付を確認する。投稿されたのは、四日前。

早く死なないといけない。

死を自らの義務と邑上晴加は感じている。集団自殺から抜けたことに責任を覚えている。邑上晴加はやはり保護するべきだ、とクロハは強く思った。早急に。上着から携帯を取り出した。

カガが彼女を慎重に扱えるかどうか。邑上晴加はこの事案における、最初で最後の証人となるだろう。今彼女に何かあっては、全部が水泡に帰してしまう。未だ集団自殺の当事者のつもりでいる邑上晴加が、警察官と話をしたいと考えているはずもなく、無理強いをすれば、自殺願望をさらに強めることになりかねない。数日に亘るだろう事情聴取の途中で邑上晴加が命を捨てるようなことがあれば、いや、たとえ証言を全て聞き取った後だとしても彼女の死は、自殺事件を解明するための捜査の意味を、完全に失わせるものとなる。

事情聴取は彼女の精神状態も考慮しつつ、時間をかけて進めるべきだった。

カガへの通話が繋がり、

「主任」

と声を出しかけて、クロハは絶句した。通信を切断されたからだった。カガの態度が、信じられなかった。どうする。クロハは自分自身へ聞く。即座に決断した。

「私も現場へいきます。邑上晴加の職場へ」

自分の宣言に皆が驚いているのはすぐに理解できた。

室内の雰囲気をクロハは意に介さず、

「『蒼の自殺掲示板』の主催者と連絡を取って。捜査協力の要請」

サトウへ向けての指示だった。

「ペインに関する記録《ログ》を全て提供するように依頼。ペインに関して知っていることがあれば、それも全部報告してもらって」

サトウは戸惑いながらも、従おうとする様子だった。

クロハは強く声を出し続けた。後悔したくはなかった。

「邑上晴加の自殺願望は消えていない。掲示板によれば、殺人未遂の被害者でもある。慎重に扱うべきです。タケダさん」

クロハは臨港署の古株を呼び、

「タケダさんから、という体裁が一番無難な気がするの。無線室へいって、慎重に参考人と接するよう、主任とハラさんへ伝えてください。新しい情報が入ったからって」

タケダは頷いた。分かりました、といった。

「イシイ君も来て」

クロハがいうと、待っていたように直立していた臨港署の青年は、その姿勢をさらに正した。

「お願い、臨港署で空いている交通課その他の車両を探して」

クロハの頼みに、了解しました、といい残し、イシイはすぐに動いた。クロハが講堂を出る前に廊下へ走り出し、階段を駆け下りる。その後を、タケダが追った。

イシイ、タケダによって開けられた扉が戻るのを押さえ、クロハはサトウとフタバをそれぞれ一瞥して、短くいった。

「後をお願いします」

フタバでさえ、はい、と返事をしたようだった。

＋

クロハは制服警官へ礼をいって、車両から降りた。

扉を閉じる前に、帰りは他の手段で戻りますから、とつけ足した。

真っ白な建物がクロハの前に広がっていた。

背後で交通課の車が発進する。振り向くと、空を占領するように、あの高層建築が聳えていた。港湾振興会館。

クロハは数歩、歩道の上を移動した。交通の邪魔にならないように。大型の貨物自動車が轟音とともに倉庫から出ようとしていた。

……考えすぎだろうか。クロハは自問する。

私はつまらない意地のために、組織を無意味に動揺させているだけだろうか。

大型車両が出入りするための、工場の広い出入り口。そこにクロハは佇んだままでいた。構うものか、とクロハは心を決める。歩みを再開させた。邑上晴加自身の為に、私はここに来た。それが問題だというなら、責任でも何でも取ってやる。

敷地の内部、コンクリート製の立方体、工場の小さな受付施設をクロハは目指す。中では二人の中年男性が談笑していた。近付くクロハを認め、一人が硝子窓を開けた。足を運びながら、クロハは警察手帳をジャケットから取り出し、開いた。

受付の職員達は、不思議そうな面持ちだった。

「警察の応援です。先着の二人はどちらへ」

招かれざる応援、という立場を知らせるつもりはなかった。

職員が、あれです、といって受付の中から腕を伸ばした。

指先の方角は、駐車場になっていた。倉庫を囲むアスファルトの空間に、色々な車が遠くまで並んでいた。それでも、大型車が走る隙間は充分にあった。また一台、敷地内とは思えない速度で、貨物自動車が走って来る。その圧力に、思わず後ろへ下がるクロハの前で大型車は器用に直角に曲がり、道路へと出た。

もう一度駐車場へ目線を移したクロハは、カガの姿を見付ける。車と車の間から上半身が見えていた。その後ろに、ハラの姿もある。クロハの位置からは数十メートルの距離があった。そして、もう一人の人物。

小柄な女性。作業着ではなく、灰色のベストと黒いスカートを身に着けている。事務員なのだろう。

クロハは小走りに邑上晴加へ近付こうとする。カガが彼女の手首を、つかむのが見えたからだ。怒鳴っているようでもあった。来い、といっている。邑上晴加の、カガに捕らえられた手首はぞっとするほど細かった。まずいやり方だ、と思えた。

徐々に会話の細部が、クロハの意識に届くようになる。

「……離せないな。離せば逃げるだろ。あんた、集団自殺事件の重要参考人なんだよ。何度いわせる気だい」

ハラも邑上晴加の傍へ寄り、心配そうな視線をちらりとカガへ走らせてから、

「協力してください。あなたのお話が必要なんです」

懸命な口調で説得しようとしていた。

頬の痩《こ》けた女性の顔が、はっきりと認識できる距離となった。

女性はとても疲れた顔だった。つかまれた腕の拳を握る、たったそれだけのカガへの抵抗をやめ、うなだれた。

クロハは歩調を遅くした。邑上晴加の元までもう何秒もかからない。間に合わなかった、とクロハは思う。歩みは自然と止まった。第一段階の接触、カガと彼女との交渉は、もう決着がついている。クロハの望まない手続きによって。こうなってしまえば、今度は無理にでも臨港署へ運ばなくてはならないだろう。もう邑上晴加を一人にはできない。

白いセダンの警察車両へ誘導される邑上晴加の横顔を、クロハは眺めていた。彼女が心を閉ざさないよう、署内でどういう風に扱うべきかを考えていた。

クロハの背後から貨物自動車の侵入を知らせる、ディーゼル・エンジンの唸りの音。クロハは道を開けた。

喋れません……

小さな、掠《かす》れ声が聞こえた。語尾は車の走行音に、かき消された。邑上晴加の声だった。

カガも警察車両の後部扉を開けるハラも、驚いたように事務服姿の女性を見た。

「……約束をしたんです。私が生きていると、全部台無しになってしまう」

そういうと突然、何処にそんな瞬発力を秘めていたのか、女性はカガの手を振り払った。

アスファルトの空間へと駆け出した。

邑上晴加の意図をクロハは悟った。

突発的な出来事に思考が白濁しかけるのを堪え、クロハのいる方向、迫る大型貨物自動車へと走る邑上晴加を駐車場側へつかみ寄せようと、クロハも地面を蹴った。

クロハの存在に邑上晴加は目を見張った。

それも一瞬のことだった。

透明な素材でできているように邑上晴加はクロハの腕をすり抜けた。

ゆき違う時には寂しげに結ばれた唇を見たように思った。

次の瞬間には、クロハの左腕に信じられないような衝撃が走った。

クロハの視野に、アスファルトの鉄紺色《てつこんいろ》だけが映った。聞こえるのは、急制動によってタイヤが地面を擦る甲高い、耳障りな音だけだった。摩擦による熱気が、クロハの足下まで届いた。

車両と接触して痺れる片腕を押さえ、倒れたまま、クロハは振り返った。

大型車両は、ずっと先で動きを止めていた。

クロハは邑上晴加の行方を捜した。見付けることができなかった。

この世から消え失せたようにクロハは感じた。別の世界へ移ったように。

車両の下の暗がりから、何かが流れ出した。

赤黒い何か。

悲鳴が聞こえる、とクロハは思った。ハラの金切り声であることに、なかなか気付かなかった。

邑上晴加の姿は消えてなどいなかった。

ハラの悲鳴は、そのことをクロハに教えていた。

四

邑上晴加《ムラカミハルカ》の轢死体《れきしたい》が遺体袋へ入れられる様子を、クロハは見なかった。

誰かが傘をクロハに渡した。機械的に広げ、その時になってやっと、雨粒がアスファルトと自分自身を叩いていることを知った。そして、つや消しの黒い遺体袋が運ばれて来るのが視界に入った。クロハは目を逸らした。

周りには大勢の警察官がいた。左腕が熱を持っていた。深い疲労が腕に溜まっているような感覚だった。カガが誰かといい争っていた。相手も捜査一課だ、ということを上腕に留められた腕章で確認する。

ハラがいない。

クロハはぼんやりと見渡し、セダンの後部座席で頭を垂れたハラを発見する。

近付こうとして、クロハはすぐに足を止めた。

ハラは車の中で俯き、肩を震わせ泣いていた。

「あの女が、いきなり走り出したんですよ。いきなりだぜ。誰にも止められない」

そういうカガの大声がハラの嗚咽《おえつ》をかき消し、

「車に乗ることに、同意したんだ。それを急に……くそ」

透明なビニル傘に、水滴のエフェクトが次々と増えてゆく。

「クロハ巡査部長」

階級で呼ばれたクロハは、黒雲を仰ぐのをやめた。

目の前には、今までカガと口論をしていたはずの男がいた。刑事部捜査一課長だ、ということにクロハはようやく思い至った。

「監察官が呼んでいる。詳しい話を聞きたいそうだ。五時を過ぎたら、本部警務部を訪ねるように。それまでは臨港署で待機していること」

厳しい目線をクロハは見返した。はい、と返答した。いくつもの、別々な感情がクロハの中にあり、悔しさもその一つとして確かに存在していた。

捜査一課長はクロハの瞳の色に気付いたらしく、それを自身への反抗と受け取ったらしい。口の端を歪め、

「今すぐ臨港署へ戻れ。報道が来る前に」

そういい捨て、クロハの前から去った。

少しでも気を抜くと、地面へ座り込みそうだった。

もうちょっとで本当にそうなろうとした時、クロハはカガの怒りに満ちた目を認めた。

カガがやって来た。傘を差さない強行犯捜査係主任は、すっかり雨に濡れていた。

顎を上げてクロハを無言で眺め、

「顔を貸せ」

怒気のこもった声色でいった。

クロハは睨み返し、頷く。カガにいいたいことは、いくらでもあった。

カガは自分が乗って来た警察車両の中へ言葉を投げた。

「ハラ、その車で先に戻ってろ。俺は後からいく」

ハラが返事をしようと顔を上げたことも確認せず、クロハへ向き直り、

「鋼鉄の処女《アイアン・メイデン》殿も、後だ」

そういうとクロハの肘を取り、引っ張ろうとする。大型車両と激突した部分に鋭い痛みが走り、クロハは小さく呻いた。カガの手を払った。

「強制しようとすれば、誰でも逃げたくなる」

クロハはカガを見上げ、いう。

「そろそろ身に染みて分かったんじゃないの」

言葉を浴びたカガは目元にさらなる憤怒を宿したが、その声は低かった。

「……運河を徒歩で渡る。ついて来い」

そういって、足早に歩き出した。

カガが何処へ自分を連れてゆこうとしているのか、クロハには分かった。

迷わずカガの後を追う。

埋め立て地から歩いて渡るための地下通路が、人知れず運河の下を走っている。

誰も通らない、長い長い一本の道。入り組んだ話をつけるのに、絶好の場所。

あるいは暴力を振るうのにも、絶好の通路だった。

＋

自動扉を抜け、踊り場を折り返し、階段を下りた。

その先にも緩やかな階段が続いていた。カガは無言のまま大股で歩き、クロハはその背中についてゆくだけで精一杯だったが、慌てていることが伝わらないように、革靴の踵が立てる音が乱れないよう注意した。腕を大きく振る度に、痛みが蘇る。

階段が終わると、水平な狭い道がクロハの前方へ延びていた。一キロ前後はあるはずだった。運河を徒歩で越えるための道が存在することは、地図上の知識として持ってはいたし、その使用される頻度の低いことも知っていた。実際にクロハが通るのはこれが初めてだった。

色褪せた小豆《あずき》色の道。

灰色の壁には、ところどころに銀色の扉があった。緊急避難用の扉だった。その奥の車道へと繋がっているらしい。通り過ぎる時にクロハが扉へ目を遣ると、錠の部分はプラスチックのカバーで覆われていた。割って外す形式。硬そうに見え、咄嗟《とっさ》に車道へ出るのは難しいように思えた。

壁の上方には、およそ一〇メートルごとに防犯カメラが設置されている。区役所が管理しているのだろうか。常駐の誰かが映像を見ているとも思えなかった。

他にも手はある、とクロハは考える。カガとの間に何かあった場合には、あの火災報知器のボタンを押せばいい。それくらいならできる、と心に決めた。自分をどんな状況へ追い込んだのかは、想像しないことにした。

唐突に、カガが立ち止まった。

「冗談じゃねえぞ」

声は通路に反響して何重にも聞こえ、

「どうしてあの時、女が飛び出すのを、止めなかった」

そのひと言が、クロハの心底で燻っていた炎を大きなものにした。

「何故主任は彼女を手荒に扱ったんですか。タケダさんからの無線を聞いたでしょう」

「手荒？　馬鹿馬鹿しい。俺はエスコートしただけさ。俺に失敗があるとすれば、安易に手を離したことだけだ」

カガは舌打ちをして、

「離したんじゃねえ。女が引き剝がしたんだ」

「彼女にはまだ、自殺願望が残っていたのよ。あんなやり方で、うまくいくはずがない」

「結果だけでものをいいやがって……あの状況じゃあ誰でも、女が飛び込むのを止められねえ」

「慎重に扱え、って伝えたはずよ。問題はそこよ」

「正確に伝わっちゃいねえよ。手前《てめえ》だけだろ。女の状態を把握していたのは。だとしたらあの場で、止められたのは手前しかいねえ。何故止めなかった。勝手に現場へ来たあげく、のろのろ動きやがって」

クロハは手中のビニル傘を、強く握る。

……冗談じゃない。

怒りの余り思考が熱を持ち、霞みそうになった。

「防げなかったのは手前の鈍間《のろま》のせいだ。手前がどれだけ刑事部のお荷物か、分かったろう。え？」

反射的に、首を伸ばした姿勢で見下すカガの頬を叩いてやりたい衝動に、クロハは駆られる。けれど、そうはしなかった。カガは殴り返す口実を作るために隙を作っている、という気がしたからだった。

挑発に乗るな、とクロハは自分へいい聞かせた。

そして……

私は確かに防げなかった。そのことを、クロハは思い出した。

心が黒く塗り潰される。

道の先へと、勝手に歩き出した。

「待てよ、おい」

カガはすぐに追いついた。

「辞表でも書くか、手前」

「……書かないわ」

クロハは歯を食いしばっていった。

「書けよ、手前が」

クロハの横顔へ、カガは声を叩きつけるように、

「それで全部が丸く収まるさ。役立たずの手前にも、組織に貢献できる方法があるってわけだ。おい、聞いてんのか」

「用件はそれ？」

クロハはカガの方を見なかった。

「そんなことをいうために、ここに誘ったの？　そんなに職を失うのが怖い？」

「女の手前に分かるものか」

カガは壁へ、唾を吐いたらしい。

「俺はこのままじゃ終われねえんだよ」

「私の知ったことじゃない」

クロハは前を向いたまま、眼球だけをカガへ向け、

「暴行の前科。女性への暴力。本当なのね」

カガの顔色に、青味が加わったのをクロハは見逃さず、

「監察官に土下座でもしたら、どう」

クロハは前方を確かめた。幸運なことに、人影があった。三人分の人影。数百メートル

も先の位置だったが、この状況ならカガも無理なことはしないだろう。

カガの歩く速度が、落ちた。

「誰も、忘れねえもんだな……」

意外なことに、その口調からは攻撃性が消えかかっていた。

クロハは肩越しにカガを見た。歩幅を乱し、だらしなく歩いていた。泣き出すのではないか、とさえ思えた。

「……俺が背中を向けると、皆がそれを小声でいいやがる」

クロハへいっているようではなかった。

クロハも歩調を緩めた。驚いていた。こんな弱気な姿を見ることになるとは、予想していなかった。けれど不敵な灯火は、カガの目から完全に消えたわけではなかった。

「手前も苦しみな」

とカガはいい、

「捕まえ損ねて、女を自殺させた、ってことを。いわれるぜ、ずっとそのことを。少し遠くで、な」

「人の噂なんて、どうでもいいわ。私が一番恐れているのは」

クロハは立ち止まり、正面からカガを見詰め、

「目を閉じることよ。あの光景がこれから先、何度蘇るのか。知っているわ。自分がしたことの責任は。忘れていいはずもない。でも、これから一生、私達はあの光景とつき合うことになるのよ。あなた、本当に分かってるの。その覚悟はあるの……」

「忘れてみせるさ」

止めていた足の運びを、カガは再開させた。クロハの脇をすり抜け、

「畜生。忘れてみせるさ……」

こんなことを話すために、長い通路に入ったのか、と思うとクロハは惨めな気分になった。最初から間違いだった。互いを非難するために始まり、結果、互いの心の暗部を確認することになっただけ。怒りに我を忘れていなければ、こうなることは分かっていたはず。

運河を渡るには、まだまだ歩かなければいけない。カガの背中を視界に入れたまま。

うんざりだ、とクロハは思った。

足下を見るのをやめて顔を上げると、早足に進んでいたはずのカガが立ち止まっていた。追い抜くことができるかもしれない、とクロハは考える。そうするべきだ、と決意する。カガと並ぶ場所まで来た時、そのまま歩き去るなど不可能なことを、クロハは知る。足を止めることになった。

不穏な空気があった。

クロハは眉をひそめる。何故そんな状態になるのか、不思議で仕方がなかった。

クロハとカガのゆく手を、男達が塞いでいた。

三人の背広姿の男達。偶然に、立ち塞がっているのではなかった。男達の表情からは、危険な意図を読み取ることができた。思わずカガの横顔を確かめると、意味が分からない、という風に、呆気に取られた様子だった。

自分も同じ顔付きをしているだろう、と想像したクロハの体に、ゆっくりと緊張がゆき渡る。

一人が通路の中央に立っていた。

肩幅の広い、大柄な男。四、五十代と見えた。口元を緩めている。不遜な笑みだった。

そのすぐ脇には同年代らしき小男がいた。

そしてもう一人の男。

二人の後方に立ち、背広の前に垂らした両手を重ね、静かな佇まいだった。一番年齢が若いのは、一見して明らかだ。

大柄な男が笑顔を後ろに向け、若い男へいった。目だけがクロハを捉えていた。

「……タカハシさん。これがいい。これにしましょうや」

「やめておけ」

タカハシと呼ばれた男がいった。細身の風貌から低音の声。

「……でも、凄えいい女だ。見たことがねえ」

と小柄な男がいい、

「こんなの、触ったこともねえよ」

「駄目だ」

短く、タカハシがいった。

「お前等、何か勘違いしていねえか」

それまで黙っていたカガが、やっと発声した。

「俺等に絡む……つまらないことを考えるもんだ。退《ど》きな。俺等は県警本部の刑事だ」

「女の方がいい」

大柄な男が、カガを無視していう。

「ずっと楽しめる。どうだい、タカハシさん」

料理の注文を決めるような口調だった。

クロハは一歩、思わず後ろへ下がった。

本物の身の危険を感じ、体じゅうの産毛が逆立った。

危険な男達。犯罪を行うことに慣れた人間。

男達は、私とカガが何者か理解した上で、埋め立て地から出るのを妨害している。

クロハは自分の右手が、自然と腰のポーチを開けていることを自覚する。そして、全身から冷や汗が滲み出るのを意識した。

カガでさえ、状況を察して言葉をなくしていた。一本道の長い通路は、ほとんど密室に等しい。

「俺達の用はそっちの、のっぽの方だ。忘れるな」

タカハシと呼ばれた若い男がいった。

「だけどさ……」

「その女には手を出すな。お前の腕じゃ、殺されるぞ」

「誰にです」

小柄な男が、タカハシを顧みた。

「そこの女に、さ」

そういうとタカハシはクロハを見て、

「のっぽの方は何でもない。ただ上背があるだけだ。袋にもできるさ。だがその女を相手にした日には、俺達全員の頭に穴が開くぞ」

にやりと笑い、

「女は機捜だ。拳銃を持ち歩いている」

小柄な男が声を上げて笑った。

「俺等だって持ってるだろ、タカハシさん。口径だってでかい。何をそんな、逃げ腰になっているんです」

「簡単だ」

大柄な男がいい、

「男は撃ち殺して、女はさらえばいい。俺一人でもできますよ」

クロハの手はポーチの中を探っていた。汗が止まらなかった。

タカハシがいった。

「馬鹿なんだよ、お前等は。銃がでかくても、当てる腕がなけりゃ意味がないだろ」

タカハシは一瞬後ろを振り返り、通行人がないのを確かめる素振りを見せてから、

「お前が銃を構える間に、俺達三人はあの世いきだ。それだけ、技術に違いがあるってことさ」

小男は不審そうな顔でタカハシとクロハを見比べて、

「この女は、何者なんです……」

「機動捜査隊員だよ。クロハユウ。ついでに、ビームライフルとライフル射撃で国体優勝の経験がある。ピストル射撃でも入賞していたはずだ」

タカハシは声音に真剣味を加え、

「今その女に近付くな。ポーチの中に手を入れている。ポーチは機捜が使う偽装の拳銃ホルダだ。お前等、殺されたいか」

よく調査している、とクロハは思った。全て本当のことだった。

ただし、タカハシは一つだけ知らないことがある。その事実がクロハに、呼吸を忘れさせるほどの緊張を与えていた。

大柄な男の顔貌に、初めて不安の色が表れた。小男と一瞬顔を見合わせ、それぞれに芽生えた警戒心を、確認し合っていた。

「……じゃあ、どうします」

大柄な男は慎重な口調で、いった。

「何も」

とタカハシはいう。平然と、

「今日は日が悪いようだ」

「場所も金も用意したのに？」

小柄な男が、不服そうにいった。

「日を改めよう……カガ、だよな、あんた」

タカハシの呼びかけに、

「それがどうした……」

カガの返事には、力が入っていなかった。

「あんたには改めて挨拶しよう。ちょっと、俺達には欲しい情報があってね……無料《ただ》とはいわない。酒でも、女でも用意しよう」

クロハの方をちらりと見て、

「ここまで上玉とはいわないがね……」

カガは言葉を失っている様子だった。

タカハシが動いた。大柄な男を押し退けるように前へ出て、

「全部冗談だ。気にするな」

微笑をクロハへ向け、

「さて、俺達は向こう側へいく。そこを退いてくれ、刑事さん。怖い顔をしたお嬢さんも」

余裕に満ちた姿勢。クロハはゆっくりと壁に寄り、場所を空けた。

クロハとカガの間を、タカハシは何ごともなかったように通り抜けた。その後ろに、二人の男が従い、クロハから少し距離を置こうとする態度で、擦れ違う。

「これも冗談だが」

タカハシは背を向けたまま、

「カガ、考えておいてくれ。損はさせない」

相当な距離が開くまで、クロハは三人の後ろ姿を見詰めていた。

ポーチから右手を抜いた。疲労が一気に、クロハの体を包んだ。ビニル傘を握り締めていたもう一方の手のひらは、汗で滑るほどだった。

三人との接触が何を意味しているのか、クロハには分からなかった。

タカハシと名乗る男が警察の情報を欲しがっている。それ以外、クロハに理解できたことはなかった。

三人はもう、ただの人影としか見ることができなくなった。

「……先にいけよ」

カガがぽつりといった。

クロハは何かいおうとするが、カガの言葉に遮られる。

「いけってんだよ」

「……先に臨港署へ戻っています」

クロハがいうと、カガは片手で払いのけるような仕草をした。その顔は血の気が失せ、ひどく顔色が悪かった。それでもカガは、クロハからの言葉を跳ね返そうとしている。

クロハは歩き出した。緊張が取れず、なかなか進もうとしない脚を、意識して前後させる。腕の痛みを思い出す。背後にカガの独り言を聞いた。

「何だと思ってやがる、俺を……ふざけやがって……」

クロハは後ろを見なかった。

本当に泣いているのかもしれない、と思ったからだった。

＋

臨港署の廊下にいても、雨の音は届く。

講堂に戻るとハラがすでに、サトウの隣にいた。

平然とした居住まいが装いだけであるのは、クロハでなくとも分かるだろう。化粧を直して繕ってはいたけれど、瞼は重たげに赤く腫れていて、さっきまで泣いていたことは明らかだった。サトウがコンピュータを操作する隣で無表情にモニタを見詰めている。クロハは面《おもて》を上げたハラへ頷き、それ以上何もいわなかった。いうべき言葉が見付からない。講堂から以前の活気が消えていた。何が埋め立て地で起きたのか、全員が知っているようだった。クロハの左腕が痛んだ。

やっとチームになりかけていたのにね……

クロハさん、と呼ぶ声がした。警察電話を前にするイシイが立ち上がり、

「遺体全員の身元を確認しました。二人分、未だ家族との面会が済んでいない遺体がありますが……先ず間違いない、と鑑識課は見ています」

「そう……」

クロハは思考をリセットしようと、二秒間だけ目を閉じた後、

「自殺者の身元に関して、何か共通点はありますか」

「全員、携帯電話がありません。処分しているようです」

「貴田未來と同じね……」

「邑上晴加は携帯を所有していたんでしょうか」

恐る恐る、という感じで、イシイが訊ねた。クロハはちょっと考えてから、頭を振った。

「分からない。あるとすれば……鑑識課が持っているはず」

「確認しましょうか」

「そうね……いえ、明日にしてください」

クロハは力なく微笑み、

「今日、捜査班の方から何かを要求するのは、辛いわ」

俯き、了解しました、とイシイは答えた。席に着くと、沈黙を続ける電話機の前で両手のひらを組んだ。

「タケダさんは」

クロハは誰にいうともなく、聞いた。

「三名の自殺者が所有していたコンピュータを、受け取りに……もうそろそろ戻ると思いますが」

イシイが少しだけ姿勢を起こし、答えた。

「フタバさんは……」

「さあ。休憩にいく、といったきり……」

もう怒りも湧いてこなかった。分かりました、と小声でクロハは返事をする。

「『蒼の自殺掲示板』の主催者とメイルを通じて、連絡が取れました」

サトウがいい、

「『鼓動』のハンドル・ネームが主催者のものだそうです。捜査にはいくらでも協力する、ということですが、古い記録《ログ》は自動的に削除されて、存在しないとか」

「『鼓動』はどんな人物……」

「詳しいことは……この県内に住んでいるということですが」

「邑上晴加……『ペイン』について、何か印象をいっていた？」

「印象は特にない、と。計二百人以上が『蒼の自殺掲示板』へは出入りしているから、一人一人については覚えていない、といっています」

「そう……主催者は無責任なのね」

クロハのかすかな憤りは、長く続かなかった。怒りを向ける対象を欲しがっているだけだ、ということは考えるまでもなかった。また室内から言葉が消えた。

雨滴が窓へぶつかる、衝突音。

高架道路を走行する車が、水飛沫を上げる音。

クロハは皆に聞かれないよう、浅い溜め息をつき、硬く冷たい椅子に座った。

五時には本部へいき、監察官と会わなければいけない。重要参考人を死なせてしまった自分は、服務規程違反の可能性を調べられるのだろう。どんな結果が待っているのか、クロハは予想できず、予想する気にもなれなかった。

壁にかかった電波時計を見上げる。後二時間もすれば、臨港署を出ることになる。戻ることを許されるのかどうかも、分からなかった。

けれどこの、無言の時間に耐えるよりは、監察官の質問に答えてすごす方が楽なのではないか、と思えた。

「仕様書を見付けた」

突然、サトウの声がした。

「決まりだ。この形式……間違いない」

室内で唯一、気落ちを感じさせない声だった。その声色に、クロハは少し救われた気分になる。机に両手を突き、そっと立ち上がった。

「形式が、何……」

訊ねると、

「不明の添付ファイルの形式が分かりました」

サトウはそう断言した。クロハと同時に、イシイもモニタ画面へと近寄っていた。講堂内の四人全員が、一箇所に集う形になった。

画面上には数値の羅列があった。以前に見た時は、単なる数の集まりにすぎなかった。

……v -9.1670 62.1054 -9.0829

```
v -3.5068 52.6308 -12.2344
v -3.3838 55.8300 -11.9640
v -2.0303 49.4316 -13.8301
v -1.9384 46.0167 -13.6802
v -1.9384 47.7089 -13.0714
v -4.6142 47.3398 -12.0870
v -3.8760 39.5148 -8.1495

f 2//1 1//2 3//3
f 11//4 4//5 5//6
f 6//7 7//8 8//9
f 9//10 7//11 6//12
f 9//13 6//14 11//15
f 30//16 10//17 11//18
f 12//19 32//20 13//21
f 14//22 15//23 16//24
```

f 18//25 17//26 19//27……

クロハは数値を睨んでいった。

「何のファイル……これ」

「三次元情報《データ》です。ある会社の、独自形式の」

サトウはモニタを指差し、

「vから続く数字が頂点のx成分値、y成分値、z成分値を表しています。fの後は面情報《データ》の指定」

「マイナーな形式？」

「そうともいい切れない。独自の形式ではありますけど、このファイル・フォーマットをサポートしているソフトウェアは多い」

「表示できる？　物体《オブジェクト》として」

「ちょっと待ってください。対応したソフトウェアのダウンロードが終わるまで。もうすぐだから」

クロハは腕を組み、ダウンロード中、を示すウィンドウが残り時間を減らしてゆくのを見詰める。待つ間ずっと、踵を床へ打ちつけたくなる気持ちを抑えていた。

ウィンドウが消え、サトウは手慣れた様子でソフトウェアのインストールを進める。3Dソフトウェアを立ち上げた。フリーウェアを表す起動画面。クロハの胸が高鳴り始めた。ずっと形式不明だったファイルが、初めてその内容を明らかにする。

灰色の塊。

クロハはすぐに、その第一印象を打ち消した。ただの塊ではなく……

「顔だわ」

クロハは自分の発見を、口にした。

間違いなかった。飾り気《テクスチャ》のない、多角形《ポリゴン》で形作られた人の顔面。

頭部前面だけだった。瞼は閉じられている。顎の細い顔。

貴田未來のものだ。

文字通り貴田未來の死面《デスマスク》だった。クロハは冷凍された遺体の写真を思い起こす。

モニタ上の貴田未來は前髪を後ろに縛っているらしく、頭髪の膨らみがほとんどなかった。顔の周囲には余白のような部分があり、奇妙な印象だった。

サトウが他のファイルを、次々と開いてゆく。

大きさ《スケール》にいくらかの違いがある以外、全て同じ形態だった。灰色の顔。表皮だけできているような、厚みのない形状。周囲には余白。そして、一つ一つが写真の遺体をはっきりとクロハに思い出させるほど、本人をよく模倣して作られていた。

「似ている」

クロハはいった。サトウへ、

「みんな、凄く正確にできている……3Dスキャン?」

「そうでしょうね」

サトウは灰色の死面をモニタの中に並べながら、答えた。

最前面へ移動させたウィンドウには邑上晴加がいた。ハラが目を逸らす気配がクロハの隣で起こり、邑上晴加はすぐ、別のウィンドウに隠された。サトウが隠したのだった。

「どうやってスキャンしたのかな……専門業者がいるの?」

クロハが聞くと、

「測量系でも切削加工系の業者でも請け負っています。個人でも可能ですけど」

「お金持ちなら?」

サトウは首を振り、

「精度にもよるけど……スキャン用のシェアウェアと市販のレーザー水平器を組み合わせれば、数千円からでも可能です。キャリブレーション用の背景も、紙で自作すればいい。

でも、よくできていますね。全員分」

何か不満そうにサトウはいい、

「できすぎている」

「どういう意味……」

「精度が揃いすぎている。個人個人が色々な業者を使ってスキャンしたのなら、もっと出来にばらつきがあるはずです。きっと同一の機器でスキャンされたのでしょう」

「同一の業者を使ったの……」

「自殺者のうちの誰か一人が自作し、全員がそれを使ったのかも」

彼等の秘匿主義を考えれば、とクロハは思う。サトウのいう通り、業者を利用したとは限らない。確かめる必要がある、と思い立ち、すぐ隣でモニタを覗くイシイへ、

「県内とその周辺で3Dスキャンを業務として行っている会社を調べてみて。二十一人の顔情報《データ》を扱ったところがあるかどうか」

分かりました、と答え、イシイはもう一台のコンピュータの前に座った。

クロハはモニタ上に並べられた多角形《ポリゴン》の顔を凝視する。

これが記念碑だとすれば……

貴田未來の、瞼を閉じ唇を引き締めた、灰色の顔を見詰める。

――組み立ててください。


そう。記念碑であれば、一つにする必要がある。

クロハは気がついた。そして自分が見付けた事実に、眉をひそめる。

それがあなた達の望んだこと？

あなた達の死と引き換えにする価値が本当に、それにはあるの？

貨物自動車の下から、流れ出した血。


クロハは深呼吸する。モニタへと指を伸ばし、

「見て」

指先で貴田未來の顔の輪郭をなぞった。サトウが画面へ顔を寄せた。

「何か……」

「顔の周りに、余白がある」

クロハは指を動かしながら、説明する。

「それが」

クロハは別のウィンドウ、少し小さな顔情報を貴田未來のものへ近付けた。

「このラインと、このラインは似てるわ」

顔同士の、余白の左部分と右部分をクロハは指で示し、

「合成することはできない？　顔を全て一つの物体《オブジェクト》として、組み立てられない？」

サトウが唸った。

「一種のジグソー・パズルだと……三次元の」

「そう。それが記念碑……一つにして、完成する」

組み立てて、どんな形が作られるのだろう。

それは彼女、彼等の、自己満足のためにある。どう感じるべきなのか、クロハにはよく分からなかった。

「モニタ上で多角形《ポリゴン》の角度を調整しながら合成してゆくのは、時間がかかりそうですが」

サトウは慎重な口振りで、

「あるいは同じ頂点の組み合わせを自動検索するプログラムを組むか……いや、目で判断した方が早いか……了解しました。少しずつでも、顔情報の合成を進めます」

「お願い」

組み上げられた記念碑は、事案の核心に触れる何かとなるのだろうか。命を懸けるに足る、何かに。

できることから、やっていくしかない。

「私達にはもう、手掛かりは他に残されていないわ」

クロハがそういうと、分かっています、とサトウは気負いのない、しかし真剣な口調で答えた。

＋

講堂にハラの姿が見えないことに、クロハは気がついた。

ハラは講堂の外にいた。

小さな長椅子の、その隅で小さくなり、煙草を吸っていた。

ハラは講堂の扉を開けたクロハを見ると、慌てたように筒型の灰皿へ煙草を捨てた。

まるで高校生みたいね、とクロハは思う。

「……構わないわよ、私なら」

クロハはハラの隣に座り、

「父が吸っていたから匂いも気にしない。未成年なら……今回は見なかったことにする」

すみません、とつぶやくハラの気落ちした態度は、煙草とは関係のないもののように、クロハには見えた。もうずっとやめていたんですけど、とハラはいった。それきり、口を開こうとしなかった。

「あなたも監察官に、呼ばれているんでしょ」

クロハの方が先に言葉を発した。ハラはこくりとした。

「タクシーを使うというのはどう……私と。警察の車に乗るのは何となく気まずいから」

クロハがそう提案すると、ハラの目元がちょっとだけ和らぎ、小皺を浮かべた。

「私、クロハさんのこと、前から知っていました」

ぽつりといった。クロハが目を瞬《しばた》いていると、ハラは顔を上げた。

「何処で知ったの。私のこと」

訊ねると、

「射撃の国体優勝者の女性警察官。有名です」

「……学生の時の話よ。警察官になってからもピストル射撃で出場はしたけど、大した成績じゃなかったわ。だから……誰もそんな経歴、知らないはずよ」

「もう出ないのかな、ってずっと不思議に思っていたんですけど」

「出ないことに決めたの」

「どうして……」

「弾丸を的に当てるために、警察に入ったわけじゃないから」

「私もそんな風にいえたら。でも無理ですね」

ハラは自嘲するような笑みを作り、

「私にとって警察は就職先の一つ、というだけでしたから。格好いい職場の一つでした」

「変わらないわ。別に、私も」

クロハはいう。

「私は父も警察官だった、っていうだけ」

「お父さんに憧れて？」

羨ましそうに、ハラがいった。クロハははっきりと首を振る。

「家の中では、父は碌《ろく》でなしだった。いつも母を殴っていたわ。ただ忘れられない光景があって」

クロハは正面の、屋上への階段を隠すコンクリートの壁を見詰め、

「交通課の父が警察車両に乗り込む姿。制服を着ていた父は、不思議なくらい立派だった。たぶん感覚として、ずっと持っていたのね。少なくとも、警察官になれば働いている時だけでも立派になれる、って……それだけよ」

壁には黒ずんだ染みがあり、それが人の目のような形で、クロハを見詰め返していた。

「……でも、私とは違います」

とハラはいい、

「今は怖い、としか思えません。色々なことが」

「違わないわ」

そうクロハは返した。

「私の方が、怯えているかもしれない」

壁を見詰めるだけの時間が流れる。油断をすると壁の奥に、物流倉庫の光景を浮かべそうになり、クロハは何度も心の中で頭を振り、想像を振り払った。

ふと、ハラが動いた。

「……それ、奇麗ですね。クロハさんがいつもしている」

ハラが指で、クロハの胸元をさし、

「ヘマタイトか何か……」

クロハは銀のチェーンに結ばれた、小さな宝石を持ち上げた。

「これは鉱石じゃないの。真珠よ」

雫《しずく》の形。鉄に近い質感。ハラは顔を寄せ、

「歪んでる？」

「そう。バロック玉だもの。傷も入ってるし、安ものなの。でも正円《せいえん》じゃないからこそ、世界に同じ形は一つもないの」

クロハは自分の説明に可笑《おか》しくなり、笑い声を息とともに吐き出して、

「貧乏人の見栄ね。そんな話。高価なアクセサリが買えないだけ」

ハラは何か、嬉しそうな顔をした。

「私も、今度そういうものを探してみます」

「力を抜きましょう」

クロハはそう声をかける。

「抜ける時だけでも」

「はい」

と答えるハラの顔に、やっと少し赤味が戻ったようだった。

「……そろそろ本部へいった方がよさそう」

クロハはハラの手首に巻かれた、小さなアナログ時計を見ていった。ぼやけていた緊張感が、鳩尾の辺りで固まり始める。

ハラも同じ感覚でいることは、引き締められた唇の様子からも、分かった。

「力を抜きましょう」

クロハは自分へ向けても、そういった。

＋

県警本部に所属しているとはいえ、機動捜査隊分駐所に勤務するクロハには、本部庁舎はさほど馴染みのある場所ではなかった。

海に臨む大きな建物、その最上階の一つ下にある広大な会議室に通されるとは、クロハは思っていなかった。沢山のパイプ椅子が扇状に並んでいる様子も、その隙間のそれぞれに譜面台が置かれていることも想像していなかった。

監察官と監察官室付調査官が机を挟み、クロハの前に座っていた。色素の薄い肌も白髪の交じる短い髪も、二人はよく似ていた。椅子の広がりを背景とする不思議な光景は、クロハを当惑させた。

大会議室は冷えていた。冷気が、腕の奥に溜まる痛みを増幅させるようだった。

机の上のボイス・レコーダの一部が小さく、赤く発光している。数十枚の紙がクリップでまとめられ、机の中央に置かれていた。表紙に小さく、黒葉佑、の文字が見えた。

「当然のことながら」

調査官がいった。紙に書かれた文章を読み上げるような調子で、

「君を迎えるために舞台を用意したわけではない。この査問は警察内部の人間ですら、一部しか知らない。今も知られたくはない。従って、査問の場所としてこの大会議室を選んだ。ここは現在、演奏会を控えた警察音楽隊の練習場所となっている。夜にはもう一度予行演奏を行う。練習の合間を縫って、君達と会う形にした」

膝を揃えて座るクロハはようやく納得し、頷いた。今からは余計な言葉を発するべきではない、と思った。

「起きたばかりのことだ。君の口から説明して欲しい。邑上晴加が死亡した時の状況を教えてほしい」

「はい」

クロハは一瞬だけ瞼を閉じ、舌の奥に溜まる粘り気のある唾を飲み込んだ。

そして、何の手応えもなく宙を抱いた両腕の感覚を想起した。

クロハはゆっくりと喋った。

後から現場に到着したこと。

カガが邑上晴加の腕をつかんだこと。

突然邑上晴加が駆け出したこと。

その動きを受け止められなかったこと。

貨物自動車の下から、鮮血が流れ出したこと。

全て本当のことだった。けれど、いわなかったこともあった。

カガの普段の素行については、何一つ口にしなかった。自分自身へ、冷静な判断を促すために。口にすれば、感情が噴き出しそうな気がした。

「質問に答えるように」

調査官がいった。隣に座る、その上司にあたるはずの監察官は資料をめくるだけで、声を出そうとはしなかった。時折クロハの顔を睨み、顔色を読もうとするようだった。

「はい」

クロハは返答した。

「主任は参考人の手首をつかんだ、といったな」

「はい」

「強くかね」

「……そのように見えました」

「ねじり上げたか。被疑者を扱うように」

「いえ、そこまでは……車へ誘導するための行為だと思います」

「参考人は抵抗していたかね」

「その素振りはあったように見えました」

「邑上晴加の自殺が、警察によって誘導された可能性はあると思うか」

「……可能性は零《ゼロ》ではないと思います」

「君が邑上晴加へ近付いた時、彼女は君に気付いていたかね」

「直前まで、気付いていなかったと思います」

「参考人の死に、君は責任を感じるかね」

「はい」

「何に対して」

「邑上晴加を抱きとめることに失敗しました」

「どうやったら、成功したと思う」

「もっと貨物自動車側へ、踏み込むべきでした」

「そうしていたら、君も恐らく死んでいた」

調査官は静かにいった。

「運転手は、二人を轢いたと思っていたそうだ」

クロハの片腕が痛みを訴える。疲労のような痛み。

「鑑識課の捜査によれば、邑上晴加は携帯電話を所持していた。しかし中の情報を全て消去していた。同僚によると日常的に上書きによる情報消去を繰り返していたらしい。つまり、彼女は常に死ぬ準備ができていた。違うかね」

「……そうかもしれません」

「ならば、問題はない。彼女は、集団自殺に参加しなかったことを悔やんでいた」

「君の立場で実際に最も問題となることは参考人の死、その直前のことだけだ。彼女が車両へ向かって走り出した時、それを防止できたのかどうか。不可能だろうと我々は見る」

クロハは調査官のいい方に、眉を曇らせた。査問の方向性に初めて気がついた。

監察官の眺める資料へ調査官も視線を落とし、

「彼女の死の決意を君達が早めた、ともいえない……突発的な行動。以前からの自殺願望。集団自殺に参加しなかったことへの後悔。彼女の死を防ぐのは全てにおいて困難だった」

そう断言した。クロハは寒気を覚えた。組織に対してではなかった。自分の感情に幻滅しただけだった。組織の意図に、ほっとする自分を発見していた。

クロハは悲しくなった。返す言葉を持たないことが悲しかった。

「以上で、君の査問を終了する」

監察官が、初めて声を出した。授業の終わりを宣言する教師のように、命令し慣れた口振りでいった。

「退席しなさい」

クロハは席を立ち、頭を下げた。

屈辱感が込み上げる。薄紫色の絨毯ばかりを視野に入れ、会議室の外へ出た。

扉の前で、ハラは待機していた。

休憩席にはカガがいた。一人座り、何処かをじっと見詰めていた。数日振りにカガを見かけたような、そんな錯覚をクロハは覚える。

会議室の中から、ハラの名前を呼ぶ声。

銀色に縁取られた豪勢な扉を開けたハラの横顔には、怯えの色が浮かんだ。

「クロハさん、先に戻っていてください」

といった。クロハの方を見ることはなかった。分かりました、とだけクロハは答えた。

心配しないで、とはいえなかった。査問の結果は決まっているから、という気にはなれなかった。

ハラは、失礼します、と覚悟の混じった声を出し、扉の向こうへ消えた。

参考人の自殺について、ハラの行動が問題になるはずはなかった。

ハラは邑上晴加を追い詰めるような言動は取らなかったし、ハラの位置から彼女の死を阻止することは不可能に近い。

ならば問題はない、という調査官の台詞が、クロハの耳に残っている。

椅子の背もたれに寄りかかり顎を緩慢に上下させ、ガムを機械的に嚙んでいるカガの姿。カガですら、責任を問われることはないだろう。カガの目付きは暗く、廊下の壁に貼られたポスター、新しく施行される何かの条例の知らせを、ぼうっと見詰め続けていた。

報告は私の義務だ、と思ったクロハは気持ちを引き締め、カガの傍へと歩いた。踵の音が廊下に反響し、クロハの複雑な心にも響いた。

「主任。不明の添付ファイルについてですが、形式が分かりました」

「そうかい」

カガはクロハをちらりと見て、

「後で聞くさ。捜査が進んで、結構なことだ」

興味のない様子だった。

了解しました、と返事をしたクロハは踵を返し、エレベータへ乗ることに決めた。一人で臨港署へ戻るつもりだった。引き返そうとした途端、

「待てよ」

と声がかかった。

査問を控えたカガが、また面倒なことをいい出さないか、クロハは少し身構えながら、

「何か……」

「こいつをな、捜査一課へ持っていってくれるか。十一階だ」

カガは上着から、四つ折りになった紙を抜き出して、

「係長の机か、俺の机の上に置いてくれりゃあいい。これ以上皺くちゃにしたくねえし、査問の前に、身軽になりたいんでね」

クロハは訝《いぶか》しみながら、受け取った。

「開けてみな」

おもしろくもなさそうに、カガがいった。クロハがいわれた通りに、雑に折り曲げられた紙を広げると、見覚えのある顔が印刷されていた。クロハは、はっとした。

長い長い地下通路で、道を塞いでいた人間達。

「でかい方がカネコ。ちびがスエ。どっちも前科者の元暴力団員だ」

とカガがいった。

「では、主任は今まで……」

「ああ。この俺は臨港署にも戻らず、ずっとここの暴対課で情報を漁っていたわけだ。警察庁のデータベースまで活用して、な」

クロハは驚き、

「名前も分からないのに、どうやって」

「あの長い通路に、防犯カメラがあったろ」

カガはポスターを見続けていた。

「あれを管理してるのは港湾局でな……道路表面は区役所の管轄、他の設備は港湾局が仕切っているんだとさ。埋め立て地に港務所があってな、そこの業務課に直接怒鳴り込んで記録映像を印刷させた。意外に鮮明な写真だったな……」

「それを暴力団対策課に」

「刑事を脅すヤクザがいる、って泣きついたら皆真剣になってな。すぐに割れたさ」

そういうと、カガは鼻で笑った。

クロハは書類を見直した。

鉄古《カネコ》浩行《ヒロユキ》。

覚せい剤取締法違反。

傷害罪。

強姦未遂罪。


末《スエ》伴多《ヨウタ》。

暴行罪。

窃盗罪。

住居侵入罪。


どちらも四十代の後半だった。そして。

「二人とも備考欄に、絶縁、とありますが……」

「組から絶縁されている、って意味だよ。絶縁状が回ってる。組織を逃げ出したんだ、そいつ等。カネコは部下三人を意味もなく半殺しにして。スエは組事務所から金を盗んでな。それぞれの地元の刑事課に聞いた話だ。カネコもスエも半端者の屑さ。絶縁っていうのは報復も意味している。組の報復が怖くて、自分の故郷《くに》にいられねえ連中が、この街に集まったわけだ」

「報復というのは」

「運がよけりゃあ殺されずに済む、って仕打ちさ。殺されないだけだがな」

「もう一人の方は……タカハシは」

クロハは資料にない、二人を率いていたらしい男のことを訊ねた。

「分からんね。ぎりぎりまで粘って照会してもらったがな。念を入れて、タカハシの名でも調べさせた。偽名だった、って当然の結論以外、何も出てこねえ」

「前科はないのかもしれません」

「かもな。一番肝心の人間が分からないんじゃな。カネコもスエも雇われているだけだろうよ。金さえ出せばどんな依頼も引き受ける、って地元でも評判の二人だ。前科はきっと、そこに記録されているものだけじゃないぜ」

クロハはタカハシと名乗る男が、警察の情報を欲しがっていたことを思い出した。

「タカハシはあれから接触して来ましたか」

クロハは聞いた。聞くべきことではなかったかもしれない、とすぐに気付いた。

「……携帯へは、な」

とだけカガはいった。

それ以上は、質問できなかった。立ち去るべきだ、とクロハは思い、

「書類は……私が届けていいんですか」

「あんまり苛《いじ》めんなって……頼むぜ」

カガはクロハをちらりとだけ見上げ、

「今の状況で、捜査一課に顔を出したくねえだろ、俺は……」

「……分かりました」

「前科があるからな、俺は。すぐに女を殴るってな」

カガの愚痴を聞く気にはなれなかった。歩き出そうとするクロハを、しかしカガの声が止めた。

「殴ったのは一度だけさ」

カガはやはり、クロハの方を見ていなかった。

「婚約者を押さえつけるためにな。巡査部長になったばかりの話で、七年も前だ。籍を入れる直前、女が精神を病んじまった。心が分裂したんだ。前兆もきっかけもなしに。幻聴を聞いて、独り言をいって、暴れるようになった。通院先の前でまたいかれ出して、大人しくさせるためについ殴っちまった。相手が細腕でも、一人じゃ到底押さえ切れねえ力だ。

で、俺が殴ったのを見た路上の誰かさんが警察を呼んだ。警官の俺が警察沙汰だ。事情は理解して貰ったはずだが、監察官室に呼ばれる羽目になった。俺は警察官の面汚し、ってわけさ。殴ったのは事実だ。本部に噂として事実が広まっても、俺は文句もいえねえさ。噂に縛られるとは考えてもみなかったよ。奇妙な足枷《あしかせ》だろ……」

クロハは理解した。カガの立場は風評によって、未来まで決まったようなものだった。組織の庇護と陰口の間に位置する、身動きの取れない場所。

「婚約を解消して身軽に……何度もそう思ったがね。俺が縁を切ったらあいつには、見舞いにいく人間もいなくなるんだ。父親がいたはずだがな、面会にも来ない。別人だ、ってよ。もう娘じゃないとさ。分からなくもないがね……」

ほんの少し、表情を緩めたようにも見え、

「忘れられないのは、笑顔だよ。それと科学の進歩を、俺はずっと待ち続けているのさ」

カガは伸ばしていた背中を丸め、両肘を自分の膝に置いた。

「つまらねえ話だ。そう思うだろ。忘れていいぜ」

失礼します、とクロハはいった。カガの感傷に、今にも巻き込まれそうだった。足を踏み出した。背後からカガの声がかすかに聞こえた。畜生、と聞こえた。

女を死なせちまった。俺の目の前で……

その言葉が耳に入り、クロハは思わず立ち止まった。けれどすぐに歩みを再開させた。貨物自動車の下からの鮮血。

忘れられるはずがない、ということは最初から分かっていた。

＋

刑事部捜査第一課強行犯捜査係の机が並ぶその一室は、照明の暗い、しんとした廊下とは対照的に、騒然としていた。

証拠品の引き渡しのために、クロハは一度だけここを訪れたことがあった。その規模は所轄署で見ることができるものではない。

以前に入室した時とはまた違った雰囲気だった。不思議な興奮状態が部屋を支配していた。決して大声にはならない焦りのようなものが、部屋全体にゆき渡っている。

部外者である人間には、その理由を詮索する資格がないような気が、クロハはした。会釈をする以外、誰かと接触しようとは思わなかった。本部所属の人間であるはずなのに、臨港署へ戻りたくて仕方がなかった。カガの上司の机を見付け、よく整頓されたそこに元暴力団員二人の資料を置いた。

扉の前に戻り誰へというでもなく、室内へ向かってお辞儀をした。外へ出るための挨拶だった。姿勢を戻したクロハは、部屋に満ちる不穏な気配の、その原因を知る。

原因は大画面の古いブラウン管式TV。

在室する強行犯捜査係のほとんど全員が、部屋の隅にあるブラウン管TVに、釘付けになっていた。

TVの前へ、仕事の手を止めた警察官達が徐々に集まり始めている。画面に報道番組が映し出されていた。東京の埋め立て地が空撮されていることに気がついた。

クロハは愕然とした。

まさか。

思わず一歩、TVへ向けて足を出していた。

誰かがTVに触れ、音量を上げた。

……倉庫から発見された遺体は十九体にのぼり、警察では現在、遺体の身元の確認を急いでいます。発表によれば、遺体の死因は凍死と見られ、自殺、他殺の両面から捜査を開始したとのことです。同時間帯に発見された隣接区の遺体と合わせると、男女あわせて三十九体の遺体が発見されたことになり、その関連性の確認も……

東京。埋め立て地。

集団自殺。新たに確かめられた三十九の死。

遺体はクロハの関わった二十一体だけではなかった。集団による自殺は県を越え、ずっと広範囲に行われていたのだ。

よく似た事案を自分達も抱えていることを、本部の警察官達は知っていた。室内は静かな熱気に包まれていた。全員がＴＶに見入っていた。

報道内容がもっとよく聞こえるように、クロハは机と机の間を走り、本部所属の警察官を掻き分け、強引にＴＶへ近付いた。クロハを非難する声はほとんど意識に届かなかった。

画面の映像はクロハも覚えのある現場へと切り替わった。東京ではない。以前の映像だった。コンテナの迷路。そこで他の捜査員へ事情を説明するクロハの姿がはっきり映っていた。撮られていることなど、全く気付いていなかった。報道まで気にしていられる余裕は何処にもなかった。

司会者の質問と識者による解説が始まった。

……他県でも同様の事件が存在しています。繋がりのある可能性は高いものと……

……県で発生した事件は当初、不法入国者の窒息死と発表されましたが……

……その発表は、後で否定されました。集団自殺と結論されています。

……では凍死、という方法は……

……遺体をきれいに保存するための手段と見られ……

クロハは奥歯を強く嚙み合わせた。

迂闊《うかつ》だ、と思った。ここまで広範囲に亘る事象だとは、想像もしていなかった。これだけの規模で一度に人が死ぬとは。

それに……これで終わりだろうか。

クロハは自分の考えにぎょっとした。終わり、と誰かが決めたわけではない。近隣の全てのレンタル・コンテナを調査するべきだ、とクロハは気付いた。

何で報道が先なんだ、とクロハの隣で声がした。

警視庁の奴等、関連事案を抱えているこっちに先ず、報告するべきじゃないのか。

誰かがそういった。その通りだ、とクロハも思う。そして、警視庁がそうしなかった理由も理解できた。こちら側に主導権を奪われたくない、ということだ。警視庁はクロハの所属する県警本部と隣り合い、管轄を跨ぐ事件が起こる度、古くから捜査の主導権をめぐって、両者は争ってきた。

あちこちから、警視庁を非難する言葉が発生した。室内が殺気立つ。

クロハ君、と呼ばれた。緊迫した声だった。

大股に、管理官が歩いて来るところだった。早口でいう。

「ここに来ていると聞いた。丁度いい。私の机に来てくれ。埋め立て地の件について聞きたい」

集団自殺のことだろうか、邑上晴加のことだろうか、とクロハが戸惑っていると、

「冷凍コンテナの件だ」

クロハの表情を読んだらしい管理官が、擦れ違い様にそうつけ足した。

管理官は部屋の奥へ進んだ。警察官達が慌てて道を開けた。管理官が自分の席に座り、
クロハはその前で直立した。管理官は机を指先で何度か叩いてから、

「報道は見ていたな」

「はい」

「埋め立て地の捜査は現在、どのように進んでいる」

「冷凍コンテナで亡くなった人達は、検視官が仰《おつしや》る通り、明らかに自殺です。全員分の遺書も見付かりました」

「それでは、じきに捜査終了とみていいのか」

「一つだけ、残された要素があります」

クロハは、周囲からの視線に気がついた。捜査一課の警察官達が、クロハと管理官の会話に聞き入っている。気後れしないよう、もう一度姿勢を正した。

「遺書は、電子メイルとして県警に送られています。新しく今回発見された自殺者達の遺書は、警視庁の方へ送られているはずです。送付されたメイルにはそれぞれ、あるファイルが添付されており、そのファイルが事案の大きな要素を占めていると、合同捜査班では考えております」

「分かりにくいな。説明したまえ」

「説明しにくいことですが……ファイルは死ぬための目的でもある、と考えられます。ファイルを組み合わせ、一つの情報を作ることを、自殺者達は望んでいるようです。恐らく、死ぬ、という行為に関連して、何か価値を作りたかったのではないかと。価値を作る、という目的があるからこそ、彼等は死ぬことに積極的になった、とも考えられます」

「どのような価値か、はっきりしているのか」

「解明中です」

「自殺者達の中に、首謀者はいるのか」

「現在のところは見付かっていませんが、可能性はあります。ですが……」

クロハは、はっきりいうべきだ、と心に決め、

「私達の管轄内にいるとは限りません」

「だろうな」

「遺書に添付されたファイルも、全てを集めなくては意味を成さないでしょう」

「……警視庁と連携しろ、というのか」

「本事案の全貌を明らかにするには、それ以外方法はありません。それは警視庁側も同じでしょう」

「TVに報道が流れるのと同時に、警視庁から共同捜査の申し入れがあった。凍死体の司法解剖結果を共有したい、と」

管理官が明かす事実は、室内を動揺させた。ざわめきが起こった。

「申し入れを受けない、という選択肢は我々にはない」

管理官は一度だけまた机を叩き、

「問題は、いつ受けるのか、ということだ。我々にも体面はある。報道へ先に情報を流したことについて、我々は警視庁を非難するべきだが、それをしつこく問いつめれば神経症的な印象を世間に与えるだけだ。共同捜査は情報を共有し合うのみで、同一の捜査班や捜

査本部は作らない。同じ事件を追っているのだとすれば、競い合いとなる。我々は、勝てる、という戦略が欲しい。君はどう考える。どの時期に共同捜査を始めるか」

クロハは迷わずにいった。

「今すぐに、お願いします。管理官。そうしなければ、私達は全てにおいて、敗れることになります」

ざわめき。

「根拠は」

管理官の目が鋭さを増した。

「私達に必要なのは、情報だけです。今回の事案で問題になるものは、首謀者の可能性、集団自殺に至るやり取りが行われた場所、そして添付ファイルの三つです。我々の持つ証拠の中には、首謀者と場所を示すものは、今のところありません。ですが、やり取りの場所は必ずネット上にあったはずです。それを隠すために、自殺者達は携帯を捨て、あるいは記録を消しています。警視庁の握る証拠も、同じ状態であると考えられますが、あるいは何かの手違いによって残されている可能性もあります。その点、証拠の少ない私達は不利かもしれません。けれどやり取りのほとんどがネットで行われたのなら、私達は場所を動かず、コンピュータで追うことができます。私達に必要なのは、情報だけです。共有して、不利になることはありません。むしろ、私達の一日の長は時間とともに失われるでしょう。私達が見付けることのできなかった事実、首謀者と場所の発見を仮に警視庁に譲ったとしても、それは情報共有のせいではありません。そして」

クロハは吸いすぎた息を吐き出してから、

「私達は遺書メイルの存在に気付き、添付ファイルの意味を知っています。警視庁は今、司法解剖の結果にしか、興味を持っていません。メイルによる遺書の存在に気付いていません。我々の方からその事実を教え、情報を共有するべきです。添付ファイルが揃えば、少なくとも、その一点、最後の要素においては先んずることができます。ファイルを揃え、相手が気付く前に、完成させればいい。時間をおけばおくほど、相手に気付く猶予《ゆうよ》を与えることになります。こちらが有利になることはありません」

唸るように管理官がいった。

「向こうが気付いた時には……」

「後は時間との勝負です、管理官。複数台のコンピュータ。ネット情報、三次元情報を扱い慣れた警察官。多く揃えるほど捜査は進み、本事案最後の要素は、早く組み上がるでしょう」

管理官が考える素振りを見せたのは、ほんの数秒のことだった。

「合同捜査班は臨港署で活動しているのだったな」

「はい」

「拠点としての、場所の広さはあるか」

「講堂を使用しています。広さはあります」

「分かった」

管理官は机の上の受話器を取り上げた。捜査一課長へ繋いだことをクロハは知り、目線を落とした。砂埃《すなぼこり》で包装された自分の革靴が見えた。でも、とクロハは思う。でも少なくとも震えてはいない。

「……はい。今、受けるべきです。合同捜査班の増強を……ええ。了解しました。では、そのように」

管理官は静かに受話器を置き、

「臨港署へ戻ってくれ。そこに捜査員を送り込む。おい、君、車を出せるか。クロハ君を送るんだ」

静止状態にあった室内が、沸騰したように動き出した。

「こちらに」

管理官から指名された、見覚えのある私服警官がクロハへいった。歳も階級もクロハより上のはずだが、見返す目に軽んずる気配は少しもなかった。

始まった、とクロハは思う。

全ては今、動き出した。

＋

臨港変死事件合同捜査班の指揮系統は変わらなかった。人員、設備、予算の増強は内密に、素早く実行された。

カガが全体を実質上指揮するはずだったが、実際はほとんどクロハが命令を出していた。カガは拠点にいないことが多くなった。いる時には珈琲の入った紙コップを手に持って、講堂の天井を眺めていた。主任に報告をする人間も指示を受けようとする人間も次第に減り、カガは捜査班の中で透明になっていった。自らそうなろうとしているようだった。フタバにいたっては、大方講堂内にいなかった。コンピュータを扱えず、擦り寄る相手もいなくなった初老の男は、クロハの視線を避けているようでもあった。

近隣地域一帯の冷凍コンテナが一斉に調べられ、新たに見付かった凍死体は都内に限られていたものの、さらに六人を加えることになった。

警視庁はまだ何も気付いていなかった。クロハの求めに応じ、簡単に遺書メイルも添付ファイルも見つけ出した順に、滞りなく転送したものだった。四十五あるはずのファイルが三つ足りなかったのは送り手の手違いか、宛先となった警察署の保管の不備と思われた。自殺者の死面を製作した業者は、見付からなかった。

十五人体制でネット捜索、さらに十人体制で顔情報を合成しようとする中、サトウは多角形情報《ポリゴン・データ》を組み合わせるための、新しい方法を思いついた。

本部から新規に下りた予算により、サトウはある機械を購入した。3Dプリンタと呼ばれる装置だった。コンピュータ内に表現された物体《オブジェクト》をプラスチックとして実体化する造型機。プラスチックの粉末を吹き付け、物体《オブジェクト》を断面の形で徐々に構築し、完成させる仕組みだった。

クロハにとって驚きだったのは、機械の性能そのものよりも、個人でも購入可能なほどの安価でそんな装置が手に入る、ということの方だった。

機械は次々と、自殺者をよく模倣する死面を、手のひらに軽く乗る大きさで作り上げていった。実際に手で触れて合成する方が早い、というサトウの考えは間違っていなかった。

六十三の死面が機械から出力されると、真っ白なプラスチックの記念碑はサトウによってすぐに組み上げられ、クロハの前に出現した。崩れた彫刻が、元の形へ戻るのを見ているようだった。

空白の部分はあっても、その形状が何を意味しているか、すぐにクロハは認識することができた。誰にでも分かっただろう。

現れたのは蝶だった。

記念碑は揚羽蝶だった。

五

交通部の女性警官と別れ、宇宙船を模した大きな飾りの下を通り、クロハは地下街へ降りた。

広場での催しものの喧噪《けんそう》を避けて、大回りに通路を進んだ。

巨大な地下空間には同じような通路、同じような装いの店が並ぶが、配属当時とは違いクロハが迷うことはもうなかった。

カフェの入り口は狭く、混み合っていたが、奥には空席も見えた。クロハは、カウンタに置いた携帯電話でTVドラマを熱心に視聴する女性客の後ろを過ぎ、壁際の二人用席へ座る。小振りな机の上に、キャラメル・カプチーノとナッツ入りのクッキーを載せた。

ウェスト・ポーチから取り出したオーディオ・プレーヤを、机の隅に置いた。ほっと息をつく。ドラマの台詞が、クロハのところまで届いて来る。けれど気にはならなかった。

合同捜査班が増強されて四日目、すでに情報は出尽くした感があった。蝶を象《かたど》った多角形情報《ポリゴン・データ》の、一つ一つの要素となるために大勢の人間が死を決意し、そして同時に自分達の遺体も汚れなく保存しようとした。その理論の帰着は、合同捜査班の成果、クロハの成果だった。捜査一課長から、クロハは本当にそういわれたのだ。

邑上晴加の自殺が騒がれたのは、ほんの一瞬のことだった。

クロハを含めた、弔問に訪れようとする警察官を遺族は拒否し、報道への露出も拒んだ。そっとしておいて欲しいという意向だけが発表され、邑上晴加の名は巨大な事案の裏に隠れることになった。

県警本部で開かれた記者会見で、集団自殺の内実は臨港署の署長によって語られた。控えめな会見を装ってはいたが、警視庁へ先手を打つための重要な情報公開ともなっていた。明らかになった事実は、驚きをもって報道機関に迎えられた。臨港署の周りを、報道陣のものらしき車の走る姿が、よく見られるようになった。

本部も臨港署も余計なことは喋らなかった。捜査が全て終わるまでは、発表内容の一つ一つが警視庁への手駒となるからだった。必要以上の手の内は披露《ひろう》するべきではなかった。

そもそも、県警は空回りしているのかもしれない。

プレーヤの画面に触れながら、クロハはそう思う。

本事案に、犯人確保はあり得ない。はっきりした解決の存在する事案ではなかった。警視庁は一歩身を引き、遠目に捜査の推移を窺っているような気が、クロハはした。

それでも県警本部の上層部は構わないのだろう。事案について先に記者会見を行ったことで面子はすでに保たれていた。一日に何度も捜査班へ進展を確認する管理官の電話も昨夜の会見以来、すっかり減っていた。このまま警視庁とともに捜査が終了となれば、恐らくそれが一番県警にとっていい結末なのだろう。きっと上層部は、その結末を望んでいる。

クロハは腹立たしく思う。

未だ、自殺計画が進行したネット上の場所も分からず、中心人物の輪郭さえ、つかめてはいなかった。噂はあった。まるで都市伝説のように。メイルを受け取れば、自殺に必ず巻き込まれる、という風な。

人も場所も周到に隠されている。

これ以上は無理なのか、と思う自分にもクロハは苛立った。

ひと区切りついたな、と管理官は、さりげなく捜査の終了を今朝の通話で匂わせていた。解決のない事案。証言すべき人間が全員死んでいるのだとしたら、細部まで再現することはできない。邑上晴加の死が悔やまれてならなかった。

捜査班へ指示する用件もなくなり、着替えを受け取るためにクロハは講堂を出た。頭を冷やすためにも必要な時間。

クロハは自分の髪に手櫛を入れた。髪に脂が残っている。臨港署の中では、ゆっくり汗を落とすことも難しい。講堂の中で短く繰り返したうたた寝のために、体のあちこちが痛かった。

……ひと区切り、か。

クロハは呟いた。納得するべきなのかもしれない。

プレーヤの電源を入れると、馴染みのある画面が表示された。

同じ寮に住む交通部の友人に、届けてもらったものだった。液晶画面上に指を滑らせ、曲目を眺める。大切な落としものが返ってきたような気持ちになる。

込みやすいカフェを姉さんとの待ち合わせ場所に選んだのも、サウンドのためだった。地下街のカフェは無線LANを備えているから、新譜の情報をプレーヤの画面で確認することも、購入することもできる。

気休めに、そうすることを楽しみにしていたつもりだったが、クロハは購入画面を立ち上げられずにいた。事案は終わりを迎えようとしている。寝入る前の数分を、馴染みあるサウンドで埋めることができれば今はそれで充分、と思えた。それにカプチーノ。

警察署の珈琲メーカでは作れないもの、自販機にないものが、クロハは飲みたくて仕方がなかった。小さなカップ。泡立てられた真っ白な牛乳に、キャラメル・シロップの網がかかっている。子供っぽい甘さが心地よかった。

プレーヤの脇に携帯を並べた。携帯を操作し、画像フォルダから目的のものを選ぼうとする。画像の一覧には、アイと姉さんの写真もあった。クロハは微笑んだ。

プラスチックで作られた揚羽蝶の写真を、拡大させた。

実物は両手で抱えられるほどの大きさ。持ち上げれば軽いのは、死面の足りない部分から内部の空洞が見えていて、外観からも判断できた。

いびつなプラスチック。

蝶の形の詳細を表現するには、死面の数が足りていなかった。顔情報《データ》で形作られているのは、翅と胴体と頭だけで、翅脈は再現されていないし、造形されているのはほとんど背面だけで脚はなく、触角は死面の余白を利用している。全体的なモデリングはよくできていて、作り込まれている印象だった。むしろそれぞれの顔の凹凸《おうとつ》が、記念碑としての滑《なめ》らかさを邪魔しているように見えた。

瞼を閉じた顔の集まり。

その物体《オブジェクト》を、美しいとは思えなかった。クロハは姉さんの意見が聞きたかった。カップを唇に当てたまま、プレーヤ表面に指を置き、アルバムのジャケット・アートを次々と表示させる。そうしながら、携帯の液晶画面を見詰めていた。どうしても違和感が消えなかった。多くの命を懸けるに足るものには、見えなかった。


聞き慣れた声がした。

「卑猥よ。その手つき」

クロハの前に、姉さんが座った。クロハは叱られたような気になって、プレーヤから指先を離した。

姉さんは悪戯っぽい笑みを浮かべて、

「サウンド・プレーヤが恋人。相変わらずね」

クロハは苦笑するしかない。姉さんが差し出した大きな紙袋を受け取った。ありがとう、と伝えた。

「足りるの、それで」

姉さんが訊ね、

「今乾かしているものは、どうするつもり」

クロハは、着替えの入った紙袋を足下の壁に立てかけ、

「自分で取りにいく。もう署にこもるのも、終わりだと思うから」

「いつ終わるの」

「早ければ、明日の夜くらいかな……」

納得してないのね、といいながら姉さんが席を立った。

捜査の終了に対する不満が、顔色に出てしまっている。こめかみの辺りを両手で揉み解《ほぐ》した。講堂の中でも、私はずっとそんな表情をしているのだろうか。

殺人事件、という台詞が聞こえクロハは顔を向けた。カウンタ席の方から聞こえて来る。小さな携帯電話の画面に、報道番組が映っていた。TVドラマを見終わった女性が雑誌を読み始め、放送をそのままにしている。

クロハは耳を澄ます。この街で起こった事件。

被害者は十九歳の女性。集合住宅の自宅にて、遺体となっているのを友人が発見。殺害は数日前とみられ、警察では犯人の特定を急いでいる。死因は首筋を刃物で刺されたことによる失血死とみられ……

クロハは腰を浮かしかけ、自分とは関係のない話であることを思い出す。

ほんの少しだけクロハが参加した特別捜査本部は、今も犯人を捕らえていなかった。連続殺人である可能性は高い。被害者の二人は首を、頸動脈を狙われている。今回も、一連の殺人の一つとなるのではないか。

まだ早い。クロハは自分を戒めた。他の事案のことを考えるのは。

明白な殺意と犯人の存在は、暗い密室で彷徨《さまよ》うような調べを続ける今の自分の捜査状況と比べ、羨ましくさえあった。

番組は、別の事件の報道へ移った。幼児をホームから線路へ突き落とそうとした青年の事件。この街の話ではなかった。クロハは肩の強張りを解いた。

レモネードを手に持って、姉さんが再びクロハの前に座った。

「ねえ」

クロハは切り出し、

「この揚羽蝶なんだけど」

机の上で携帯を滑らせて姉さんに示すが、何の返事もなかった。

姉さんは不機嫌な面持ちでいた。湯気の立つ飲みものを、凝視している。思い詰めた表情。珍しいことだった。

「異常よ」

ぽつりと姉さんは、そういった。

やっとクロハは理解した。姉さんが冷静さを失う理由といえば、ただ一つしかない。子供のことしかない。姉さんは耳に入った事件報道の内容に、怒っている。子供を線路へ落とそうとした男に対して、憤っているのだ。

「そんな奴、隔離しておくべきだわ」

クロハの視線を見返して、姉さんはいった。クロハは戸惑い、

「犯人を異常、と断定するの……精神科医として」

「他に、何て表現する……」

挑むように姉さんがいうものだから、

「異常なのは、きっと生い立ちだわ。不幸な生い立ち。親からの虐待。劣悪な環境」

「純情論」

と姉さんは悔し気にも見える様子でいった。

クロハは眉を曇らせ、

「どういうこと……犯罪者は生まれつき犯罪者だ、っていうの」

「先天的、とは限らない」

「何の話をしているの……」

「『悪』の話よ」

姉さんはいい、

「『悪』って何のことか、あなた、知ってる?」

「法律から外れること」

クロハは迷うことなく、

「私は警察官だから、法の基準に従う」

姉さんは首を振り、

「それは最終的に表現された犯罪の話。根本的なものじゃない」

「どういう意味……」

「『悪』っていうのはね」

遮るように姉さんがいう。

「大脳辺縁系の障害のこと。あるいは前頭葉障害。脳内化学物質の産出異常。器質性の精神疾患。『悪』っていうのは、そういうこと」

姉さんは静かな瞳のまま、

「辺縁系の損傷によって人は偏執的になる。前頭葉が傷つけば、欲望を抑えられなくなる。神経伝達物質の濃度が異常になれば、衝動的になる……組み合わされて、そして悪人はこ人がいる、という発想に頷く気にはなれない。

姉さんがそんなことをいい出すとは、クロハは思ってもいなかった。生まれながらの悪

「生来性犯罪者説でしょう、それは」

の世に誕生する」

「少し違う」

と姉さんは引かず、

「原因は遺伝かもしれない。胎内で化学物質を摂取したことによる病変かもしれない。後天的な腫瘍によるものかもしれないし、事故に遭うことで脳に傷を負ったのかもしれない。いずれにせよ」

息を吸う音が聞こえ、

「生物学的な問題なのよ。環境の問題じゃない」

「まさか」

クロハは驚き、

「問題は環境の方だわ。家庭環境。脳に損傷があっても犯罪者にならない人は、たくさんいるはずよ」

「家庭環境に問題があれば、皆犯罪を犯すと思う？　幼児を線路へ突き落としたり、老人

や妊婦を無差別に殺す人間は、どんな環境で育ったっていうの？　どんな環境に置かれれば、あなたは赤ん坊を殺せる？　恨みや金銭のもつれで人を殺すのとは、わけがちがうのよ。環境だけで人がそこまで凶暴になるなんて、私には信じられない。異常、という以外に呼び方がある？」

「極論」

クロハはいい切って、

「精神科医の言葉とは思えない」

「私は精神分析学の信奉者じゃないわ。対話と精神安定剤で犯罪者を世間へ戻して、いつも悲劇は繰り返されているのよ。いつになったら、母親は安心して子供を外へ出せるようになるの……」

「考えてみて」

クロハはむしろ冷静になり、

「脳の損傷が全ての原因だとしたら、犯罪者は自由意志で犯罪を犯していないことになる。だって殺人病なんだから。凶悪犯は皆、責任能力を持っていないことになる。そうなったら、凶悪犯を誰一人、裁くことができなくなるのよ」

「……隔離すべき。最初にそういったわ」

「姉さんのいい方だったら、私達だって事故の後遺症で殺人鬼になるかもしれない」

「そうなったら、隔離してもらうことを望むわ。私なら。少なくとも、今の私なら、ね」

どこまで事実として受け止めればいいのだろう、とクロハは考えながら、

「凶悪犯罪の全部を器質のせいにするなんて、いきすぎよ」

「本当に理解しているの？　ユウ。これまでも、これからも、あなたが捕らえようとしているのは一体何者？　生い立ちの不幸な人？　話せば分かる人間？」

「だから、私にとっての悪人は……」

やめようこんな話、と姉さんがいった。ごめん、とつけ加え、初めて視線を逸らした。

クロハは口をつぐんだ。

大きな声で話し込んでいたわけではなかったが、周囲にはいつの間にか、緊張の空気が広がっていた。クロハは無言でカップに唇をつける。少し混乱していた。姉さんらしくない、と思っていた。

姉さんは机の上のレモネードからやっと目を離し、ぽつりといった。

「アイにね、また新しいアレルギーが見付かったの。朝、血液検査結果を病院で受け取ったわ」

クロハは頷いた。そう、とだけいった。

「お米に卵に鳥肉。少しでも口に入れれば、体が真っ赤に腫れる。多ければ嘔吐もするし、下手をすれば呼吸困難にもなる」

検査結果が、姉さんの苛立ちのきっかけに違いない。姉さんはアイのことで神経質になっている、とクロハは察した。

「忘れて、今の話。まだ結論は出ていない、研究途上の話だから。環境が器質に影響を与える、というのも……確かに間違いじゃない」

姉さんの表情は硬いままだったが、レモネードを口にし、気持ちを和らげようとする姿勢は見て取れた。ふと息を吐き、

「……職場へ戻るわ。会議に間に合わなくなる」

「また会議……」

「緊急搬送先の変更検討。会議、皆好きなのよ。必要かどうかは知らないけど」

姉さんの顔に、柔らかさが戻り始めたようだった。クロハはほっとする。

「着替え、ありがとう」

「貸し、よ。お返しは私のコンピュータの中身を、整理整頓すること」

微笑みながら、姉さんが立ち上がる。途中で動きを止め、

「その写真、何……」

不思議そうな顔をした。

姉さんに見せようとしていた、携帯の画像だった。

「プラスチックの揚羽蝶」

とクロハは姉さんへ渡し、

「これが例の事件の、記念碑」

姉さんは自分の顔の前で、携帯を縦に持ったり、横にしたりした。

少し首を傾《かし》げて、クロハへ返した。

「もういかなくちゃ」

クロハは頷く。

「また」

といって送り出そうとすると、

「蝶には見えないわ、それ」

姉さんがいった。

「気持ち悪いもの」

思いがけない言葉だった。じゃあ、といってバッグを肩に掛けた姉さんが席を離れる気配は感じても、それを気にする余裕がクロハにはなくなっていた。

クロハがどうしても美しいとは思えなかった物体《オブジェクト》。

この物体《オブジェクト》は何を模倣しているのだろう、と改めて思う。

左右に大きく広がり後方へ雫が垂れるような翅の形から、捜査班はこれを揚羽蝶とした。誰の反論もなかった。誰がそういい出したのかも、思い出せなかった。

＋

クロハは写真の上から、物体《オブジェクト》の輪郭をなぞる。すぐに指を離した。ずっと触れていたいと思えるものではなかった。

その時、クロハは奇妙な感覚に陥った。何かが間違っているような気がした。

仮想空間でいつも眺めていた酒場の壁の揚羽、あの翅の模様を迷路に見立てたものとは違った生きもののように思える。

胸部も腹部も太すぎるのではないか。迷路の揚羽の、後ろへ伸ばした翅の一部も、これほどの幅広さはなかった。迷路の出口にあたるその形を、クロハはよく覚えていた。

オーディオ・プレーヤを手に持った。アプリケーションの中から、ウェブ・ブラウザを起動させた。

揚羽蝶の種類を検索する。

様々な揚羽がクロハの眼前に並んだ。

並揚羽、黄揚羽、黒揚羽、麝香《ジャコウ》揚羽、烏《カラス》揚羽、深山烏《ミヤマカラス》揚羽、白帯揚羽、紋黄揚羽、紅《ベニ》紋《モン》揚羽、青条《アオスジ》揚羽、尾長揚羽、赤襟鳥翅《アカエリトリバネ》揚羽……

比べると、大きな相違は形よりも翅の色にある。色情報を含まないプラスチックの成形品から、元となった種類を探し出すのは難しかった。

画像を見比べ、蝶の形の細かな違いが見分けられるようになると、今度はまた別のことがクロハを混乱させた。

どれにも似ていない、とクロハは思った。

そもそも記念碑が、揚羽蝶を正確に写している、という保証はなかった。しかし顔の造形の確かさからすれば、その合成物もよく似せられている、と考えることはできた。

……一番近いのは。

クロハは画像を何度も見直した。

一番似て見えるのは、麝香揚羽。

翅の、後方への突起の長さが似ているようだった。でも、違う。

やはり机上にあるものの方が胴体も後翅《こうし》も太い。どの揚羽と比べても物体《オブジェクト》の方が、翅の形が直線的で柔らかさに欠けていた。揚羽蝶らしくない形状、とさえクロハには思えた。

姉さんの言葉を想起する。蝶には見えないわ。


蝶ではない、とすれば。


クロハは無線LANと繋がったオーディオ・プレーヤを、ブラウザを操作する。信じがたい考え。でも。

新たに現れた検索結果に、クロハは顔をしかめた。

蝶ではない。

灰黒《かいこく》の翅。黒い翅脈。櫛のような触角。ところどころが不自然なほど、赤い。

クロハは自分の覚えた奇妙な感覚の、その理由を知る。何故もっと早く気付かなかったのか、と思う。分厚い胴体。櫛の形をした触角。触角の微細な突起までは、造形することができなかったのだ。

プラスチックで作り上げられていたのは、擬態する蛾。揚羽擬蛾《アゲハモドキ》。

蝶のようであっても、優雅さのない生々しい形。

――これが記念碑？

おかしい、とクロハは感じた。凍死して遺体をきれいに保存しようと考える人達が、どうして灰色の蛾の一部になりたいと思うのか。

記念碑になりたい。

美しい記念碑に。

貴田未來はそう遺書に言葉を残した。

この異様な、いびつなプラスチックの物体《オブジェクト》が？

クロハは表示された画像、毒々しい色彩の揚羽擬蛾へ視線を注ぐ。何かが間違っている、と思う。これを記念碑として認めるのは、躊躇《ためら》われた。いや……

自殺した彼女達は、揚羽蝶になれると思っていたのではないか。

自殺者達は、この集団自殺を計画した人物に、騙されたのではないか。

その時、自分の違和感をよく表現する言葉をクロハは思いついた。

悪意。

記念碑は無気味な悪意をその表面に滲《にじ》ませている。

クロハは二つのスクリーンから目を逸らす。まさか、と思う。考えたくない話だった。

店内の時刻表示が視界に入る。臨港署へ戻ろう、と決めた。

食べ忘れていたクッキーとプレーヤをポーチに片付けながら、この発見を誰にどう話すべきか、クロハは考えている。うまく説明できる自信はなかった。

＋

階段を昇ると曇り空の膜の奥に、太陽が薄らと光るのが見えた。

地上はバス停留所の集合体となっていた。臨港署へ向かう停留所には、バスも人もいない。出発したばかり、と見えた。時刻表を確認しながら、どの方法で署へ戻ろうかクロハが思案していると、急制動によってタイヤが地面を擦る音がした。

すぐ近くだった。クロハはびくりとし、姿勢を正した。ぞっとする音だった。アスファルトにゆっくりと流れ出る赤色を、思い起こしていた。

クロハの目前、バス以外は進入できないはずの道路に、黒い物体が出現していた。クーペ・フォルムの車両。真っ黒なフロントグラス。フル・スモーク・フィルム……

無意識のうちに、後退っていた。霧雨の夜、クロハを追跡した車両だった。

漆黒の車の、中を窺うことは少しもできないサイド・ウィンドウが、下りた。

助手席の窓から運転手が顔を覗かせた。タカハシだった。

クロハを刺すような、暗い瞳からの視線。

「送ろう。臨港署へ戻るんだろう」

とタカハシはいった。

「冗談でいってるの……」

クロハが訊ねると、

「いや」

車内の陰りの中、タカハシは薄く笑ったようで、

「何故そう思う」

「素性の分からない人間の助手席に、乗れると思う？」

「お前次第だな」

「乗れないわ」

「お前等は、結構固いよな」

タカハシの声には余裕があり、そのことがクロハを不安にさせる。

「カガでさえ、思っていたよりも頭が固い。もっと簡単に口を割ると思っていたこっちが阿呆のようだ。県警の捜査一課に都合のいい人間がいると思ったんだがな。全部やり直しさ……もっとはっきりいおうか」

口元の緩みが消え、

「カガよりもむしろお前の方が、知っていそうだ。お前と情報を交換したい。損はさせない。乗ってくれ」

クロハは辺りを見回した。恐怖を感じていた。周囲の停留所で待つ人達も、異様な車の存在に気付き、こちらの方を窺っていた。どんな罠が仕掛けられているか、分からない。クロハは警戒する。

タカハシは平然といった。

「あの二人なら、ここにはいない。今はな。俺の部下は二人だけじゃないんだ。調べたか、二人のことを」

「カネコとスエ。お金のためなら何でもする」

タカハシは頷き、

「あの二人と俺を一緒にするなよ。俺は少なくとも、お前の敵ではない」

「口では何とでもいえるわ」

風が、クロハの襟元の汗を冷やした。

「信用してもらいたい。証明は済んでいるはずだ。俺はお前の命を一度、救っている。そうだろう……」

思いがけないひと言だったが、クロハには確かに覚えがあった。けれど、知らない振りをした。

「いつ？　ずっと私をつけて護衛していた、なんていわないでね」

「小雨の降る夜の話をしているのなら、安心してもらっていい」

タカハシはゆっくりと瞬きをして、

「あの夜、バスに乗るお前の後を追ったのはカガの身辺を調べていたからだ。当時はカガにしか興味がなかったものでね……いつ俺が命の恩人になったかといえば当然、あの運河下の通路で。あの時俺は、お前は機捜で拳銃を持ち歩いている、といった。射撃の名手であることもカネコとスエに伝えた。それがお前の身を救った。奴等には手のつけられない本能的な性癖があってな、俺がそういわなければ本当にお前を連れ去ろうとしたはずだ」

「あなたがいったことは」

クロハは目を細め、

「全て事実だわ。とすれば、あなたが口を挟まなくても、私が自分で事態を解決した、とは思えない？」

「思えない」

タカハシは断言した。真剣な、真っ黒な瞳。

「何故ならお前はあの時、銃を所持していなかったからだ。偽装ホルダに銃は入っていなかった。捜査班に編入されたお前に、拳銃は必要ない。銃は今も機動捜査隊の分駐所に置いている。違うか？」

クロハは、地下通路での感覚を思い出した。緊張しきっていた。吐き気を覚えるほどに。でも、それなら。

「それなら、あなたはどうしてあの時、私の肩を持ったの……」

「ものごとはきれいに進めたい、と思っている。俺は品のないやり方が嫌いでね……カネコとスエを拾ったのは、つまり手段を選ばない事態に使うためだ。が、必要以上に使いはしない。カガは少し、脅す必要があると判断していた。お前がいて、方針を変えた。これでも、相手を見て方針を決めている」

助手席の扉が解錠され、かちりと音を立てた。

「少しは信用できたかな。臨港署に連絡をするといい。車のナンバーでも、俺の人相でも、好きに伝えたらどうだ。ナンバーは偽造品だがね。少し遅れる、と添えればいい。いや……時間もそうはかからない。そこでお前が立ち続けているのでなければ」

クロハは微笑み、

「……今でも私、同乗を断りたいと思っているのよ」

「では、乗る以外に選択肢はない、と思い始めているわけだ。どんな情報が聞けるのか、興味を持ったところだろう。結論からいおうか。俺は、集団自殺の生き残りを知っている。さて、どうする……俺は立ち去るべきか？」

クロハは自分が、息を止めて考えていることに気付いた。溜め息をつき、

「臨港署への通話を繋げたままにするわ。あなたが少しでもおかしな動きをすれば、それがすぐに伝わるようにする」

「いい考えだ。おかしな動きか……気をつけよう」

艶やかな黒い扉に、クロハは指先を掛けた。

＋

電話に出たハラに、細かな話はしなかった。これから素性の分からない、ある情報提供者の車に乗る、とだけクロハは伝え、携帯を耳から離さないように頼んだ。実際、それ以

上の情報は持っていなかった。タカハシのことをクロハは何も知らない。

ハラの驚く気配はスピーカ越しに届いたが、承諾はしてくれた。ハラも余計なことはいわなかった。車が走り出すと、重低音が車内に轟《とどろ》いた。がちりとドアロックのかかる音も。クロハの気持ちの中にまで届き、ひやりとさせた。

「アクセルは強く踏まないで」

クロハがいった。速度が上がりすぎると何かあった時に、脱出することができない。

「助手席のロックは外せない。外せるのはここからだけだ」

タカハシはクロハの計画を察したらしい。運転席側の扉を一瞬、親指で示し、

「そういう仕様に変えたからな。が、速度を上げるつもりもない。臨港署へ着く前に、きれいに話を終わらせたい」

車内は革の匂いが強かった。新車の匂い。不穏な空気と混ざり合い、気分が悪くなりそうだった。

「最初にいっておこうか。時間の無駄にならないよう」

タカハシはいった。気負ったところは少しもなく、

「余計な詮索はなしだ。聞かれても、答えることはできない。分かっているだろうが」

「あなたが警察の情報を欲しがっている理由、とか」

「ほのめかすこともできないな。触れられたくない部分だ」

「あなたが裏社会の何処に位置しているのか、知りたいわ」

タカハシは少しだけ笑って、

「その情報を渡すと思うか」

「いいえ」

クロハは携帯が自分の唇から離れすぎないよう、腕を扉に押しつけて固定する。

「理解しているならいい。では、始めよう……臨港署の管轄の話題じゃない。もっと街なかのことだ。三件、殺人があったろう。どれも頸動脈を切断された事件」

集団自殺とは関係のない話題に、クロハは戸惑った。

何処まで認めるべきか迷いながら、頷いた。タカハシはクロハの肯定を、ルーム・ミラーの角度を変え、確かめていた。鏡の中で目が合った。

「捜査に参加していたらしいな」

タカハシがいい、

「死体は見たか」

「……一人目はね。私が参加していたのは、一日半だけよ」

「三人は……出血多量による失血死。それで間違いないか」

「そうね……」

「曖昧ないい方はやめてもらおう」

「私の事案じゃないから。細部までは知らされていないわ。特に三人目の被害者のことは何も知らない」

少しだけ肩の力を抜き、

「以前の二人の失血死、は間違いないと思う。現場の血痕からすれば」

「首はほとんど切断されかかっていた、という報道もあったが……事実かい」

「……それはないわ。傷は深かったけど、切り口はそこまで大きくなかった。これは一人目の被害者の話。二人目は、現場の部屋しか見ていないから」

「傷はどちら側に？」

「一人目は、左」

あの殺人事件とタカハシとの間に、どんな繋がりがあるというのだろう。ミラーで盗み見ても、タカハシの表情からは、何も読み取ることはできない。

「携帯電話は発見されたのか」

「携帯。被害者の？」

「勿論」

クロハは血染めとなった木造の一室を思い起こす。小さな折り畳み机。銀色の電気ケトル。潰れた肩掛け鞄。石鹸と着替えとオーディオ・プレーヤ。

「……なかった。一人目は、ね」

最初から持っていなかったのだろうか。それとも加害者に捨てられたのだろうか。特捜本部から外れたクロハには、分からないことだった。何故そのことをタカハシが気にするのかも、分からなかった。

さらに深く聞かれると思いクロハは身構えるが、タカハシは何もいわなかった。信号のない歩道の前で停車させた。子供二人が道路を渡るのをクロハは眺めていた。

「質問は終わり……」

車が再発進したのを機会に、クロハは訊ねた。

「いや。まだある。警察は未だ、犯人の目星はつけていない。そうだな」

「あのね」

クロハは腹を立てた。

「私が今、何を考えているか、分かる……」

「余計な話はいい。時間の無駄だ」

クロハはタカハシの言葉を無視して、

「質問を聞いていて私がずっと思っていたのは、あの三件の殺人に、このフル・スモークの運転席にいる男はどう関わっているのか、ってこと。今思っているのは、この男があの殺人と何等かの関係があって、警察の捜査から逃れるために、情報を欲しがっている、ということ。被害者達の携帯のメモリに、あなたの素性が記録されている、という可能性」

クロハは携帯電話を握りしめる。通話はまだ繋がっている。スピーカから聞こえる講堂内の雑音。息を潜めるハラの気配。

一気に捲《まく》し立てたクロハの疑問にも、タカハシは動じなかった。

時間の無駄だ、といった。

「捜査状況の細部を、お前は知らない。俺が聞いているのは、お前から見ての、捜査の感触だ。一警察官の推測を一市民の俺が訊ねて、何か不都合があるのかい」

早くこの会見を切り上げた方がいい、という気になった。タカハシの手の内を読むことが、できなかった。この男は危険だ、とクロハは思う。

「感触はなし。何も知らないから」

クロハはいった。半分は嘘だった。自分の関わった事案として、知り合いと擦れ違う度に進展は聞いていた。擦れ違う機会は少なかったが、進展のないことだけは知っていた。少なくとも昨日までは、大きな成果は上がっていない。犯人のものらしき指紋も発見されてはいなかった。

「今頃は裁判所へ、逮捕状の請求をしているところかも」

見ると、タカハシは笑みを浮かべていた。余計なことをいった、とクロハは後悔した。

「感触はなし、か」

タカハシがいう。

「本当らしいな」

クロハは苛々し、

「話が違うわ。情報を交換しよう、ってあなたはいったのよ」

「警視庁から、お前達に送られていない情報がある」

突然、タカハシはそういった。

「遺書があり、遺体のない人間がいる。名前はヤマイヒロ。探せ」

「……嘘でしょ」

クロハはいぶかしみ、

「警視庁がそれを把握しているなら、とっくに彼等自身で探し出しているわ」

「ヤマイヒロが住んでいるのは、この街だ」

そうタカハシはいい、

「警視庁では手が出せない。だが、県警の手柄になりかねない情報を提供する気もない。圧力をかけろ。うまく、な」

「……向こうに遺書の存在を否定されたら、終わりだわ」

「もう一つ、これが最後の情報だ」

タカハシは整った鼻梁を上向け、

「ヤマイヒロは貴田未來と親交がある。そっちの線からも探してみるがいい」

貴田未來……最初に身元の判明した自殺者。

「どうした」

タカハシにいわれ、クロハは自分が表情を曇らせていたことに、気がついた。

「別に」

といい返した。貴田未來のコンピュータを押収することはできた。けれど、やり取りされたメイルの復元には成功せず、何の手掛かりも得ることはできていない。

第一。クロハは鏡に映るタカハシの顔を盗み見た。本当の情報だろうか、と疑った。本当である理由はなく、そして嘘である理由もなかった。

クロハは携帯を持ち直し、できるだけタカハシから遠ざかった。それでもルーム・ミラーを視界に収めたまま、サトウ君と替わってください、とハラへいった。

今聞いたばかりの話を伝え、

「どう思う」

クロハが小声で聞くと、

「嘘の情報かも。でも、嘘のようには聞こえない……根拠があれば、警視庁も無視できないでしょう。貴田未來のマシンをもう一度、見直してみます」

サトウはいった。

「お願い」

携帯から、ハラです、替わりました、という声がする。そのままでお願いします、とクロハは努めて平静な態度を作って依頼する。

「信用してもらえたらしいな」

タカハシがいった。

「結果次第」

クロハは答えるが、信用しかかっている、という自覚はあった。

今はどちらでもいい、とも思えた。黒い車から無事に降りることができれば、それでよかった。運転席に座る男の全てを、信頼するつもりはなかった。

肌を刺激するような沈黙が続いた。やっと見慣れた風景が視界に入るようになった。臨港署が近付いている。

「地下通路で会う直前に」

タカハシが言葉を発し、

「邑上晴加の自殺があったそうだな」

「……よく知ってるわね」

「携帯の内容も消去されていた。惜しかったな」

クロハは思わず短く笑った。自分自身を笑ったのかもしれない。

「……そうね」

と認める他なく、

「彼女に関して分かったのは結局、『蒼の自殺掲示板』へ出入りしていた、ということくらい」

クロハは座席に体を押しつけられた。慣性によるものだった。

車が急に、その速度を上げたのだ。

「ハラさん」

クロハは携帯へ向かって叫んだ。信じられない速度だった。

車に乗っている感覚ではなかった。車両は信号の赤い光を意に介さず、反対車線まで割り込んで前方の車を追い越し、十字路を曲がる時には、タイヤが高い擦過音を立て、クロハは扉に釘付けになった。肘が痛んだ。

クロハの上半身から、血の気が引いた。恐れと後悔が頭を満たし、それ以外何も考えることができなかった。

肘の苦痛はすぐに忘れ、息苦しさだけがあった。ダッシュボードに頭を打ちつけそうになった。クロハは混乱の中にいる。何処へいくのか、と予測することなど不可能だった。次々と重力の方向が変わる車体の中で揺らされ、クロハは本当に、死の香りを嗅いだ。体内の、何かの機能が鈍くなった。何が起きたのか分からなかった。

鈍くなったのはクロハの身体能力ではなかった。いつの間にか、車が停止していた。時間をかけて速度が落ちてゆく慣性の変化に、クロハの感覚は同期できていなかった。

「降りろ」

短くいう、男の声。

「着いたぞ」

クロハは愕然とした。タカハシの横顔の奥に、臨港署が見えていた。その建物の存在が信じられなかった。車はただ、臨港署周辺を一周したにすぎなかった。

「いい情報だ。そして……期待はずれだ」

タカハシが怒りを含んだ声でいった。

「目が曇っている。お前だけは、もう少し頭が切れると思っていた」

クロハは呼吸をするだけで精一杯だった。

「もっとよく見ろ。全てを……いいか」

タカハシが顔を向けた。

「俺はお前の敵じゃない」

こんな恐ろしい目付きを持った人間がいるのか、とクロハは思う。

「これまではな。これからは、違う。俺の邪魔をするなよ。すれば、躊躇なく殺す。俺の手でな。覚えておけ」

助手席の扉が解錠された。クロハはよろめきながら、男から逃げるために外へ出た。

フル・スモークの黒い車体はすぐにクロハの視界から消えた。

呆然と、クロハは歩道に立っていた。ただ立っていることしかできなかった。

胃液が口内に溢れ出した。

道路の側溝へ、クロハは駆け寄る。歩道に両膝を突いた。

下水へ吐き出した胃の内容物は、甘く苦い液体ばかりだった。朝から何も食べていない、ということを思い出した。

恐怖は未だ体内に残っていて、だからこそクロハは悔しくて仕方がなかった。

声が聞こえる。

手元から聞こえた。クロハはやっと思い出し携帯を耳に当てた。

ハラの切羽詰まった声が、返事をしてください、と繰り返していた。

クロハは発声の仕方を忘れていた。すぐには、思い出すことはできなかった。

＋

ハンカチで口を拭《ぬぐ》い、何でもない、と電話越しにハラへ伝えた。

「もう着いたわ」

といい添えた。視野の隅で、停車中のハッチバックから数名の人間が、慌ただしく降りる光景があった。報道機関の人間だ、とクロハは気がついた。

捕まるわけにはいかない。クロハは立ち上がった。

急いで所轄署の敷地内に入り、エントランスの長椅子へ倒れ込むように座った。がさがさと耳障りな音がして、見ると、黒い車を出た時からずっと脇に抱えていた紙袋が、皺くちゃになって潰れていた。

誰かが、階段を駆け下りる音がした。振り返ると、ハラが慌てて走り寄って来るところだった。大丈夫ですか、と心配そうにいった。

クロハは、自分がどんな顔色をしているのか考えないようにして、

「車酔いしただけ」

といった。ハラは信じていないようだった。

「相手は誰なんです……」

「私も、知らないの。本当に」

クロハは自嘲し、

「馬鹿みたいね、私」

ハラが、あの、と何かをいいかけて口をつぐんだ。

「どうかしたの」

クロハは促《うなが》した。ハラと会うことで、やっと心が静まり始めたようだった。

「本部が、クロハさんも出るように、と。もう少し休まれるなら……」

「ちょっと待って」

捜査班の中で何かあったらしい、ということにクロハは気付いた。ばらばらになり、頬にもかかっていた髪を後ろにまとめ、手首に巻いていたゴムでしばった。

「最初からお願い」

とクロハはいった。ハラは自分を落ち着かせるように大きく一度、深呼吸をして、

「復元に成功しました。貴田未來のメイルです」

クロハは目を見張り、

「サトウ君が……」

「そうです」

今まで不可能だったことがどうしてできるようになったのか、クロハは不思議でならず、

「メイル・ファイルは完全に消されていたわけでは、なかったの……」

「消されていました。メイルそのものは復元できませんでした。メイル形式以外のファイルから探し出しました」

「メイル形式以外のメイル？」

どういう意味だろう、とクロハは思う。

「はい」

ハラはいつものように頬を紅潮させ、懸命に説明しようとする。

「画像ファイルを除いても、復元できたファイルは約千になりますが……その中で、独自の拡張子を持ったテキストを発見しました」

「どんな拡張子」

「テキスト・エディタの拡張子です。貴田未來はメイル作成の前に、動作の軽いテキスト・エディタを使って、文章の推敲《すいこう》をしていたようです。メイルのための下書きに」

そうか、とクロハは頷いた。長い文章を書く時には、私もその方式を選択することがある。メイルそのものではなく、その下書きが見付かった、ということ。

「全文を検索し、ヤマイヒロの名前も下書きの中に見付かりました」

クロハは姿勢を直した。空気が、ぴんと音を立てたようだった。

「ヤマイヒロのメイル・アドレスは」

「ありません。ですが、管理官を通じて、警視庁へ資料の開示を要求しました。一つ、届いていないはずの情報がある、と。手違いを詫びる短い文章とともに、すぐにヤマイヒロの遺書と添付ファイルとアドレスが送付されました」

うまいやり方だ、とクロハは思う。管理官は警視庁を責めるような通知はせず、警視庁も情報を隠していたことなど、素振りにも見せていない。意図を互いに隠したまま、そして情報だけが取り交わされた。双方とも、相手の真意を理解していながら。

「じゃあ」

事態の進展にクロハは目眩《めまい》を覚え、

「ヤマイヒロの生存確認は……」

「終わっています。メイル・アドレスを登録するプロバイダからの情報を元に、問い合わせたところです」

ハラも背筋を伸ばし、

「ヤマイヒロは生きています。十九歳。両親と暮らしています」

クロハは思わず胸元を、心臓を押さえた。事案の全貌を知る最後の機会が、今。

「現場へは、誰か向かった？」

「捜査一課の人間が、数名。大騒ぎにならないように、少人数で自宅を訪ねるようです」

「……それで捜査班への指示は？　私に何処へいけと？」

「現場へ」

息を呑むような面持ちでハラはいい、

「クロハさんが参加したいのであれば、ということでしたが。参加します、と管理官へは返答しました。でも、もう少し体を休めたいのなら……」

「いきます」

クロハは席を立つ。紙袋を長椅子へ置いた。着替えなど、どうでもよかった。

「空いている車は……」

「私が案内します」

とハラがいった。毅然としたいい方をクロハは意外に感じる。捜査員として相応《ふさわ》しい振舞を、見たように思った。

小走りに駐車場へ向かおうとするハラの後を追い、再び灰色の空の下へ。

＋

山居嘉《ヤマイヒロ》の自宅は広大な団地の中にあった。

建物は全て十階を超えていて、密集して空の大部分を遮《さえぎ》り、隙間から見える曇天と同じ色をしていた。降り注ぐ光の少なさから、建物と建物の隙間を埋める芝生もくすんで見えた。芝生を区切るように敷かれたコンクリート製の通路を、クロハは歩いた。

同じ形の建造物ばかりが並んでいたが、目指すべき場所はすぐに分かった。建物の一つの入り口に制服警官が二名、立っている。クロハが足の運びを速めると、背後で歩みを合わせるハラの靴音。

警察官の一人は、見覚えのある初老の男だった。

「応援ですか」

話しかけると、

「クロハ。お前が関わってる事案っていうのは、これか」

背後の建物の上部を、スギは目線で指した。

「はい」

「……今は、外されていないようだな」

厳《いか》つい顔が少し笑い、

「案内しよう」

「いえ、部屋番号は控えてありますから。最上階ですよね」

「捜査班が着いたら案内しろ、っていわれてるのさ。これも仕事だ。仕事を取り上げないでくれ」

スギのいい方がおかしく、クロハはつい微笑んだ。若い制服警官へ、いって来る、といい置いて歩き出したスギの後に続き、クロハも玄関口に入った。

入り口も内部も狭く、暗かった。天井では蛍光灯が点滅していた。

小さなエレベータ内に足を踏み入れると、ハラの肩がクロハの背に当たった。

スギさんのように、とクロハは思う。

私はスギさんのように、彼女に接しているだろうか。

階を表す橙色の文字が数を増やすのを見詰めながら、クロハはそんなことを考えていた。

＋

一直線に伸びた廊下へ出る。風景を鉄格子が遮っていた。

焦げ茶色に塗装された鉄柵が、息の詰まるような空間を作り上げていた。それでも高さは感じた。向かいの建造物の一階が鉄格子の隙間から、驚くほど遠くに見える。

目的の住所の前でスギが止まった。どうぞ、という仕草でクロハに道を譲った。

クロハは耳を澄ませ、中の様子を確認しようとする。数名の人間が動く気配があった。ノブに触れると、男の大声が聞こえた。待て、分かった、といったようだった。

クロハは唇を引き締めた。まずい、と思った。

素早く、しかし大きな音を立てないように扉を開ける。滑り込むように侵入した。

玄関から、幅のない廊下が伸びていた。突き当たりに、扉の開け放たれた部屋が窺える。

私服警官が三人、廊下の途中と繋がった居間らしき空間へ、移動するのが見えた。

もう一人、背広姿の男がクロハの少し前にいた。じりじりと後退していた。カガだ、ということが分かり、クロハは靴を履いたまま、その傍へ寄った。

何が起こっているのか、クロハはすぐに把握する。

突き当たりの部屋にいる青年が、きっと山居嘉だ。

黒いトレーニング・ウェアの上下を着た細身の姿。癖のないやや伸びた黒髪。口の周りに散らばった少ない無精髭が、むしろ青年を幼く見せていた。顔色は青白く、それは外出をしない証拠のように思えた。

問題は、別のところにあった。

クロハはカガの二の腕を、後ろからつかんだ。主任、と声を落として呼んだ。

カガは一瞬振り向いたが、こちらに気付いたのかどうかも判断できなかった。ひどく汗をかいていた。息遣いも荒く、動揺を隠そうともしていなかった。

邑上晴加のことを思い出しているのだ、とクロハは気がついた。

カガの感情に引きずられないよう息を整え、

「主任、山居嘉の部屋に窓は」

カガは初めて自分の部下を見付けたような顔だった。腰が抜けたように、力なく廊下へ膝を突いた。

「……ある。いや」

やっとクロハの質問の意味が理解できたらしく、

「……あの部屋は納戸って扱いらしい。窓は小さい。外へ身を投げるほどの幅も高さも、ない」

カガに合わせてその場にしゃがみ、クロハは頷いた。それならば問題は、ただ一つ。

問題は山居嘉の首にかかった紐だった。幅約一センチの紐。

絶対に動かないでください。

山居嘉がいった。か細く、しかし決意に満ちた声で。

山居嘉は絞首刑の要領で、縒《よ》り合わせたビニル紐に頭を通していた。紐は天井の金具と繋がっている。体は折り畳み椅子の上に立っていた。

本当に邑上晴加と同じだ、とクロハは思う。

山居嘉が本気であることは間違いなかった。あの金具。天井に打ちつけられた疵だらけの太い金属は青年が自殺を常に想像し、何度も予行を重ねたことの証しだろう。そして警察がやって来た時、山居嘉にとって必然的な死の機会も同時に訪れた、ということだった。

待ちなさい、と居間から警察官の一人が声を投げた。冷静になりなさい、といった。私服警官の中に、フタバの姿も見えた。その後ろでは、母親らしき女性が口に両手を当てたまま、フタバと同様、凍りついたように立っている。

我々は近寄らない、約束する、と緊張した声で警察官がいった。クロハはカガの肩越しに山居嘉の部屋を観察する。会話のための、話題となりそうなものを探した。沢山の本。床にも散乱している。服飾関係の雑誌が多い。コンピュータ・プログラミングの解説書も見えた。壁には沢山の写真が留められている。風景を写したものに見える。細部の確認できない、とても複雑な込み入った写真だった。

誰にも話すわけにはいかない。

そう山居嘉がいった。

時間がない。クロハは汗の玉が、顎に沿って流れるのを意識した。

このままでは本当に、山居嘉は自ら命を絶つことになる。

クロハは計算する。懸命だった。

私達が動けば山居嘉は即座に椅子を蹴り、体を重力に任せることだろう。頸動脈と気道が絞まるだけなら、すぐに死ぬことはない。助ける時間は充分にある。けれど。

クロハは青年の貧弱な頸部を見た。

……もしも落下の衝撃に山居嘉の骨格が耐えられなかったら。

彼の頸椎は脱臼することになる。即死か、あるいは死なずとも体の動かない深刻な後遺症を残すことになる。

警察官がこれだけいる状況で打つ手がない、という事実に、クロハは愕然とした。

クロハの手に、冷たいものが触れた。

はっとした。それを渡したのはスギだった。

「使え」

スギは大きく開かれたクロハの目を見据え、低い声でいった。
・三八口径、五連発回転式拳銃《リボルバー》。短い銃身。黒鉄色《こくてつしょく》。銃把からつり紐《カールコード》が外されていた。
「距離はせいぜい六、七メートルってところだろう」

スギがいう。

「お前なら狙える」

クロハはもう一度山居嘉を見た。できるか、と自問する。

標的はわずかには動いている。けれどわずかでしかない。できるはずだった。

「でも自邏隊の拳銃を使っては……スギさんにも迷惑が及びます」

クロハは小声でいった。

クロハだけでなく、スギも職を失うことになるかもしれない。

「黙って首を吊るのを見ている方がいいか。時間がない。あの坊やを苦しませるな」

スギは表情を変えず、

「俺もお前も警察官だ。理由はそれで充分だ。この選択を誇りにしようじゃないか」

クロハの胸の内に火が灯り、迷いは消えた。拳銃のシリンダ・ラッチを押し、弾倉内の弾薬五発を確かめると元へ戻し、引き金から安全装置のゴムを剝がす。

「主任、左へ寄って動かないでください」

クロハがそう声をかけると、振り返ったカガはクロハの意図を知り、いっそう怯えた表情を見せた。

「主任に隠れて狙います」

クロハは片膝を立て、膝射《しっしゃ》の姿勢を作った。膝に一方の肘を乗せ、体勢を安定させる。撃鉄を起こした。

銃のフレームの溝、照門《リアサイト》と銃口上部の照星《フロントサイト》を合わせ、狙いをつける。息を止める。

標的と拳銃だけの世界を作る。

君が今死んで、どうなる、と私服警官がいう。話し続けることで、時間を稼いでいる。

山居嘉は冷たい笑みを見せた。

「現実にはほんと、楽しい話ってないんだ。だから僕は揚羽になる。奇麗な揚羽に。もう決まったことだから……」

青年の台詞に、クロハの集中力は途切れた。そして、部屋の壁に貼られた写真が何を写したものなのか、クロハははっきりと理解した。

あの土地。仮想空間。

雨と鉄とコンクリート。

「キリ」

クロハは声に出して、呼んだ。その言葉に、山居嘉も驚いた顔をした。

「……真珠。バロックの」

静まり返った室内、山居嘉がかすかにいう。

クロハの胸で光る小さな、いびつな真珠を認識した、ということだった。

「アゲハ」

そういう山居嘉の笑みは儚《はかな》さを増した。

「アゲハでしょ。思った通り、奇麗な人だね」

ふと肩の力を抜き、

「最期に会えてよかった」

山居嘉は力なく、折り畳み椅子を前方へ蹴り倒した。

クロハは引き金を絞った。

色々な音が同時に発生し、瞬間的な混沌が空間を満たした。

倒れた椅子。火薬の匂い。動かない細身の体。警察官達の動揺。時間が止まったようだった。母親の悲鳴で、動き出した。

床で仰向けになった山居嘉は天井の金具を不思議そうに、見詰めていた。金具にほんの少しだけ残ったビニル紐が揺れ動く様を、眺めていた。

クロハは止めていた呼吸を再開させた。銃口を下ろした。

ビニル紐が山居嘉の首に食い込む寸前、紐の根元をクロハの一撃が切り離したのだった。無風の室内。七メートル、一センチの的。クロハにとって難しいことではなかった。

それでも汗は全身を包んでいる。そのことをクロハはやっと意識した。

よくやった、と後ろからスギの声がした。

カガが怪物を見るような面持ちで、自分を見ていることにクロハは気付いた。奥にいるフタバも、警察官全員が同じような顔付きだった。

スギに拳銃を返そうとすると、スギの背後には胸元で両手を握り締めるハラがいた。クロハの目を見て、青ざめた顔のまま頷いた。クロハは微笑みを送った。

やっと身を起こそうとする山居嘉の元へ、慌てた様子で私服警官達が駆け寄る。

キリが死ななくてよかった、とクロハは思った。

心の底から、そう思った。

待っていてください、といい残してハラが受付へ、病室の場所を聞きにいった。

広い空間に並んだ椅子の中には空席もあったが、クロハは腰を下ろす気になれなかった。気分がまだ少し高揚していた。柱に寄りかかり、待つことにした。

+

大学付属の総合病院、その病棟の一室に山居嘉は入院していた。捜査一課の措置だった。身を案じて、というよりも自殺の再発を防ぐために入院させ監視する、という方針らしい。

気力を全て使い果たしたような山居嘉は、制服警官の腕を支えにしながら、自宅を出ていった。クロハとは目を合わせなかった。

拳銃の使用に関して報告書を提出しろ、と班長からも管理官からもいわれていた。報告書を読んだのち処分を決める、と管理官はいった。一旦、機動捜査隊分駐所へ帰るつもりだった。報告書を書いた後は謹慎となるだろう、と思っていた。ハラの運転する車の助手席に座り、フロントグラス越しに曇り空を見上げていると、無線で新しい命令を受けることになった。山居嘉が呼んでいる、という。

クロハと話がしたい、といっているらしい。他の警察官とは話をしたくない、と。

『山居嘉と知り合いか』

という管理官の問いかけにクロハは、はい、と答えた。隠す理由もなかった。では病院の方へ、報告書は後にしろ、と管理官はいい、無線を切った。

ハラはずっと無言で運転をした。

ずっと何ごとか、思案しているようだった。


十四階です、とハラがいった。渡された来客用のバッジを、クロハは上着のポケットに取りつけた。

大きなエレベータの中には、クロハとハラ以外誰もいなかった。エレベータ後方の壁に寄り、二人が並ぶ格好になった。上昇が始まると、ハラが口を開いた。

「夕刊の件、ご存知ですか」

「いつの……」

クロハはハラの横顔を見た。

「今日の夕刊です。これから出る」

「いえ……」

そうですか、といったハラの顔から、表情と呼べるものが消えた。

「私の処分が、掲載されます」

といった。

「処分」

何のことか分からず困惑するクロハへ、

「邑上晴加の件です。自殺を止めることができなかった責任を問われて」

顔を殴られたような気分だった。

「……私は、何も聞いていないわ。懲戒処分があるなら、もっと前もって」

「クロハさんと主任に、処分はありません。懲戒処分は私だけが受けます」

クロハは声も出せなくなった。自分の迂闊さに、愕然とした。

邑上晴加の遺族は警察を少しも責めなかった。だからといって警察の、自分の罪も消えたとはクロハも思わなかったが、秘密裏にこんな形で結末が作られているとは、考えてもみないことだった。本部はクロハの知らないうちに、すでに責任を負わせる人物を選んでいたのだ。一番若く、経験の未熟な女性警官。クロハは強く下唇を噛んだ。

「どんな処分なの」

クロハは大きくなりそうになる声を懸命に抑え、訊ねた。

「停職です。三ヶ月。充分やり直しがきくように、配慮されるそうです」

「……あなた一人に責任を負わせるつもりはない。臨港署に戻り次第、抗議を」

「必要ありません。自分の責任は自分で取らせてください」

ハラはそういい切った。クロハがびっくりするほど毅然としたいい方で、

「監察官のいう通りです。あらかじめ回り込んでいればよかったんです。被疑者への対応と同じように。邑上晴加が逃げ出せないような形に。私一人だけがあの場所で、ぼうっと立っていたんですから」

「それは……」

「今朝、辞表を提出しました」

淡々といった。クロハは体を強張らせるだけで、何もいうことができなかった。

ハラの顔を見返すことさえできない。何も知らなかった自分の無能さを思い、打ちのめされていた。すみません、こんな時に、とハラはいい、

「でも、もういつ捜査班が解散するか分かりませんから」

いわないで辞めればよかったですね。ハラはそう呟いた。

首を振って否定すると、クロハさんのせいではありません、と抑えた口調でいった。

「感謝しています。クロハさんには。一緒に仕事をしたこの一週間だけは、私も警察官だ

った と思います。今まで よりは、ずっと」

到着を知らせるチャイムが、エレベータ内に響く。

「でも」

クロハの隣でハラがいった。

「正直にいうと……辞表を出して、少し楽になりました。きっとこの職務は、私には荷が重かったんです。他で、私に似合う場所を見付けられたら、と思います」

ハラは歩き出した。

クロハはなかなか、その場を動くことができなかった。大柄な作業着姿の男がエレベータに乗り込んで来た。クロハは慌てて手を伸ばし、扉が閉じかけるのを防いだ。

＋

静かな廊下だった。

手摺のついた壁。個室の扉ばかりが並んでいる。精神科の施設ではなかった。

短い階段を昇って角を曲がった。自分の足取りをクロハは重く感じる。ハラの背中へ目を向けるのにも勇気が必要で、クロハは歩きながら、砂埃で汚れた自分の革靴ばかりを見ていた。すすり泣きの声が聞こえ、クロハの顔を上げさせた。

女性が一人、小さな木製の椅子に座り、両手で顔を覆って背中を丸めていた。山居嘉の母親だった。その肩に手を置いて立っているのは、きっと父親だろう。瞼を閉じていた。ハラとともに一礼して、その前を過ぎる。奥に捜査一課の人間が二人、腕を組んで直立する姿が見えたからだった。山居嘉の自宅で、居間から声をかけていた警察官達。

「何かありましたか」

クロハが声を小さくして訊ねると、

「ないから参っている」

中年の刑事がいい、

「あんた、参考人の知り合いなのか」

「はい」

「あんたと以外、一切話をしたくないそうだ」

捜査一課の二人は、クロハを睨むような目付きでいた。

「銃を使ったな。あんな狭いところで。馬鹿なことをする」

もう一人の私服警官が不機嫌にいった。この場の主導権を、とクロハは想像する。主導権を捜査一課以外の人間に握られているのが、面白くないのだろうか。

「ご家族がな、泣いてるだろ。顔も合わせてくれんとさ。ずっとあの調子だ……もう少し早く、来れないものかね」

年嵩の刑事が威丈高にいうものだから、

「それなら」

クロハは落ち着いた口調を作り、

「ご両親のケアを優先したらいかがです？　無駄話をするよりも」

反応を見る気もなく、クロハは二人に背を向けた。

山居嘉の両親の元へ戻り、本部機動捜査隊のクロハです、と自己紹介をして、

「ご自宅での拳銃の使用、失礼いたしました。ヒロさんを助けるには、他に方法がなかったと思っています」

母親と父親が、同時にクロハを見た。二人とも何となく頷くばかりだった。

「これからヒロさんと話をさせてください。ヒロさん自身が、そう望んでいるそうです」

威圧的にならないよう、クロハは注意しながら、

「半年ほど前からの、友人です。私もヒロさんと話がしたいと思っています。私達が追っている事件に関して、というだけではなく、ヒロさん本人が今、どんなことを考えているのか友人として知りたいと思っています」

二人は顔を見合わせた。父親が少し態度を正し、お願いします、と生真面目にいった。

ご理解ありがとうございます、と礼をいい、クロハは二人から離れた。

代わりにハラが近付いて屈み、何か飲みものでも持って来ましょうか、と話しかける。

捜査一課の刑事達がクロハから逃れるように、道を開けた。

＋

足を踏み入れた病室の中は、薄暗かった。

全てのカーテンが閉められ、見晴らしのいいはずの景色を塞いでいた。

仕切りが山居嘉の姿を隠していた。その手前には小型の事務机があり、見張り役をしているのだろう、そこに肘を掛けて、うたた寝をしているようなフタバの姿があった。

二人きりにしてください、とクロハがいおうとした時、フタバが席を立った。

反発心などは見当たらなかった。ただ無言でクロハの前を過ぎ、部屋を出ていった。役目は終わった、という様子で。

白一色で作られたような病室だった。映画に登場する宇宙船内部のよう。

失礼します、と断ってクロハは仕切りの反対側へ回り込む。

大きな電動式の介護ベッドの上に体を投げ出し、山居嘉は天井を見詰めていた。千切れたビニル紐を見詰めていた、自宅での姿と同じ体勢だった。

クロハは山居嘉の足下に立ち、覇気のない青年の白い顔を黙って見続けた。

「……集団自殺のことは、喋らないよ」

山居嘉がいった。天井の小さなランプから目を離さないまま、

「アゲハ、刑事だったんだね。そんな気がしてたんだ」

「そう……」

クロハは答え、

「怪我はない？」

「ないよ」

「今、どんな気分」

「天国から地獄」

山居嘉の声は嗄れている。まるで心の半分を、現実以外の場所へ置いてきたような声音。

「正直にいっていいかな……」

そうつけ加えた。

「どうぞ」

「利己主義者だよね、アゲハ」

薄らと開かれた両目。

「僕は本気で死にたいのに」

「私はキリに死んで欲しくない」

クロハは即座にいった。

「ほら」

山居嘉の眼球は水分を失い始めている。クロハにはそう見えた。

「すっごい利己主義。みんな、そうなんだ」

「どうして死にたいのか、教えてくれる……」

静かにそう訊ねた。山居嘉の瞳は微動もせず、

「生きている理由がないから。何の実感もないんだ」

「ご両親、泣いているわ」

「悲しませたいわけじゃないけど。独りぼっちの感覚ってさ……家族といても変わらないんだよね……」

「薬は。抗鬱剤は？」

「飲んでるよ」

「飲んで、気分はよくならないの」

「なる日もある。ならない日もある。だから何」

「いえ……」

クロハはちょっと聞くのを迷ってから、

「キリはどうして、集団自殺に参加しようとしたの」

「きれいに死にたかったから。一人で死ぬのは寂しいから。いい話だと思ったよ。謎めいていたしさ」

「じゃあ、何故」

自分の質問に嫌悪を覚えながら、

「冷凍コンテナに入らなかったの」

「死ぬ元気がなかったんだ。その頃、落ち込みすぎて。死ぬにも元気って、いるんだよ。知ってた……」

「そもそも何処で……」

「その話はしない。いったでしょ」

山居嘉は唇以外、何処も動かさなかった。人形と話しているようだ、とクロハは思う。

「……それなら、キリの好きな話をしよう。そのために私を呼んだのだから」

山居嘉はしばらくの間薄く口を開けたまま、本当に人形のようになった。

「アゲハに質問がしたかったから……」

山居嘉はそういった。

クロハは丸椅子をベッドの傍らへ置き、座った。

「いくらでも」

「質問を、ずっと考えていたんだ。アゲハを待つ間。聞きたいことはあるはずなんだけど、うまく言葉にはならなかった」

「今も？」

「……たぶん聞きたいことは、単純なことなんだと思う。アゲハは生き生きしている。言葉は少ないけど、生きていることに迷いがないよね。今まで僕が会った人の中で、一番迷いなく生きている気がする」

「まさか」

クロハは少し呆れ、

「私はいつも足踏みばかりしているわ。もっと無駄なく脇道に逸れず生活したい、っていつも思ってる」

例えば、姉さんのように。

「でも、銃を使うのに迷わなかった」

初めて山居嘉の両目が動いた。クロハを見据えた。

「僕だったらそんな決断、恐ろしくてできないだろうな。きっと一生かかっても決められない」

「必死だったから。あなたを生かすのが警察官としても、友人としても使命だと感じていたから」

「使命感。僕には、そんな強い理由はないな……生きていて、そんな感覚になったこと、ないよ。アゲハはいつも、理由を持っているんだよ。生きるための理由を」

クロハは席を離れ、照明のスイッチを入れた。カーテン越しの、元々鈍かった太陽の光は、日暮れとなってますます明度を落としていた。

蛍光灯がつくと、病室と山居嘉の肌の白さが、いっそうはっきりとする。

「そんな風に考えたこと、ないわ」

着席し、クロハはいった。

「生きるために理由が必要、なんて」

「それは嘘だよ」

と山居嘉は静かに食い下がり、

「考えたことがないだけ。理由は必要なんだ」

「……私に、生きるための理由があるとすれば」

思いついたことを、喋ることにした。

「シャワーを浴びて、寝る直前に好きなサウンドを聴くことくらい」

「何、それ……」

「好きなインディーズのスリー・ピース・バンドがいて。新しい曲が発表されるのを楽しみにしてる。新曲を聴くまでは、生きていたい」

「新曲を聴いてしまったら？」

「次の新曲が出るまでは、死ねない。理由なんて、それくらいのものよ」

「仕事は生きる理由じゃないの……」

「どうなのかな……やりがいを感じる時もあるし、世界一嫌な場所だって思う時もある」

ハラのことを、思い出していた。

「いつ辞めさせられるかも分からないし。でも、辞めても次の職場を探すだけ。そして寝る前にはサウンドを聴く。もう少し時間があれば、仮想空間に入る。それで充分だと思うけど」

山居嘉は瞼を閉じた。しばらくしてから、利己主義だね、といった。そのまま何かを考えているようだった。

「今でも死にたい、って思ってる……」

とクロハは聞いた。

「死にたい、っていったらどうするの」

「止めるわ」

「僕にも死ぬ自由くらいあるはずだよ」

「私にはそれを止める意志がある」

クロハは強くいう。

「あなたや私の家族が死にたい、っていい出したら、私はどんな手でも使って阻止する。怒るか、泣いて止めるか、縛りつけるかもしれない。銃だって使う。戦いね、つまり。自由意志と自由意志の戦い。絶対に負けたくない戦い」

山居嘉は長い長い吐息を出した。ひどいな、といった。

けれど両目には、わずかな潤いが表れたようでもあった。

「ここを出たら、二人で食事にいこう」

とクロハはいった。

「奢ってくれる……アゲハ」

と山居嘉がいった。

「いいわよ。ただしキリがお店を見付けて。私の気に入りそうな」

「アゲハの好きな店でいいよ。僕はそういうの、知らないから」

「冗談」

クロハは眉間に皺を寄せ、

「いいお店を見付けるのは、男性の仕事よ」

そうか、とキリはいった。少し、笑ったようにも見えた。

「アゲハと食事か……」

「探してね。約束よ」

山居嘉が頷いた。よかった、と思う。

少なくとも食事にいくまでは、生きる理由が存在することになる。キリにも、私にも。

「一つだけ、私からも質問していい……」

クロハがそういうと、

「集団自殺のことでしょ」

山居嘉は少し、顔を背ける素振りをした。クロハは構わず、

「どうしても不思議に思っていることがあるの。記念碑のこと」

「それが……」

「何故記念碑に揚羽擬蛾を選んだの。蝶の振りをした、蛾を」

「蛾……いや、蝶だよ」

上半身をわずかに起こして、山居嘉がいい、

「並揚羽。凄く正確にモデリングされている。完成するはずの物体《オブジェクト》、僕は何度も見ているんだから」

「よく見て」

クロハは携帯電話をジャケットから取り出し、電源を入れた。画像を表示させ、ベッドへ乗り出して渡した。映像を凝視する山居嘉へ、

「送られた添付ファイルから、3Dプリンタを使って実体化させたものよ。完全に再現している。ほら、並揚羽よりも胴体が太いでしょ。翅の形も直線的だわ」

しばらくすると山居嘉の手中にある携帯が、奇妙な音を立て始めた。かちかちと揺れ、まるで実際に、そこに写った生きものが羽ばたき始めたようだった。

山居嘉の体が震えていた。

違う、と口にした。

「……約束した記念碑と、違う。アゲハ」

言葉にならないほど声を掠らせ、クロハへいう。

「誰かが嘘をついている。アゲハ……アゲハは僕に、本当のことをいってる……」

「絶対に」

クロハは頷き、

「アゲハは嘘をいわないって、キリもそういってたはずだわ」

山居嘉は、怖い、といった。

「あの人が約束したのは……皆が作ろうとしてたものは、この形じゃない。もっと滑らかな、凄く奇麗なもののはずだった。怖いよ、アゲハ。こんな話ってない。僕等は……」

「キリ。あの人、って誰」

集団自殺を企画した人間ではないか、と思えた。

山居嘉は答えなかった。ただ画像を見ていた。

「キリ」

少し声を大きくして、クロハはいう。

「あなた達は皆、騙されていたのかもしれないのよ」

山居嘉の震えは止まらなかった。

「遺体は全部で六十六。キリ、この中の誰が企画者なの。私は、その人間が悪意を持っていた、と疑っている。あなた達を罠にかけた、と。調べればはっきりするわ。キリ、企画者の名前を教えて」

山居嘉は苦しそうに、いった。

「……コドウ」

コドウ。

聞き覚えのある単語。

「『蒼の自殺掲示板』の管理人。『鼓動』は死んでいない。生きてるよ」

世界が反転したように、クロハは感じた。

『鼓動』。常に自殺者の傍に位置する男。

そしてクロハは思い出す。姉さんとの会話を。

――外部の人間の可能性だってある。

――誰かが劇場の外から舞台設定をして、命を絶つ手伝いをしている、ってこと。外部から自殺幇助をしている。

――でも、もし中心人物が本当にいるとしたら……その人物は感情が死んでいるのね、きっと。

クロハは山居嘉の枕元へ駆け寄り、ナースコールのスイッチを押した。すぐに来てください、と伝えた。

「キリ」

小さく震え続ける青年の肩に手をかけ、

「私が必ず、真相を見付けてみせる。『鼓動』の本名を聞かせて」

山居嘉は小刻みに何度も首を振った。

「キリ」

思わず指先に力が入った。教えられない、と山居嘉はいった。

「知らないんだ。『鼓動』っていうハンドル・ネームと掲示板以外。そこでのやり取り以外、知らない。会ったこともないよ」

悪意の企画者。

『鼓動』は自らの縄張りの中で常に計画を進め、それを隠すことに成功している。自分と繋がる情報は全て消去し存在を浮上させることはない。悔しさがクロハの中で込み上げる。

『鼓動』はこの街に住んでいる。サトウがメイルで、そのことを確認している。

情報は全て揃っていたのに、私は自殺幇助の犯人を見抜くことができなかった。


もっとよく見ろ。お前は目が曇っている。


脳裏をよぎるタカハシの声。

タカハシは、あの時、『鼓動』のことを指していったのではないか。

「『鼓動』を信じたい」

山居嘉がいった。

「信じたいよ。でも、間違えるはずはないんだ」

看護師が扉を開いた。

介護ベッドに深く体を預けた山居嘉の目から、涙が数滴、落ちた。

「全てが終わるまで私を信じて、待っていて。終わったら、すぐに連絡する」

「携帯は捨てたんだ……」

「なら、病院へするわ。キリ。絶対に、待っていてよ」

かすかな顔の動きを肯定と受け止めて、クロハは山居嘉の体から手を離した。握られた携帯電話を、静かにその手から抜いた。

ヒロさんをよろしく、と看護師へいい、ゆっくり閉じようとしていた扉の動きを片手で止め、クロハは病室を出る。もう一方の手は、携帯を強くつかんでいた。院内での使用が禁じられていることは知っていたが、それでもクロハは通話のスイッチを押した。

管理官へ一刻も早く、『鼓動』の逮捕を進言するためだった。

六

車内の警察無線は多くの情報を忙しく流していた。

本部へ向かうクロハは交錯する無線を聞き続けることで、すぐに変化する現状を漏らさず把握しようとする。多くのことが迅速に、ほとんど同時に進行していた。

プロバイダへの、ハンドル・ネーム『鼓動』の情報公開要請と、裁判所への逮捕状と家宅捜索令状請求の準備。

すぐに開示された『鼓動』の個人情報。

二十四歳。独身。職業は宿泊施設の夜間清掃員。住所。携帯電話番号。

現在、『鼓動』は清掃員を退職していること。

県警本部に入ってクロハが案内されたのは建物の上階、廊下の窓から市街を見晴らすことのできる場所だった。

本部まで送ってくれたハラは、そのまま臨港署へ戻るよう命じられた。クロハだけが本部へ呼ばれたのだった。県警の広いエントランスで、クロハはハラと別れた。目線を交わし頷き合い、それぞれの方向へ歩き出した。

それ以来、クロハがハラと会うことはなかった。


クロハは通信指令室に入った。

県内の事件、事故の発生と処理を二十四時間体制で管理する広大な空間。多くの机が縦横に揃い、数十名の人間が常駐している。背後を見上げると大きな窓越しに、見学者達が追い立てられるのが見えた。重大事件の発生による、臨時の処置だった。

クロハを呼びつけた管理官は総合指令台の前にいた。その隣には通信指令室長も。

管理官はクロハの来訪にちらりと目線を向けただけだった。正面の巨大スクリーンを注視していた。一瞬ハラの処分についての不満が喉をせり上がるが、そのことで管理官へ近付きはしなかった。ハラ自身の決断により、すでに完結した話となったのは分かっていた。

見学者のために表示されていた、正面スクリーンの歓迎の言葉とのどかなイラストが消され、そこに地図が映し出される。紺色で構成された、簡素な図柄だった。

管理官が何故ここにいるのか、クロハは不思議だった。どうして自分がここに案内されたのかも。名前を呼ばれたような気がして後ろを確かめると、サトウがいた。スクリーンを眺める私服警官の一員として、立っていた。

居心地の悪さが少しだけ軽くなり、クロハは指令室後方へと歩いた。

「サトウ君も呼ばれたの……」

「僕はクロハさんの代理。捜査班の現在の状況を詳しく知らせるように、といわれて来ました」

「何か進展は」

「進展……進展は、これでしょう。『鼓動』の逮捕。クロハさんの腕前」

サトウの視線を追い、クロハは地図を映したスクリーンへ顔を上げた。

地図は流れ、刻々と動いている。

星印と矢印。

星は犯人の居場所を示し、矢印は警察車両の位置を表していた。矢印は一つではなかった。クロハはあることを発見する。

「……犯人の居場所が変化しているわ」

「あれが現在の『鼓動』の位置なんです」

とサトウがいい、

「『鼓動』は自宅にはいなかった。だから通信会社に依頼して、携帯の微弱電波から『鼓動』の居場所、というより現在『鼓動』がいるエリアの通信基地局を割り出して、そこからの推測位置を表示しています」

「一つの基地局がカバーする範囲は、二、三キロはあるはずでしょ。正確な携帯の位置は割り出せないんじゃ……」

「正確には無理です。でも、複数の基地局を利用して測量すれば、ある程度範囲を狭めることはできます。基地局から基地局へ移動する速度と地理を考慮するだけでも、『鼓動』が車に乗っているのは間違いない、といえるでしょう。実際、彼が所有する車は駐車場になかったそうです。捜査の手が伸びたことを、悟ったのかもしれない。青いワンボックス。周囲の聞き込みによれば、捜査一課が到着する直前まで駐車場にあったそうです。でも……逃げたところで、最大でも基地局から二、三キロの円内を探せばいいだけだから。それよりも憂慮すべきは」

サトウは小さな仕草で地図を指差し、

「県境へ向かっていること。越えてしまえば、管轄は警視庁に移る。本部全体がぴりぴりしていますよ」

管理官が何故緊張の面持ちで通信指令室の地図を凝視しているのか、その原因をクロハは知る。

「じゃあ、私がここに呼ばれたのは……」

「見届けろ、ということでしょう。事案が解決する瞬間を。最大の功労者だから」

クロハの中の緊張感も高まることになった。スクリーンから目が離せなくなった。矢印はいよいよ増えていった。『鼓動』が存在するはずの範囲に、緊急配備が発令されていた。

「捕まるでしょう。もう時間もかからない」

サトウがいった。続けて、

「キリの具合は、どうでした」

クロハは、その言葉を聞き逃しそうになり、

「何ていったの……」

「山居嘉。もう大丈夫ですか」

クロハは背筋の凍るような気分を味わった。サトウから飛び退いて逃れたい、という思いを堪え、訊ねる。

「あなた、誰」

「山居嘉はクロハさんの友人だって。その情報が臨港署に届いた時、気付いたんです。クロハさんの友人なら、僕の友人であるかもしれない」

「どういう意味。あなたは……」

「いいそびれると、なかなか口にできない」

サトウは恥ずかしそうな口振りで、

「僕はレゴだよ、アゲハ」

「レゴ」

クロハは驚いた。仮想空間のあの土地、あの酒場でよく会う分身《アバター》。小さなブロックを組み合わせた姿。次々と形を変える人物。

サトウの分身がレゴであることは分かっても、何も安心できなかった。理解できないことがありすぎた。

「おかしいわ」

クロハの目は自然と険しくなり、

「私がアゲハだと知っていた、って口振り。何故あなたが知っているの。私はそんな情報、何処にも公開していない」

「ペンダント。仮想空間でも現実世界でも、バロック玉を身につけている」

「嘘はつかないで。それだけで見分けられるはずがない。全然根拠になってない」

「その通り」

サトウは落ち着いた口調で、

「いうべきだとは、思っていたんです。でも、いいたくなかった。おかしな奴だと思われたくはなかったから」

「何のこと……」

「安全性について、かな。正直にいえば、僕はアゲハの素性を調べたことがある」

「……調べて分かった、っていうの。まさか。何処にも公開していないのに？」

「クロハさんは安全性について、理解していない。ぞっとするくらい」

サトウは少し悲しそうな顔をして、

「ソーシャル《S》・ネットワーキング《N》・サービス《S》。いくつかは、クロハさんも参加している」

間違ってはいない。ただし今では何処のＳＮＳも、ほとんど籍を置いているだけ、という状態だった。

「ええ。それが……」

「中には、実名で参加しているものもある」

「……あるわ。でも、そこは凄く閉鎖的なＳＮＳ。それに、仮想空間でアゲハを名乗っている、とは宣伝していない」

「他のＳＮＳでは、アゲハをハンドル・ネームにしている」

「そういう場所もある。でもそこでは、本名を公開していない」

「写真です。分かりませんか」

視線を落として、サトウがいった。

「自己紹介用の写真。クロハさんは全て同じものを使っています。両目を隠したり、工夫はしているようだけど、並べてみれば一目瞭然です。写真を頼りに辿れば、実名にいき着く。実名を公開しているSNSでは、県警に勤めていることまで書いてある。射撃の成績は射撃協会のウェブ・サイトに掲載されていますし、機動捜査隊に所属する事実は、協会報の競技大会報告記事の中で、明確に紹介されていました」

「でも」

クロハは動転しているのを隠すことができなかった。

「数千人、数万人の中の写真から、一致するものを見つけ出すのは簡単ではないはずよ」

「根気。あるいは……他の人間に手伝ってもらってもいい。お金をかければ、人海戦術で探すこともできる」

「あなたが実際に使ったやり方は……」

「作業を自動化するプログラムを組みました。画像一致検索のアルゴリズムさえ決めてしまえば、後は簡単なものです。次々とプログラムが画像を見比べ、結果を報告する。検索は一日で終了しました」

自分の迂闊さに、クロハは唖然とする。

「……私の素性を調べた理由は」

「自分の技術を試すため。検索を進めること自体は、法に触れません。全て公開されているものだから。酒場に来る人間は、ほとんど全員調べています」

サトウはスニーカの先で絨毯を躙《にじ》りながら、

「全然経歴が分からなかった人間は、一人だけ。管理人だけでした」

「私と同じ捜査班に入ったのも、偶然……」

「半分は。同じ職業だったのは偶然。捜査班への編入を志望したのは、僕の意志。会ってみたい、と思ったから」

「会って、どう思ったの」

「写真写りが悪い。会ってよかったのかどうかは、分からない。結局、こんなことになったから」

そういって、サトウは黙り込んだ。

「……他に知っていることは。私の知らないことで」

「色々なことを」

といったサトウは少し考えた後、

「あの塔の中に何があるか、とか」

「塔？　仮想空間の？　階段だけでしょ……」

「部屋になった場所があるんです。真ん中から少し上」

「どんな部屋」

「沢山の写真で、壁が埋められていました。全て遺体の写真」

「まさか」

「本当です。だから人にもいえない。いえば、あの土地から皆が離れると思ったから。僕だけでしょうし。全部を見ないと気が済まないのは。いい癖じゃないですね……」

クロハは、いい癖じゃない、とサトウ自身がいったことに、ほっとした。悪い人間ではない、と思うことができた。告白したことを後悔させないように、

「……私に関してのことなら、今回は許すわ」

クロハは口元の強張りを解き、

「あなたは自分自身を公開して、私に警告してくれた。私のセキュリティ意識の低さを」

うなだれるようなサトウの顔を覗き、

「友人だから、でしょ。警告してくれたことに、感謝する」

サトウも笑みを作ったようだった。

少し寂し気にも見えたのは、クロハの気のせいだろうか。

「最初は、いうつもりもなかったんです」

サトウの口調はいつものもの、感情の起伏の少ない声色に戻り、

「でも、いわなければ危ない、と思ったから。これは大袈裟でなく」

いつにない硬い表情で、

「警察官であるということは、一般の人間よりも立場上、危険なはずです。何処かで恨みを買っていたら。警察の情報を調査している人間がいたとしたら。真っ当な連中であるはずがない。僕に調べることができたのなら、他の誰にでも同じ作業は可能だということ」

クロハは真剣に聞いた。危険な目にはもう遭っている。運河下の通路で。フル・スモークの車の中で。自らの危機意識の低さのせいで。

「クロハさん、気をつけてください。これからも」

サトウがそういった。

頷くクロハの胸の内に、緊迫感が蘇っていた。会話によるものだけではなかった。

通信指令室前方、地図を表示するスクリーンの横にも同じ大きさの画面があり、文字情報が細かく映し出されている。

その表示が、一変していた。

エヌ、という単語が通信指令室の中、様々な人間の口伝えに駆け巡るのがクロハの耳に入った。室内の張り詰めた空気がさらに硬質なものとなった。瞬きすら許されないのではないか、と思えるほどだった。

エヌは車のナンバー・プレートを意味している。

幹線道路に設置された自動車ナンバー自動読取装置《Nシステム》によって、被疑者の車を発見した、という意味だった。

書き換えられたスクリーンは、沢山の動画を映していた。

被疑者の位置情報を基準に選ばれた、付近の交差点に設置された監視カメラからの映像だった。自動車警邏隊による検問の様子も映っていた。十を超えるいずれかの動画の中に、青いワンボックスが見えるか、とクロハは目を凝らした。

Nシステムが被疑者車両を発見した場所は、ほとんど県境だった。

県警本部が最も怖れていた事態が、現実になろうとしていた。

『鼓動』はこれまでの運転経路から見て、真っ直ぐ県外へ逃亡しようとしている。警察側の攪乱《かくらん》を狙っているのではないか、とクロハには思われた。

管理官が総合指令台上の受話器を手に持つのが、クロハの視界に入る。

捜査一課は県外での逮捕の容認を、警視庁へ求める必要がある。容認の諾否は警視庁が決めることだった。

認める可能性は低い、とクロハは考える。室内の全員がそう考えているはず。拒否された際には、警視庁に逮捕を譲ることになる。通報をしない、という選択はありえなかった。管理官の苦悩の顔が、背後からでも透けて見えるようだった。

確保っ、という大声が、通信指令室の中で反響した。

無線指令台の警察官の声だった。

被疑者確保、ともう一度声を張り上げた。室内に、喧噪が起こった。

『鼓動』逮捕を喜ぶ、ざわめきだった。クロハも安堵の溜め息をついた。

誰かが拍手をし、それが広まり、クロハも同調した。

スクリーンは、広い十字路での、被疑者確保の混沌とした様子を大きく表示していた。警察車両と一般車両が入り乱れ、細部を窺うことはできなかった。

全てに決着がついた、と思った。いや、集団自殺の全貌を解明するのはこれからだ、と思い直した。

気がつくと、目の前に管理官がいた。ご苦労だった、という低い声には少しだけ、笑みが混ざっていた。管理官から差し出された右手を、クロハは握り返した。

「いい働きだった。拳銃使用の報告書は必ず提出するように。形式上のことだ。自殺未遂者からもその家族からも苦情はない。現場は密室であり、他に目撃者もいない……従って君に拳銃を貸与した自邏隊員同様、君の行為を大きな問題にするつもりはない。報告は明日でいい。今日は休め」

はい、とクロハは返答した。

管理官の手を、クロハは離さなかった。管理官の眉間に、深い皺が刻まれる。

クロハは構わず、

「お願いしたいことがあります」

管理官は解放された右手で拳を作り、

「何かね……」

「『鼓動』の取り調べの際、同席させてもらえないでしょうか。彼の意図を見極めたいと思っています」

それは山居嘉との約束でもあった。

「……いいだろう。ついて来るがいい」

管理官は厳しい口調でいい、

「だが今日までだ。明日から、機動捜査隊へ戻ってもらう」

「ありがとうございます」

クロハは一礼した。

「君」

管理官はサトウへ、

「捜査班を解散する。戻って伝えろ。私も後で立ち寄る。それまでに、片付けておけ」

サトウは驚いた顔付きで、

「今日解散ですか」

「元々捜査本部ではない。専従捜査班にすぎない。被疑者確保も終了した。後の捜査は我々に任せてもらおう」

管理官はクロハを促し、

「いくぞ」

クロハは通信指令室を出る前に、一度だけサトウの方を振り返った。故郷をなくしたような気分だった。

「気をつけてください」

サトウがクロハへ、声を投げた。

ありがとう、とクロハは返事をしたが、慌ただしく動き始めた室内の雰囲気の中、サトウへ届いたかどうかは分からなかった。

捜査一課の人員と一緒に、クロハはエレベータに乗った。

下の階を目指す途中、管理官が口を開いた。

「機動捜査隊内で、君は過小評価されているようだな」

「いえ……」

「君の班長の娘さんも警察官でな、残念ながら勤務中の交通事故で亡くなられた」

初めて聞く話だった。ほのめかされたこともない。

言葉もなくクロハが黙っていると、

「そのせいだろうな。班長は君を過保護にしがちだ。君自身のためにもならんだろう。捜査一課へ来るつもりがあるなら、然《しか》るべく手配しよう。考えておいてくれ」

はい、とクロハは答えた。

けれど、考えていたのは班長の厳しい態度のことだった。管理官へ肯定の返事をしたことが最良の選択だったのか、クロハは自信が持てなかった。

サトウのいった、気をつけてください、という言葉を思い起こした。

銀色の扉に映る、歪んだ顔の自分を見詰めながら、どういう意味でいったのだろう、と考えていた。

＋

『鼓動』が連行されるのを待つ間、クロハは捜査一課の人間から、捜査の成果を聞くことができた。

他の夜間清掃員達の証言によれば、『鼓動』の現実世界での交友関係はきわめて狭く、遅刻の多い、そのくせ仕事は丁寧で無口な男、という印象以外、素行を覚えている者もいないという。『鼓動』の正確な履歴を知る者は、未だ一人も見付かっていなかった。

夜間の仕事を転々としているらしい、という不確かな情報。

不在が確認された後、管理人が解錠し、捜査員が扉を開けた『鼓動』の自宅、ワンルームの室内は一見、穏やかなものだった。

人の生活を想像させないほどよく整頓された室内。最小限の寝具。小さな冷蔵庫には飲みものすら存在せず、冷凍室の中に、紙に包まれた昆虫が数匹、保存されていた。

灰色の事務机の上にデスクトップ・コンピュータが一台あり、立ち上げて分かったのは内部がフォーマットされていることだった。

捜査員がスライド式の本棚の奥に並ぶ、猟奇犯罪を題材とした大量の書籍と映像に気付いた時、微かな異臭にも気付いたという。ユニット・バスの洗面器の中で、鳥なのか鼠なのか、小動物の細かく切り刻まれた死骸が腐敗しかけていた……

実際の『鼓動』は、幽鬼のように痩せた男だった。落ち窪んだ眼窩はほとんど何も表していなかった。皺の多い背広はだぶだぶで、肩幅にも胴回りにも合っていない。

男が認めたのは、自らが『鼓動』であることだけだった。二つ設置された机の奥で、他の全ての問いに『鼓動』は、黙秘します、と繰り返した。感情がないように、ただ台詞を反復させている。『鼓動』と相対する取調官が、小さく舌打ちをする音をクロハは聞いた。もう一人の取調官は供述調書を作成するために広げたノート・コンピュータから指先を離し、両手を空中で苛々と動かし続けた。

取調室は狭く、窓もなく、天井だけが高かった。室内は白い壁の反射もあって明るかったが、『鼓動』の顔色をよく見せる効果はなかった。

二人の取調官の後ろに立つクロハは、『鼓動』には先ず精神的な治療が必要なのではないか、と考えていた。生気のまるで感じられない『鼓動』の態度は、極度の鬱状態にある者のようにも思えた。自分にそれを主張する権限がないことも、分かっていた。必要な時以外口を出さないように、といい含められていた。

聞き取りにくい小さな声で男はまた、黙秘します、といった。取調官がしかめ面で、クロハを振り返った。それを合図に、クロハは必要なことを訊ねようとする。

「どうして記念碑に揚羽擬蛾を選んだの」

口調を鋭くして、

「自殺者達はその話を知らなかったはず。彼等は美しい蝶になれるものだとばかり思っていた。何故、皆を騙したの」

その瞬間、『鼓動』の顔貌に、今までとは違う感情が浮かんだように、クロハには見えた。小さく怪訝な表情を作ったように。

『鼓動』はぼんやりとクロハへ顔を向けた。顎を上げると、いっそう頬が細く見えた。すぐに目を伏せ、黙秘します、といった。

この男が『鼓動』……

クロハは強い違和感を覚える。

自殺願望のある人達を集め、死の記念として美しい蝶を掲げ、そして全員を騙し、いびつな物体《オブジェクト》へと変質させた人物。信じられないほどの、積極的な悪意。その悪意は自身の、暗い欲望に根差しているもののはず。しかし目前の男からは、欲望どころか小さな積極性すら、感じ取ることはできない。

クロハは警部補である取調官の肩を小さく叩き、外へ出るよう耳打ちした。

扉を開けると視界が開けた。

捜査一課強行犯捜査係に所属する警察官達が、一斉にクロハの方を見た。夜の時間帯に入り、ほとんどの人間はとうに勤務時間を過ぎているはずだったが、大勢が残っていた。

「……別人ではないですか」

取調室の扉を閉め、その場でクロハはいった。本気でそういったのだったが、大声でいうべき事柄でないことも心得ていた。

「まさかな……」

強行犯捜査係の、老練を絵に描いたような取調官がいった。

「まだ始まったばかりさ」

いいつつも、戸惑いは取調官の落ち着きのない瞳の動きにも、表れている。

「罪を被る理由があるかい……」

取調官がそうクロハへ訊ねた。

「分かりません」

クロハは正直にいい、

「しかし、『鼓動』の攻撃的な巧妙さが、あの男からは少しも見えません。家宅捜索で指紋を採取し、比較する必要があると思います。また、人物写真を作成して、聞き込みを行うべきかと」

取調官はシャツの袖を引っ張り、腕時計の表示を顎を引いて眺め、

「課長が記者会見をしている時間だな……」

苦々しい顔で、

「別人であれば、問題だ。だが奴は、逮捕されたことで抜け殻になっているだけかもしれん。あの態度は、裁判で心神耗弱を主張するための計算とも考えられる」

「確認だけは必要です」

クロハは重ねていった。考えすぎかもしれない、と自分でも思いながら。

「……するさ。いわれるまでもない」

取調官は諦めたように、いった。おい、と若い警察官を呼び寄せ、鑑識への優先事項、と前置きして、指示を出した。

あんた、これからどうする、と取調官がクロハへ聞いた。

「どうも簡単にいきそうもないが……また中へ入るかい」

取調室へ目線を送った。

「はい。もう少しつき合わせてください」

クロハはそういった。

再び小部屋に移ると、生気のない男を中心とする光景は、まるで静止画のようだ。『鼓動』は人の出入りも気にならない様子だった。

クロハは壁に背をつけて、立ち位置を決めた。

『鼓動』を見遣るが、思考能力を何処かへ置き忘れたような男、という印象以外、何も見出すことはできなかった。

＋

応対に出た看護師は内線を経由させ、山居嘉を電話口へ出してくれるという。

クロハは薄暗い本部の廊下で床のタイルの縁を踵でなぞり、待ち時間を潰した。山居嘉と繋がった。

「質問攻めに遭ってる……」

気にしていたことを、クロハは訊ねる。

「遅いから、事情聴取は明日からだってさ」

クロハは山居嘉の声を聞き、落ち着きを取り戻しているらしき様子に、ほっとした。

先ず伝えるべきことを伝えようと、

「『鼓動』が捕まったわ」

「……そうらしいって話は、警察の人が話してくれたけど」

安堵の気配が、回線を通じて届く。

「本当なんだ……アゲハは見た？　どんな人？」

「背の高い痩せた男。覇気のない男。ぶかぶかの背広……」

事情聴取の前に先入観を与えてはいけない、と思い直し、

「その質問は私がしようと思っていたところ。キリが知っていることを教えて欲しくて」

「明日、話すよ」

「キリ、明日の事情聴取は、私の担当じゃないの。今夜で私は捜査から外される」

「そうなんだ」

山居嘉は沈黙した。しばらくして、

「じゃあ、いいよ。今で。今度は僕が答えるよ」

でも、そんなに知らないよ、と山居嘉はいい、

「やり取りした記録《ログ》は、全部念入りに消しちゃったし」

「思い出せることだけでいいわ。何でも気付いたことを教えて。正直にいうと……得体が知れないのよ、『鼓動』って」

「今なら……それ、分かるよ」

と山居嘉は同意し、

「凄く親切で、強情で。押しが強くて。自分は芸術家だっていってて。嫌みなところがあったよ。人を見下してる、っていうか。でもまたすぐに、異常なくらい丁寧になる。急に僕の名前に『様』をつけたりね」

「信用できる感じ……」

「そうでもないな」

「それでも皆、『鼓動』の計画に乗った。何故なの……」

「馴れ合いたいわけじゃないから。計画がよくできていれば、皆、乗るよ。実際、『鼓動』の提案は、凄くよくできてると思ったし」

「どうやって、皆の顔を多角形情報《ポリゴン・データ》へ写したの」

「全部『鼓動』がお膳立てした。冷凍コンテナの中に、スキャンするセットを作って。レ

ーザーの出る機械と、白地に黒いドットが印刷された背景と、ノート・コンピュータ。一人ずつ、そこで情報《データ》を採った。自分で操作して。だから、誰とも会う必要がない。完璧な段取り。でしょ」

「スキャンの仕方は、何処で教わったの？」

「コンテナの中で。電話の指示に従った。中はもう冷えていて、凄く寒かったな……埃が舞わないように、とかいってたけど。嘘かもしれない。ただの嫌がらせかも。今思えば、だけどさ。電話で『鼓動』と喋ったのは、その時の一回だけ。太い声で、ゆっくり喋るんだ。でも、本人の声かどうかは分からない。機械を通していたのかも」

目の前で聞く『鼓動』の声は掠れていても、低くはなかった。

「……メイルでのやり取りで、気付いたことはない？」

「メイルでは……自殺の手続きばっかりだったけど……人の死に興味がある、っていってたかな。後は……ものの質感、の話くらい」

「質感」

「アーティストだから、そういうものに興味があるんだってさ。鉄とか、錆とか。機能美がどう、とか。分からなくはないけど……」

急に山居嘉の言葉が消えた。クロハは不審に思い、

「どうしたの」

「おかしいな。思い出したよ。質感の話を聞いて、僕は『鼓動』に、あの土地を教えてあげたんだ。アゲハと僕が会った場所」

「仮想空間の」

「そう」

瓦礫。雨と鉄とコンクリート。酒場。

「それで、『鼓動』は来た？」

「来ない。メイルの返事では触れもしなかった。でもその時以来、別の人物が酒場を訪れるようになった。前に話したでしょ。血の滴《したた》る心臓の分身《アバター》。嫌な奴」

「黒雲。雷。爆音。管理人に追い出された——」

クロハは思い出し、いう。

「——それが……『鼓動』」

血の滴る心臓。

鼓動。そうかもしれない。

「今でもさ」

山居嘉は溜め息をついたらしい。

「『鼓動』を信じたいと思っているんだよ、僕」

「もう『鼓動』の計画で死にたいとは、思わないよね……」

「……怖いからね」

山居嘉は少し声を落としていい、

「考えるほど、怖いから。だってそうでしょ。揚羽擬蛾のために死んだ人達のことを考えると。時間を元に戻せたら、って本気で思うよ。本当なら……僕等は理想そのものを、手に入れていたはずなのに」

そして理想は歪められた。

歪んだプラスチックへと、変質した。

クロハは瞼を開き、

「容易に求めてはいけないのよ、きっと。それでは、手に入らない」

改めて、クロハはいう。

「焦る必要はないわ。死なないでね、キリ」

「アゲハと食事をするまではね……」

と山居嘉は小声で答えた。

いい答えね、とクロハはそう思った。

荷物の全てを肩に掛けた。臨港署の更衣室を出て、クロハは階段を昇る。講堂の扉に掲げられていた『臨港変死事件合同捜査班』の張り紙は、もう消えている。蛍光灯を点灯させると、きれいに片付けられた室内が薄らと輝いた。押収品もなかった。県警本部の何処かに、運ばれたのだろう。口を結ばれ、紙コップでいっぱいに膨らんだ、捨てられるのを待つだけのごみ袋が出入り口近くにあった。そこから、かすかにアルコールの匂いが漂って来る。小さな祝杯の跡だった。クロハは不思議な気持ちでいた。何をしにわざわざ階段を上がったのだろう、と思う。照明を落とした。

＋

警務課の当直員へ更衣室ロッカーの鍵を返却した。

「お世話になりました」

そういって去ろうとすると、少し待ってください、と呼び止められた。これを、といって当直員が差し出した奇妙なものを、クロハは受け取った。三五〇ミリリットルの缶に紙が巻かれ、輪ゴムで留められている。紙を抜き出すと、一枚のA４用紙。缶は麦酒《ビール》だった。用紙には四人の名前が記されていた。竹田、石井、佐藤、原。そして、

やりがいのある仕事でした。

また何処かで。

お疲れ様でした。


記された文字を読んで、クロハはほっと息を吐いた。丁寧な筆跡には、覚えがある。きっとイシイの文字だろう。クロハの笑顔が移ったように、同世代の女性当直員はにこりとし、ここで飲んでいきますか、と缶麦酒を指差した。

「何か食べるものを探しましょうか」

いいえ、とクロハは断った。

「これから分駐所へ帰るつもりです。機捜の任務に戻ります」

そうですか、と静かな声で当直員はいった。クロハは着替えの入った紙袋に缶麦酒を仕舞った。A４用紙は丁寧に折って、ポーチへ入れた。

お世話になりました、と頭を下げ、クロハは臨港署の建物から足を踏み出し、冷えた空気を頬に浴びた。

+

機動捜査隊分駐所を収める所轄署の前で、クロハはタクシーを降りた。交通事故発生件数を知らせる発光ダイオード電光掲示板の文字が、門の近くで赤く光っていた。

警察官の出入りは常にある。クロハの帰還を、誰も気にしなかった。それが当然だ、とクロハは思った。気持ちを入れ直す必要があった。けれど紙袋に入った缶麦酒のことを思い起こすと、少しだけ日常任務から外れたような気分になった。悪い心地ではなかった。階段で二階へ上がる。機動捜査隊分駐所の扉を開けると、無人の机ばかりが並ぶ、いつもの無機質な光景があった。奥で書類の整理をしているらしい庶務係の当直員と、目が合った。お疲れ様です、と簡単に挨拶を交わした。

自分の席に荷物となるものは全て置き、改めて、庶務係の席へ歩いた。ただ今より機動捜査隊任務に復帰します、と告げた。

「今からか」

古株の当直員は、少し驚いた顔をした。

「はい。私の班は今日が当番で、明日は非番です。今から、密行警邏に参加しようと思います」

「報告書の提出は」

「明日にします。今、腰を落ち着けてしまうと」

クロハは口にするのを躊躇したが、

「……色々なことを思い出しそうですから」

邑上晴加のこと。

ハラが警察を辞めること。

サトウの言葉。

『鼓動』の覇気のない姿。

「大きな事件に関わると、しばらく気が高ぶるものさ」

と当直員はいい、

「働きながら頭を冷やすか……」

札を、と要求され、クロハはポーチからプラスチック製の拳銃預り証を取り出した。機捜の任務へ戻るために必要な手続きだった。

受け取った当直員は立ち上がり、拳銃等保管室へ歩き出した。

拳銃は保管室内の、小さなカウンタの上に置かれた。小箱の中に並べられた・三二口径の弾丸七発を、ゆっくり弾倉へと詰めた。弾倉を自動拳銃へ装着する。飾り程度にしか役に立たないセイフティも決まりとして押し下げ、銃をポーチの中にしまった。久し振りの重みだった。

「班長がそろそろ休憩のために、立ち寄るだろう」

当直員は保管室に鍵を掛けながら、

「それに合流すればいい」

「はい」

ああ、と当直員は何かを思い出した顔をして、

「着替えが、宿泊先に届くそうだ」

「着替え……」

「今、お姉さんの自宅から通っているだろう」

「はい。本日の勤務が終われば、もう一度荷物を取りに戻ります。最後の宿泊になるはずです」

「だったら無駄なことだったな」

当直員は苦笑いをして、

「弟さんから電話があった。届け先を教えてくれ、と。お前が電話にでないから、とな。丁度お前が病院へいっている時間帯だ。電源を切っていたんだろう。頼まれた着替えを実家から送る、とさ」

「姉と小さな甥以外、家族はおりませんが……」

「明日には着くよう実家から送る、ということだ。お前から頼まれていたという話だが」

クロハは寒気を覚え、

「誰にも頼んでいません。実家はすでに、人手に渡っています」

「弟さんじゃなかったか……身内の人間だろう。お前がここで働いているのを、知っているくらいだから」

「親しくしている親戚もいません。姉の住所を教えたんですか」

当直員も不安を覚えた顔で、教えた、といった。

クロハは上着から出した携帯で、姉さんの自宅へ連絡をしようとする。呼び出し音が終わっても、聞こえて来たのは留守録音を知らせる音声だけだった。

姉さんの携帯へもかけ直す。呼び出し音。留守録音の案内。

もう深夜の時間帯に入っている。姉さんもアイも、寝入っているのだろう。でも。

何かが、おかしい。

不吉な何かを、クロハは感じた。

「空いている車両、ありますか」

クロハは当直員へそう訊ねた。

七

フロントグラスに雨の雫が落ちた。

けれど、ほとんどクロハの意識には残らなかった。

連絡がつかないのは、姉さんとアイが熟睡しているからだ、と結論付けようとしてもうまくいかず、どうしてもアクセル・ペダルを踏む足に力が入った。踏めばいくらでも速度が上がる機捜の車両だった。

何かが変だ、とずっと感じていた。

クロハの宿泊先を知ろうとする人物。身内と呼べるのは、もう姉さんとアイ以外にいない。監察官室による内部調査であれば、架空の弟を名乗るはずがなかった。

おかしい、と思う理由に、クロハは気付いた。男は、私が病院にいる時間帯を知っていた。その時間を狙って、身内であることを装った。計画的な、緻密な行動。

怯えていることを自覚する。

何が起ころうとしているのか、クロハには予想できなかった。何者かによるただの悪戯、という可能性は現実味がなく、悪戯でないとすれば、誰かに陥れられようとしている、ということだった。

タカハシか、とクロハはその名を思い起こした。私に何かを仕掛ける人間がいるとすれば、タカハシ以外にいない。殺す、とまでいったのだ。

けれどタカハシならば、きっと直接私の前に立つだろう、とも思えた。回りくどい方法ではなく。常に大胆に振る舞うタカハシのやり方とは、違うのではないか。

――もう一人いる。

私に恨みを持つ可能性のある人間。自殺幇助罪を暴かれた男。

勿論、そんなことはありえなかった。あの男は拘束され、今も県警本部にいる。

突然、クロハの携帯がダッシュボードで鳴った。

その音はクロハの心臓にまで届いた。アクセルを緩めることなく片手で取り上げ、ちらりと表示を確かめると、見たことのない番号からだった。クロハはひと呼吸置いてから、通話を繋いだ。何に怯えているのだろう、と思いながら。

捜査一課の、と声がした。相手は『鼓動』の取り調べを担当する警察官だった。

クロハは安堵し、そしてまた気を引き締めた。取り調べで何か進展があったら知らせてください、と電話番号を教えていたことを、思い出した。

「最終的な結論ではないんだが」

取調官の声は低く、異様な緊張感をまとっていた。なかなかいい出そうとはしなかった。

「何か……」

我慢できず、クロハの方から訊ねると、

「鑑識課からの報告だ」

取調官はそう前置きして、

「指紋が合わない」

クロハは一瞬、呼吸を忘れた。

取調官の背後の喧噪が、クロハに伝わった。

「室内で採取した指紋と、取調室の男の指紋は全く一致しない。写真による照会も被疑者周辺で行ったが……全員、別人だという」

取調官の声はほんの少し、震えていた。クロハはそのことに気がついた。悔しさの中に恐怖の感情が存在している。

「この男は……恐らく囮《おとり》だ。『鼓動』じゃない」

と取調官はいった。

クロハも恐怖を感じていた。

＋

建物の玄関前に立ち、クロハは姉さんの部屋を見上げる。明かりは消えていた。消えているのが当然だ、と思い直した。

エントランスの、人造大理石の黒い壁に設置されたセンサへ借りもののカードをかざし、自動扉を解錠した。通路に足音が響き渡った。エレベータに乗り、気付くと、目的の階のボタンを何度も押していた。

ひどく苛立っていた。分駐所を出て以来、ずっと胸騒ぎがやまない。『鼓動』が未だ野放しでいる、ということを知り、ますます感情が高ぶっていた。『鼓動』の今も続く逃走は、何か異様な意味を持っているような気がしていた。

けれど、その意味を想像しようとする度に鋭い頭痛が起こり、妨げられた。

クロハは増加する階数表示を睨み、落ち着かなかった。床を鳴らす革靴のつま先が、それまでと違う湿った音を立てたことを、ふと意識した。雨の感触だった。

靴先をずらして床を確認したクロハは、息を呑んだ。

クロハの靴に隠れていたのは、赤黒い液体。靴底に擦られ、薄く広がっていた。

頭を振った。髪の先がジャケットに当たり、音を立てた。

血痕だ、ということをクロハの理性はなかなか認めようとしなかった。


カードをセンサへ通し、部屋の扉を開ける。

それだけのことに、信じられないくらいの時間がかかった。手先が自由に動かない。カードは何度もセンサのカバーに音を立てて当たり、スリットへ入ろうとしなかった。

震える手でノブを引いた。

室内の真っ暗な廊下に、通路からの光の線が徐々に太く引かれ、その中にはクロハの影も薄く映っていた。倒れたペパーミントの鉢が見えた。

短い廊下を歩き、鉢を元へ戻した。その方が自然な形だから。

居間への扉を押し開ける。明かりはつけなかった。いつの間にか、右手の中には自動拳銃があった。

何の音もなかった。自分の足音も息遣いも聞こえなかった。銃のセイフティを外し、スライドを引く。薬室へ銃弾を送り込み、即座に使用が可能な状態を作った。

カーテンがわずかに波打っていた。硝子戸が半ば開け放たれている。瞬く星々のような工場群の灯火が、かすかに居間を照らしていた。

カウンタ席の椅子が一つ、後ろに倒れていた。

乳児用のマットが、まるで誰かに蹴飛ばされたかのようにソファの上に乗り上げていた。

高い高い音をクロハは聞いた。耳鳴りだった。段々大きくなってゆく。

クロハは動くものを見た。

目を凝らすと、閉じかけた寝室の扉だった。

風で、揺れている。

静かに近付いたクロハは指先でそっと、扉を押した。

何かがあることはすぐに分かった。

クロハは片手で銃を構え、もう一方の手で壁の照明スイッチを探り当てた。けれど、明かりをつけることはできなかった。指先が震えているせいもあったし、見るべきではない、という予感のせいもあった。

迷いながら力を加えているうちに、天井の照明が輝いた。

部屋は眩《まぶ》しく、そして赤く染まっていた。

ダブルベッドとベビーベッドが寄り添うように設置されている。

誰かが絨毯に座り込み、ダブルベッドへもたれかかっていた。見覚えのある綿のシャツを着た女性。毛布を抱きかかえるようにしていた。

光景の全てに赤色が干渉し、クロハのすぐ傍にまで迫っていた。

確認しなければ、とクロハは思う。

何かの間違いであることを。

クロハは動きのない女性へ近付き、そっと肩に触れた。それだけで、女性は絨毯へ、ベビーベッドを押し退《の》け、崩れるように倒れた。

半ば開かれた両の目と、唇。

唇から粘り気のある血液が、こぼれた。


……姉さん。


どうして姉さんの首筋にささくれ立つような大きな傷があるのか、クロハは不思議に思った。

何故そこから大量の血液が流れた痕があるのか、何故姉さんが人工物のような白い顔をしているのか、分からなかった。
何故姉さんが動かないのか、分からなかった。
あの毛布の塊は。
クロハは姉さんが抱えていたものを見詰める。血の滲む、質量のありそうな塊。
——アイは？
大きすぎる耳鳴りのせいで頭痛がした。
クロハは頭を抱え、うずくまった。

＋

車の中で、ステアリングと携帯電話を握り締めていた。
どれくらいの時間が経ったのか、いつの間にかクロハは警察車両の赤色灯に囲まれていた。クロハ自身が呼んだはずだった。携帯電話で通信指令室へ連絡し、無線でも伝えたはず。けれど、その過程の記憶はほとんどなかった。赤い光がフロントグラスと溶け合い、滲んでいた。ひどく寒かった。

親指が何かに触れ、見ると、携帯の画面には姉さんとアイの画像が表示されていた。ずっとそれを見詰めていたのだった。クロハは目を背け、携帯を上着に仕舞った。

車内に硬質な音が響き、クロハはびくりとする。運転席側の硝子を誰かが叩いていた。

窓を下ろすとノイズの音がした。

雨がアスファルトへ降り注ぐ音だった。それに、班長の沈痛な顔。

忘れものだ、と班長はいい、窓から黒いものを車内へ入れようとする。クロハは怯えた。

靴だ、と班長はいった。玄関に脱いだまま、忘れていたぞ。

クロハは受け取り、しばらく手に持ったままどうするべきか考え、身を捩って片足ずつのろのろと、履いた。そこで休んでいろ、と班長がいい、雨の中に姿を消した。

何故休めといわれたのか、考えることになった。

姉さんが殺されたからだ、と気付いた。

そして、聞いておかなければいけないことを、クロハは思い出した。

車の中から周りを見渡すが、知っている顔はなかった。機捜の人間は皆、情報収集のために散ってしまっている。建物の玄関口に、見覚えのある姿が見えた。管理官だ、と認識するまでには、いくらかの時間が必要だった。

クロハは車両の外へ出た。歩道を走り、エントランスに駆け込んだ。管理官が振り返り、こちらを見た。驚きの表情は一瞬だけで、すぐに沈んだ面持ちとなって、視線を外した。暗い玄関口で、両側面の壁に並んだアルミ製の郵便受けだけが鈍く光を反射し、クロハを圧迫するようだった。

管理官、とクロハは呼びかけた。

「質問があります」

「答えることはできない。お前は当事者だ」

顔も向けずに、管理官はいった。

「質問があります」

もう一度クロハはいい、

「アイは……乳児の遺体は、発見されましたか」

身を裂かれるような心地で、聞いた。

「捜査一課に任せておけ。休んでいろ」

そういうと、管理官が外へと歩き出そうとする。

クロハは咄嗟にそのゆく手を塞ぎ、

「管理官」

と食い下がった。管理官は片腕で、クロハを払うように押し退けた。よろめくクロハは管理官の顔に浮かんだ不機嫌な色を、発見する。

呆然とするクロハの前を過ぎ、管理官はエントランスを出た。捜査員の一人が、慌てて管理官の頭上に傘をかざすのが見えた。

クロハはその場に立ち尽くす。

思考がぼやけた。

景色を眺めるように周囲を見回すと、エントランスには大勢の捜査員が出入りしていて、自分がその邪魔になっていることが、クロハにもようやく分かった。

エントランスの隅へ後退り、壁際に寄った。

捜査員達の動きの残像を、流体を見るように眺めていると、声がした。

「誤認逮捕で苛ついてんのさ」

つまらなそうな顔で天井を見上げるカガがいて、

「取調官の話じゃあ、『鼓動』は自分の作った掲示板を使って、あの骨張った男を味方に引き込んだらしい、とさ。死ぬ前に大きなことがしたい、っていう男の自尊心と低調な精神状態を利用したんだとよ」

一瞬だけクロハへ視線を投げ、

「『鼓動』って奴が、これほど食わせ者だったとはな。本部全体がその嘘に乗っかって、特に現場を指揮した管理官は顔を潰され、あの態度だぜ……」

鼻で笑うが、それもすぐに収め、

「それでもあんたは管理官のいう通りにした方がいいだろ。休んでなよ。座ってた方がいいんじゃないのかい……」

「主任」

クロハはカガの横顔を見詰めているうちに少し自分を取り戻し、

「教えてください……アイのことを。遺体は……」

「どうかね……」

「はっきりいってください」

クロハは一歩前に出て、

「いずれ分かることです」

わずかな可能性に、クロハは賭けていた。

殺人者の目を逃れ、アイが何処かに隠されている可能性。

けれど無音の室内を思い起こす度、それはありえない話だと、心の奥の理性がクロハへ訴えていた。それでもクロハは知りたかった。

本当に自分がこの世で独りになったのか、確かめたかった。

どれほどの覚悟が今後自らの生活に必要となるのか、確かめる必要があった。

「いうなっていわれてんのさ。課長からな。身内のあんたには。休んでなよ」

クロハは思わず、カガの手首をつかんだ。

「私は今も、警察官です。教えて」

このままだと、気が狂ってしまいそうだった。

天井の小さな照明は、俯き加減にクロハを見たカガの表情を、明らかにしなかった。

「見付からない」

顔面を陰らせたまま、カガはいい、

「何処にもいない」

クロハは手を離した。

「毛布の中は……」

「毛布。被害者の傍にあったあれか。中身なぞ、ない。ただの寝具だ。染み込んだ血で重くなってはいたが……」

「赤ん坊を隠せる場所は、他にいくらでも……」

姉さんが隠した、という意味ではなかった。

遺体であることを前提とする自分の台詞を聞き、クロハの心はますます冷えた。

「ない」

カガのいい方に押しつける調子はなく、

「天井裏も確認した。水洗タンクの中まで見た。俺はこう見えてもな、専門家なんだよ。あの住居に遺体は一つしかない」

それがどんな事態を表しているのか、すぐには理解することができなかった。

力なく立つクロハへ、カガはいった。

「連れ去られた可能性が高い。防犯映像を今、見直してるところだ」

カガの言葉により、クロハの全身が熱くなった。

眠っていた全ての細胞が動き出したように。

「目撃者は」

と聞いた。

「ここは防音がしっかりしていてな、周りは何も気付かなかった。車の中ででも休んでいろよ……今、あんたにできることはない」

「目撃者は」

クロハはもう一度、強く訊ねた。

捜査一課は何かをつかんでいる、と思ったからだった。

カガはエントランスの奥を一瞥し、

「……エレベータで擦れ違った人間がいる。時間帯は一致するが、まだ捜査中だ」

「被疑者の特徴は」

「大男。長めの黒髪。灰色の作業服。こう、頭を下げて咳をして、重そうなでかい鞄で顔を隠しながら、外へ出たらしい……なあ、クロハ」

聞いたことのないような落ち着いた口調で、

「あんたが参加しても、他の連中に気を遣わせるだけだ。捜査一課が全力で動いているんだ。犯人が本当にあんたの甥御さんを連れているなら、時間との勝負だろ。あんたがそうやって立ってると、邪魔になる。立ってるだけで凄えとは思うがね……」

「犯人の目星は……」

「さあな」

「犯人は『鼓動』です」

クロハは断言した。

「私に恨みを持つ人間は今、『鼓動』以外にいません」

「恨みだけで考えるなら、な」

とカガはいい、

「捜査一課じゃあ別の犯人像を考えているがね……」

意外な言葉を聞き、クロハは目を細める。

「どんな」

「睨むなよ」

カガは声に力を込めず、そういった。

「これでもな、何とかしようと思ってんだ。こんなことがあるなんてな。どうかしてると本気で思うぜ……」

クロハはまた一歩、詰め寄った。

「全部いわせる気かい……」

カガは舌打ちをして、

「遺体は頸動脈を裂かれていた。死因は失血死。こういえば、分かるだろ……怨恨による犯行じゃないってことさ。あんたの身内は、連続殺人の被害者だ」

「……偶然、被害者になったというんですか」

「だろうな」

「まさか」

クロハは強く首を振り、

「今までの犯行とは、違います。姉さんは睡眠薬を使わない。殺人そのものが目的だとすれば、上階に住む人間を狙うのも、不自然です。逃げる時に、目撃される可能性が何倍にもなるはずだから。むしろ……」

いいかけたクロハは、口を閉じた。

あり得るだろうか、と考えながら、

「むしろ、『鼓動』こそ連続殺人の犯人と考えるべきでは」

不意を突かれたらしいカガは怪訝な表情を作り、

「本気でいってんのかい……」

本当にそうだとすれば。

クロハは、二つの事案に関する全ての情報を記憶から引きずり出そうとする。

頸動脈。睡眠薬。掲示板。自殺。悪意。嘘。

共通点が浮かび上がろうとしていた。

クロハは顔を上げ、

「自殺幇助も連続殺人も、同じ事案と考えることは、できる」

「馬鹿をいう。似てないぜ……一方はきれいな遺体。もう一方は、凄惨な、だろ」

「共通しているのは、最終的な形のことじゃない。構造よ。同じ構造の事案。自殺幇助を計画し、最後には参加した人間達を裏切った。連続殺人も同じ構造だとしたら」

「どういう意味だい……」

「連続殺人の被害者からは、常に睡眠薬が検出されてる。全てひどい犯行なのに、被害者が暴れた形跡はほとんどない。姉さん以外は——」

全ての点を結べ。

「——犯人と被害者には面識があるとしたら。でも捜査を進めても犯人は網に掛からない。ネット上だけの人間関係だとしたら？　記録を消してしまえば、後追いの捜査では探ることができない。そして被害者自身が死ぬことを望んでいたとしたら？　『鼓動』がそれを請け負い、睡眠薬を飲んだ被害者達に、約束した以上の苦痛を与える殺し方をしたとすれば？　自殺掲示板を主催する『鼓動』なら、そんな相談はいくらでも請け負うことができる。つまり」

クロハは息を継ぎ、

「『鼓動』は強い殺人願望を持っている、ということ。欲望を実現するために自ら『蒼の自殺掲示板』を立ち上げ、秘密裏に殺しを続けていた」

「……で、あんたの身内は、あんたへの恨みで殺された、と」

そういったことを後悔するようにカガは表情を歪め、

「分かってるだろ。俺達にいつも必要なのは、証拠だよ。推測じゃない」

「邑上晴加は過去、男に襲われている」

クロハの中で、出来事は次々とリンクを張り、

「青いワンボックスに乗った大男に。その男が『鼓動』だとは考えられない？」

「さあな」

「コンテナの防犯映像は？」

クロハは怯まず、

「灰色の、作業着姿の男が記録されていた。彼が『鼓動』ではないと、断言できる？」

「……遠目から見た画像だぜ。鮮明なものじゃない」

カガはそういいながらも、

「この建物の防犯映像と比べて同じ人物なら、出来のいい方を印刷するように、いってお

く。それでいいだろ」

といった。

「鼻を利かせて足取りを追うんだ」

と続け、

「全速力でな。今するべきは、そういうことさ。犯人が『鼓動』かどうかなぞ、放っておけよ。印刷した防犯映像を片手に周辺調査も悪い考えじゃないが、この場合、ちと悠長に聞こえねえか。足取りだ。今、犯人確保に必要な情報はそれだけだ。どっちへ逃げたか。何処に潜伏しているのか。そうだろ。犯人が幼子の入った鞄を、ずっと抱えている保証はない。いいたかないがね」

クロハは口をつぐんだ。認めなくてはいけないことだった。アイを連れ去る犯人の意図を読むことはできなかった。アイの身にいつ何が起こっても、不思議はない。

「時間がない」

とカガはいった。

「情報は全部公開した。話も聞いた。もういいだろ……」

一階に到着したエレベータへカガは歩き出した。

クロハはその後ろ姿を見ただけで泣きそうになった。引き止めなければ、と思い慌てた。

とにかく話題を探した。

「フタバさんは、何処に」

カガと共に行動するはずの、同僚。その不在に、クロハは口を開きながら、やっと気付いたようなものだった。

カガは立ち止まり、ぽつりといった。

「野郎、一課を辞めるとさ」

クロハが言葉をなくしていると、カガは重た気な息を吐き、

「さっきまではここにいた。ここで何が起こったか聞くとフタバの奴、飛び出しちまった。元々肝の小さい奴でな。誰かの尻に張りついて、死体から目を逸らして何とか刑事の振りをしていたってだけの男だ。それでも、今回は分からなくもないがね。家族の傍にいたいってよ。転属願を出すつもりか、もしかしたら警察を辞める気なのかもしれねえな……」

カガはそういうと、エレベータに乗り込んだ。もう一度、現場へ向かうつもりのようだった。同じことをする勇気は、クロハにはなかった。

ぼんやりと、上昇を始めたエレベータを見送る。

再び、クロハの意識は曇った。

世界が動く速度に感覚が追いつかず、全てが残像として見えるようになった。

他にいくべき場所もなかった。

車へ戻りながら、クロハはよろめいた。両脚にうまく力が入らなかった。

運転席に座ると、クロハはステアリングへ額を押しつけた。ただ待っていることが、堪らなかった。何か一つでもできることがあれば、と思わずにいられない。

髪の毛の先から水滴が、膝へ落ちた。いつの間に髪がそれほどの水分を含んでいたのか、クロハは全然気付かなかった。ふと視線を上げると、車の前を横切る制服警官と目が合った。制服警官はすぐに視線を逸らした。誰もがクロハを避けているようだった。

何もかもが、耐え難かった。

アイ、と心の中で、クロハはその名前を呼んだ。

焦りが膨らみ、心の全てを占めようとする。ステアリングで重い頭を再び支えた。

考えろ。クロハは両瞼を閉じた。

『鼓動』へ近付くための術《すべ》を。

始まりは、郊外の集合住宅。その一室。

＋

首から大量の血を流す遺体。
コンテナの迷路。鋼鉄製の迷路。
凍死体。女性の首筋に、傷。
スギさんに案内された、第二の殺人現場。大量の出血。
生き残った者。キリの言葉。
滴る血。心臓の分身《アバター》。
雨と鉄とコンクリート。
『鼓動』の嗜好に適う場所。

――後は……ものの質感、の話くらい。

クロハは車のエンジンを始動させた。重い振動が背中を震わせる。
高い塔と瓦礫。
似ている、とクロハは思う。
警察官達の注意を引かないように、クロハはゆっくりと車を発進させた。
徐々に速度を上げる。

フロントグラスを雨の粒が、次々と滑り昇る。

＋

雨が両目の中に流れ込み、そのせいで景色は全て霞んでいた。手のひらで払い続けた。鋼鉄製の迷路の中、クロハは立ち止まった。叫び出したい衝動を抑えるためだった。レンタル・コンテナの群れは、『鼓動』の嗜好に合うだろう、クロハの知る唯一の場所だった。

敷地内の少ない照明が、雨に濡れるコンテナ群を部分的に照らし、生物的に見せていた。クロハは歩道から、すでに撤去された冷凍コンテナの跡地まで歩き、また元のところへ戻るのを繰り返していた。耳を澄ますことも忘れなかった。アイの泣く声が金属の箱のどれかから聞こえるかもしれない、と思っていた。けれど耳に入るのは、鋼鉄とアスファルトを叩き続ける雨の音だけだった。

雨滴は、痛みを覚えるほど強くクロハへ降った。

人気《ひとけ》のない歩道に沿って停めた警察車両が、見えていた。製油所の蒸留塔の灯火が背景となっていた。現実離れした光景だった。

ここを『鼓動』が利用するのは、実用性のためだけではないはずだった。この非現実的な金属の質感にこそ、『鼓動』は引き寄せられたはず。

そしてクロハは、自分がどれほど可能性のない邂逅《かいこう》に賭けているのかに思い至り、愕然とした。体を支えていた気力は、もうほとんど尽きていることを知った。

膝の力が抜け、地面へ倒れそうになった。寸前で踏みとどまることができたのは、クロハの視界の隅に、今までにないものが映り込んだためだった。

傘を持たない男が一人、歩道を歩いていた。

両手にそれぞれ、何かを持っている。

男が近付くにつれ、見て取ることができるようになった。片手の内にあるものは、飲料水の缶。もう片方の手が持っているのは、大型の回転式拳銃《リボルバー》。

大柄な男。『鼓動』ではなかった。

クロハは腰のポーチに右手を入れた。中で、自動拳銃の銃把を握った。男の進路を遮るために、クロハは足を踏み出した。

迷路の中から両手で拳銃を構え、カネコの胸を狙った。

「銃を捨てなさい」

足を止め、カネコはクロハの顔を見た。

「お前か」

と雨音に紛れてしまいそうな声量で、いった。

「銃を捨てなさい。今すぐ」

いわれたカネコは不思議そうな顔で、自分の手中にある黒鉄色の塊を見詰めた。何の未練も見せず、放り出した。クロハの前で、小さな水柱が起こった。

「こんなものを、ずっと持ち歩いていたのか」

人ごとのようにカネコがいい、

「どうりで体が重いはずだぜ」

クロハは水たまりの中の拳銃を拾わなかった。油断は一つもするべきではない。銃を蹴り、迷路の奥へやった。カネコはクロハの様子を、見ようともしなかった。

街灯の黒い支柱に背中を預け、缶の蓋を開けると、口をつけた。

クロハは銃を下ろした。ここでカネコと出会った理由を考えていた。

「ボスはどうしたの」

と訊ねた。

「タカハシさんは死んだよ」

カネコはそういった。

「どうして……」

「殺されたからさ」

カネコはもう一口飲んだ後、

「今度はあんたの出番、ってわけだ」

カネコは空を小さく指差し、

「いけばいい。奴もあんたを待っているだろうよ」

「……私が誰を追ってるのか、知ってるの」

「同じさ」

とカネコはいった。炭酸飲料水の缶を少し振り、

「最初から同じだ。俺等が追ってる奴も、お前が追ってる奴も。タカハシさんがそういってたぜ。いや、奴はもう俺の目的じゃねえ。俺は降りたんだからな」

クロハはカネコの視線の先を、見上げた。高層建築が、港湾振興会館が街灯のわずかな明かりを受け薄らと、厚い雲を背景に、聳え立っていた。

以前に見たものとは何かが違うように思えた。目に入る雨のせいで、細部を見ることはできなかった。二本の柱が上部で繋がるような独特の形状にも、青く塗装された建物の外

壁にも変化はなかった。けれど何か何処かが変わったように、クロハには思えてならない。

……あそこに『鼓動』がいる。

「銃があっても腕がなきゃ意味がねえ。本当だな」

カネコは悔しそうに、

「タカハシさんのいうことは、いつも正しいのさ。間違っていたのは、今回だけだ。奴は俺が殺す、ってな。逆になっちまった」

「『鼓動』は何か……何かを抱えてなかった？」

クロハは焦り、聞いた。

「知らねえな」

カネコは吐き捨てるように、

「俺は奴の姿自体、ろくに見てもいねえよ。先に二人を降ろしてな、駐車場の隅に車を停めている間に、全部終わってたんだ。物陰から、あっという間に」

「『鼓動』の武器は何……」

「工具さ。でかい工具だ。今は分からねえよ。タカハシさんとスエの持ってた得物も、今じゃ奴のものかもな」

「道案内、してくれる……」

「やっとここまで、逃げて来たのにか」

だらしのない笑みを作り、

「やっと生き残ることができたのに、か。まさかな。追い詰めたと思ったのが、油断だよ。あそこは奴の古巣だ。俺は色んな連中を見てきたつもりだがな、奴はおかしいぜ。ためらいってもんがねえ。これっぽっちもねえんだ……本当に奴を殺る気なら、もっと大勢で囲んで、時間をかけて引きずり出すんだな。それでも奴の逃げ足の方が速いだろうよ。頭の切れる奴だ。見たことのないくらい。タカハシさんが焦っていなけりゃな……」

クロハの脇腹で、振動するものがあった。ジャケットの上から片手を当て、確かめる。携帯電話が着信を知らせていた。銃を持っていない方の手で取り出し、液晶画面に表示された人名を確認したクロハは、恐怖に身を竦《すく》ませた。

姉さんの名前が光っていた。

「奴だろ……」

カネコはクロハの表情を読んだらしい。缶を歩道へ落とし、

「そんな気がしたんだ」

カネコは背中を街灯から離した。

「幸運を祈ってやるよ。お前が奴を殺せるように」

といって歩き出し、

「そうじゃなけりゃあ、お前が苦しまずに死ねるように、な。タカハシさんは、楽には逝けなかったからな……」

カネコはクロハの前を過ぎ、そのまま歩道の上を進んだ。

背広の上着に両手を差し入れ、上半身を丸め、その姿は徐々に雨の斜線に紛れていった。

クロハはその後ろ姿を見送るのを、やめた。

着信ボタンを押すには、全精神を懸けるほどの勇気が必要だった。

小刻みに揺れる親指でつぶすように、携帯へ触れた。強く耳に押し当てた。

クロハユウか。

太い声がそういった。緩慢に再生した音声のようだった。

「今、何処にいる」

『鼓動』の質問に、

「コンテナよ」

クロハは短く答えた。声は少し震えたかもしれない。

「いい読みだ」

と『鼓動』はいい、

「ずっとそこにいたな。お前だったのか」

クロハははっとして、高層建築の、その上部を見上げた。

「いい読みだ」

『鼓動』は同じことをいった。考えられないほど冷静な口調で、

「ここへ来い。俺はお前を、殺さなければならない」

「アイは……そこにいるの」

「お前を呼び寄せるためにな」

『鼓動』はそういった。

「ここへ一人で来い。仲間に知らせるなよ。ここからは、埋め立て地のほとんどが見渡せる。お前以外の車両、お前以外の人間が建物の敷地に入ったら、こいつは死ぬことになるだろう。必ず一人で来い。最上階にいる」

通信が切断された。

お前を殺さなければならない。

『鼓動』による死へのいざないを、クロハは確かに聞いた。

しかし、考えていたのは別のことだった。

アイが生きている、ということだけをクロハは思っていた。

期待と緊張がクロハの全身に、痺れるような感覚を与える。

何も迷うことはなかった。視線を落とすと、片手は自動拳銃の銃把を、指が白くなるほど強くつかんでいる。怒りが蘇った。


アイを取り戻す。

それ以外は、考える必要のないことだった。

＋

港湾振興会館の前には、アスファルト製の広大な駐車場が敷設されていた。

車はほとんど存在しなかったが、片隅には夜に溶けるように、主をなくしたフル・スモークの黒いクーペが停まっていた。

港湾振興会館の下部は、二つの建造物が並んで立つ形となっている。片側の建物、大きな玄関口がよく見える場所に、クロハは警察車両を停めた。

いわれた通り、クロハは県警本部へ何も知らせなかった。アイを見付けるまでは、アイの生存の確率が少しでも下がる要素を一つも持ち込むつもりはなかった。

どんな手を使っても、自分の力だけで『鼓動』を確保するつもりだった。

きっと自分の動きは、『鼓動』に監視されていることだろう。車の扉を開けた時から、『鼓動』の視線を意識した。鳥居の笠木のような振興会館の上部構造にも、クロハはほとんど視線を送らなかった。拳銃を持った手を上着の中に隠し、それでも自然な動きとなるよう、どんな意図も悟られないよう、クロハは足を踏み出した。

ほとんど眼球だけで、周囲を注視する。

『鼓動』の攻撃性を、クロハは忘れていなかった。アイの生存以外、何も信じるつもりはない。『鼓動』が何処に潜んでいるか、知れたものではなかった。

植え込みの段差に片腕を乗せ、人が倒れていた。うつ伏せになっているが、小柄な体型はスエだろう。大量の血液に浮かぶようだった。逃げる途中に襲われた、と見えた。

玄関口の自動扉は開かなかった。クロハは建物に沿って歩き、入り口を探した。回り込むと、開け放たれた通用口が見付かった。

硝子の周りを銅色のフレームが囲む扉。荒らされた形跡は見当たらない。

ここは『鼓動』の古巣だ、とカネコがいっていたのを、クロハは意識する。『鼓動』はこの会館で働いた経歴がある、ということを意味していた。『鼓動』には自由に出入りできる備えがあり、施設内を熟知している、という事実を。

港湾振興会館の中は闇で満ちていた。街灯の照明が差し込んではいたが、状況を知るには足りなかった。クロハは少し迷った後、機捜の装備を取り出した。右手に拳銃を持ち、左手に小さな電灯を持つ。闇に目が慣れるのを待っている時間はない。

光量は弱くとも、大理石模様のタイルの敷かれた広いエントランスが、クロハの前に姿を現した。奥には、硝子ケースで仕切られた中に巨大な頬白鮫の剝製が飾られていた。クロハは自分の息遣いを抑えなければならなかった。

エントランスの中央に、人が倒れていた。

クロハは身を低くしつつ、近付こうとする。すぐに足を止めた。

タカハシが倒れている、と見えたからだった。横向きになり、何度も身を捩《よじ》った跡があった。床の血が、動いた手足のために引き伸ばされて奇怪な模様を作っていた。

氷のようなその男が床でのたうち回る光景は、クロハの想像を超えていた。目の当たりにしても、信じることができなかった。

タカハシは銃を握っていた。カネコの捨てた回転式拳銃と同じ型だった。スエの手には拳銃がなかったことを、クロハは思い出す。

電灯を消した。暗闇にも何とか目が慣れてきたように思えた。膝をついたまま、ゆっくりと辺りを見渡した。焦りを呑み込む。

雨の音が、建物内にも響いていた。

受付らしきものがあり、その反対側の自動扉の硝子の先に、エレベータ二基が並んでいる。誘導灯のわずかな光を受け、金属製の扉が淡く輝いていた。

クロハは姿勢を低くしたまま動き出した。身近な壁を目指し、そこからは壁沿いを歩いた。自動扉はすぐに開いた。扉を動かすためのモータの唸りの音が、恐ろしく聞こえた。

エレベータは二基とも、一階に降りていた。階数を示すランプが、不自然なほど明るく見えた。壁にアルミ製の案内図が貼られている。奥の暗がりが階段であることを、クロハは知る。円形のボタンを押すと、二つの扉が同時に開いた。

クロハは銃を構え、それぞれの内部に誰もいないことを、素早く確認する。

一方の中に入るとクロハは最上階のボタンを押し、すぐに別のエレベータへ乗り換えた。双方のエレベータに、同じ動きをさせるつもりだった。

扉が閉まると、ずっとクロハを苛《さいな》んでいた圧迫感が、いっそう強くなった。

エレベータの上昇が開始された。

クロハは深く息を吸い、吐いた。

振り返ると、硝子を通して外の景色が窺えた。地面が勢いよく遠ざかってゆく。

クロハは、最上階から一つ下の階数ボタンを、押した。

そこから階段で、『鼓動』の元へ向かうつもりだった。

表示される階数が増えるにつれ、クロハの気持ちはむしろ冷えていった。

目を閉じると、姉さんに抱かれ当惑したアイの顔が、瞼の裏に浮かんだ。

アイはもう何時間も、食べものを口にしていないはずだった。

失敗は許されない、と思う。

話し合うつもりも、取引をするつもりもない。

確保と救出だけを考えていた。

拳銃の使用にも、躊躇する気はなかった。

+

閉じかける扉の隙間を抜けてエレベータを降り、闇の中へクロハは進入した。

食堂のある階だった。雨雲を背景に、食卓に椅子が載せられ片付けられた様子が影絵のように見えていた。誘導灯の明かりと、壁の手触りを頼りにクロハは歩いた。階段が頭上へ伸びていた。『鼓動』とアイへ繋がる、暗闇の道。

クロハは段を踏む。足音を消し、それでも速度を落とさないよう、最上階を目指す。拳銃の感触を意識しながら踊り場に立つと、飛沫が、クロハの顔に触れた。風があった。

屋内に、あるはずのない感覚。

目的地に近付くにつれ、耳鳴りのような音が強くなってゆく。

最上階の床に足裏を乗せた。そこから無人の受付カウンタが見えた。気配を窺いながら移動し、クロハは階の構造を把握しようと努める。最上階は展望室だった。

外壁に沿って主通路が一周し、クロハが気配を窺いながら立つ場所は建物内部の、連絡通路となっている。通路の先に、外の光景が見えていた。海と製油所の蒸留塔と、その明かりを反射してほのかに赤く光る一面の雲があった。

ゆっくりと、クロハは足を踏み出す。巨大な望遠鏡が風景の前に並んでいた。その奥から殴りつけるように、風と雨滴がクロハへと降りかかって来る。

小石を踏むような感触があった。がりがりと奇妙な音がした。

足下へ視線を落とすと、床一面がきらめいていた。

透明な小石のような、硝子の破片だった。

主通路へ近付いたクロハは、風雨を防ぐはずの強化硝子が消え失せているのを、発見する。視野に入る全ての窓硝子が失われていた。主通路の床から連絡通路の一部までを、硝子の破片が埋めている。

『鼓動』の仕業《しわざ》だろう。展望室の窓硝子全部を、砕いたのだ。

風が高く低く鳴り続けていた。

鋭利な部分の少ない耐熱強化硝子の破片の上を歩いても、物理的な危険はなかった。クロハにとっての不利は、音だった。

主通路へ向けて一歩進む度、接触した爪先と硝子が、風雨を貫くように鋭い音を発生させた。クロハは狼狽《うろた》えたが、唇を引き締める以外、どうしようもなかった。

クロハが秘かに行動する方法は消えた。軋む足音とともに歩を進める他はない。

主通路へ入った途端、異様な気配に気がついた。

風雨が塊となって襲いかかって来たようだった。

クロハは後ろへ倒れ、その一撃を避けた。

硬い接触音がして、硝子の破片がクロハの視覚の中を飛散した。振り下ろされた鉄梃《バール》。

待ち構えていた『鼓動』の襲撃だった。一瞬、『鼓動』の横顔が見えた。

何処にも丸みのない厳つい顔立ちは、すぐに通路の壁へ隠れた。

破片を踏む音。足音が遠ざかる。

クロハはすぐに立ち上がろうとして、激痛に呻いた。

咄嗟《とっさ》に床へ突いた左の手のひらに、何かが刺さっていた。強化硝子の破片ではなかった。

鋭い切っ先を備えた、また別の種類の硝子だった。

『鼓動』の仕掛けだ、とクロハは悟った。

大量の破片の役割は、警報としてだけでなく、ところどころに混入させた鋭利な切っ先を、隠すためのものでもあった。

声を殺すには気力が必要だった。食いしばった歯の隙間から悲鳴に近い唸り声が漏れた。硝子は手のひらを貫通していた。拳銃を握ったままの指の先で引き抜こうとすると、脂汗が全身に滲んだ。多量の血が滴《したた》り、左手が脈打ち、その度に新しい血が流れた。

クロハは赤く染まった破片を投げ捨てた。

息を整えながら、片手でも銃は撃てる、と自分へいい聞かせた。ずっと訓練してきた射撃競技は片手撃ちが基本なのだから、と。

壁を支えにして立ち、耳を澄ませる。風の音、雨の細かな衝突音以外、また何も聞こえなくなった。

クロハユウ、と呼びかける大声がした。

聞いたことのないくらい、低い声だった。

「お前は間抜けだ」

『鼓動』がいい、

「お前の情報を探るのは、容易《たやす》い」

言葉はクロハに、一つの場面を思い起こさせた。

コンテナの迷路を映したTV。その中で、捜査員へ状況を説明する自分の姿。

その場面を起点として、『鼓動』は私を調べ上げたのだ。

自らの情報管理の甘さを、思い出した。『鼓動』の調べは姉さんとアイにまで及び、そして姉さんは命を失うことになった。

クロハの眼縁に涙が溜まった。俯くと零《こぼ》れ、頬を伝った。

「だがここまで来た。間抜けの中じゃあ、できる方だ」

声は壁を隔て、届いた。遠い距離ではなかった。

「俺の質問に答えろ。答えれば、あのちびを返してやる」

あの？　クロハはそのいい方が気になった。ここにはいない、という風に聞こえた。

簡単に動き出すことは、できなかった。先に動いた方が、その行動を知らせることになる。圧倒的な不利を被るはずだった。

「俺はお前等とは違う」

『鼓動』はそういい、

「視点が違う。お前等の視点は一方的で広がりがない。その視点で、俺をどう思う。どんな人間に見える……」

「……何人殺したの」

『鼓動』はクロハの問いが聞こえないように、

「子供の頃には、もう気付いていた。この世に俺の居場所はない、ってな。野良猫を殺して楽しむのは、俺だけだった。絞り出した血をボトルに溜めていたのも。お前等が誰かの裸を見て興奮するのと同じだ。そのために、ずっと何かを殺し続けなければ生きていけない。これは特別なことだ。お前に理解できるか。どんな人間に見える」

クロハは言葉を選びながら、

「治療の必要な人間、には見える」

「治療だと。やってみろ。できるものなら」

怒気が声に含まれ、

「母親に連れられて治療にもいったさ。精神安定剤を飲んだ。後は主治医との雑談だ。それで何が変わると思う？　この衝動が異常なら治療したい、と思ったのは俺自身だ。この苦痛がお前に理解できるか。診察を受けて変化したのはな、たったひとつだけ、全く別のことだ。俺自身の姿勢さ。衝動が消えることはない。だから隠すことで、俺は世の中と折り合いをつけたんだ」

クロハは雨で滑る銃把を、握り直した。もう片方の手を添えるわけにはいかなかった。今も流れ続ける血が、照準の邪魔になるだろう。体じゅうの血液が流れ出るのではないかと思えるほどの血溜りが、クロハの足下で広がり続けていた。

「五年前に女を殺した。それだけで、俺がどれほど満たされたか、お前に想像できるか。いってみろ」

『鼓動』の声は大きくなっていった。獣が吠えるかのようだった。

「折り合いがついているようには、見えない」

クロハも大声を上げた。駆け引きに時間を費やすよりも、即座に本音を引き摺り出す気になった。

「つけたさ。その後の五年間、何も殺さず、繰り返し思い出すことで、俺は折り合いをつけた」

『鼓動』が固唾を呑む音が聞こえたような気がした。重さを増した声が、

「平穏でもあり、恐ろしい時間でもあった」

「そのまま、ずっと過ごすべきだったわ」

「思いついたんだ。ただ一つの方法を。誰も殺さず俺を救済する、唯一の方法だった」

冷凍コンテナによる集団自殺計画のことをいっている、とクロハは察した。

「でも、あなたは満足できなかった。凍死体の首筋にも、工具を打ちつけた跡があった」

凍った遺体へ向けて、欲望をぶつけた跡。

「だから、自殺志願者達を殺し始めたのね」

「衝動はむしろ膨れ上がることになった。俺の罪は認めるさ。だが、それほど重くもない。死んだ人間と俺の思想は同じだ。死にたい奴が死んだまでだ」

「それなら」

クロハは男の声に足音が重なるよう、少しずつ移動を開始した。

「彼等を騙す必要はなかったはず。記念碑を揚羽擬蛾に置き換える必要も、苦痛を与える殺害方法を選ぶ必要もないはずよ」

「夜に飛ぶ蝶。輝く翅を持つ蛾。どちらも変わらない。深刻な話じゃないだろう？　奴等がどう捉えようが、奴等の勝手さ。誉《ほ》むべきは、冷凍に至るまでの仕組みの方じゃないか。

捕らえた蝶を傷付けず殺すには、パラフィン紙に包み冷凍する。俺が奴等によく似た手順を用意したのを忘れたか？　奴等は、奇麗な蝶になれると最期まで思っていたよ。死者は何も考えず、何も望まない、だろ。奴等にとっては同じことさ。苦痛が少しばかり増そうが、結局すぐに命は消える。違いはたった数秒でしかない。これは俺自身の必要性だ。それで俺はまた少しばかり余分に、満たされる。もう一度聞こうか……」

クロハは主通路に入ったところで、足を止めた。視界が開けた。工場の灯火も街明かりも道路上の車の流れも、遮るもののない窓からの展望が、生々しかった。

『鼓動』の次の言葉を待った。声の方角からすれば、『鼓動』はフロアの中央にいるはずだった。広い空間になっているらしき様子が、クロハの位置からも窺えた。大きな机のような形で、港湾周辺の縮尺模型《ジオラマ》が、中央に設置されていた。

その傍らに、『鼓動』はいる。

「殺人は地獄だ。衝動を耐えることも、地獄だ。地獄であることは理解している。だがお前等は俺を理解しようとしない。そこから動くな」

クロハは足の運びを止めた。けれど移動を察知されたことは、もはや気にならなかった。

「俺は何者だ？　俺はお前と同じ人間か？　そこから答えろ」

「……あなたの衝動を、私は理解できない」

クロハは言葉を飾らなかった。

「もしあなたが同じでありたいと思うなら、武器を捨て、床に伏せなさい。それに……約束を守って」

クロハの心臓が一度、大きく鳴った。

「アイが何処にいるのか、教えて」

「銃を捨てろ」

『鼓動』がいう。

「窓から捨てるんだ。俺から見えるように」

クロハは手中の自動拳銃をしばらく見詰め、

「……それはできない」

といった。

「捨てれば、私は殺される」

自分の死は同時に、アイの死も意味するだろう。

「賢いな。意外なことだ」

高ぶっていた『鼓動』の声が元へ戻り、

「では、譲歩しよう。携帯を捨てろ。外へ捨てるんだ。それで、全ての契約は成立する、としよう」

クロハは左手で上着の内側を探り、携帯電話を抜き出した。携帯を握った途端、鋭い痛みが走り、止まらない血で滑り、床の血溜りへ落とすことになった。

「拾え」

まるで見えているように『鼓動』がいった。

クロハはいわれた通りにした。風雨に叩きつけるつもりで、携帯を外へ投げ捨てた。

「捨てたわ。見えたでしょ」

クロハはそういった。祈りを込め『鼓動』へ、

「アイの居場所を……」

『鼓動』の気配が、小さく笑ったように思えた。

もう死んだよ、と太い声がいった。

「俺が嘘つきなのは、お前も知っているはずだろ。ここにはいない。鞄に詰めたまま殴り殺して、車から捨てた。簡単なものさ」

怒りが、クロハの意識を霞ませる。

床を蹴り、フロア中央へ躍り出た。

『鼓動』が鉄梃を捨て、回転式拳銃の銃口をクロハへ向けるのが、見えた。走りつつクロハは引き金を絞った。立て続けに、銃声が起こった。

縮尺模型の陰へ、勢いを利用して転がり、隠れた。

息が詰まり、激痛が走った。『鼓動』の放った弾丸が命中したのではなかった。

床の硝子片が新たに、クロハの背中に突き刺さったのだ。

見渡せば、縮尺模型を囲むように置かれた記念品を納める硝子ケースがことごとく砕かれ、金属製の枠を残すだけとなっていた。

クロハは苦痛の声を小さく上げた。

刺さった破片は一つではなかった。背中の最も強い痛みは、肺の近くまで届いているように感じた。痛みと悔しさが、クロハの眼縁へ新しい涙を送った。外した、と思った。外すはずのない距離で、クロハの銃撃は的を逸れた。信じられないことだった。

胸の息苦しさとともに、その理由をクロハは理解した。技術的な失敗ではない。こんな状況にあっても、人を撃つ、という事実がクロハの手元を狂わせたのだった。

クロハの銃を持つ腕が、震え始めた。怒りと同じ量の恐怖があった。

撃たなければ殺される。クロハは跳ねるように立ち上がり、銃口を『鼓動』へ合わせたつもりだったが、銃の先には誰も存在しなかった。黒い海が眼下に広がっていた。

姉さんも、アイもいない世界。

今まで感じたことのない孤独が押し寄せ、クロハの全身の皮膚を冷や汗が包んだ。恐るべき感覚だった。身震いが止まらなかった。

硝子を踏む足音がした。遠回りに、クロハの周囲を移動していた。

クロハは気配だけを頼りに振り向き様、引き金を引いた。

破砕音とともに、縮尺模型の一部が割れた。銃撃ではなかった。投げられた鉄梃が回転しながらクロハのこめかみをかすめ、縮尺模型に突き立ったのだ。振り向く瞬間に姿勢が変わらなければ、クロハの頭部を砕いていたはずの一撃。

ためらいがない、といったカネコの言葉を、クロハは思い出す。また震えが蘇った。

恐れとともに一つの手応えを感じていたからだった。

クロハが放った銃弾は鈍い音を伴って、真っ黒な影となった大男の何処かを、確かに撃ち抜いていた。致命傷だとは思わなかった。それでも自分の動きによって人を殺しかけた、ということにクロハは愕然としていた。

これが『鼓動』との違いだ、とクロハは知る。

人を傷付けることへの、ためらい。その有無が、『鼓動』と私を隔《へだ》てている。

「擦《かす》っただけだ」

『鼓動』の声がする。

本当かどうかは判断できなかった。声はまた壁の向こうに移っていた。

「いい腕だ。人殺しの腕。俺よりも、本物だな」

クロハは震えを抑えるよう努めていた。落ち着け、ユウ。

「銃を持ったお前は、危険だ」

『鼓動』がいった。

「追うなよ、俺を」

「……何をいっているの」

「逃げるんだ。できるところまで、な。この建物に入ったのは、ごろつきどもを待ち受けるため、それに、保管された俺の履歴書を細切れにするためだ。もう済んだよ。これで、今の俺を完全に表す映像は一つもない。俺を追うのは、より難しくなった。となれば、どうにかなりそうだ、とは思わないか」

「不可能よ。あなたは捕らえられ……」

「捕まれば、俺はこう主張する。俺が関わった人間は全員、自殺志願者だ。お前の身内もそうだった、と主張する。例外は多数に紛れるだろう。だがそれ以前に」

『鼓動』の、身じろぎする足音。

「逃げてみせるさ。お前に俺を追うことはできない」

背中の痛みで、呼吸が難しくなっていた。それでも、『鼓動』を逃がすつもりはなかった。クロハは硝子の欠片を踏み躙《にじ》り、駆け出すための機会を計った。

『鼓動』は笑みを含んだ声色で、いった。

「素晴らしい話をしてやる。赤ん坊が生きている、といったらどうだ？」

クロハは動きを止めた。

そうせずにはいられなかった。『鼓動』の声に、意識の全てを集中させる。

「そろそろ、体力も持たないだろうな。どうする」

クロハは混乱していた。何をいうべきなのか、言葉にならなかった。

「俺は嘘つきだといったろ……赤ん坊は屋上にいる。雨の中に、俺が置いた。鞄から引き出した時には、もう大分弱っていたな。信じるなら、お前が昇った階段から、屋上へ進め。俺は反対側の棟を降りる。それで、お別れだ」

クロハは迷った。けれど選択の余地などないことに、すぐに思い至った。

「生きているといいな」

という『鼓動』の声が、足音を携え、遠ざかってゆく。最後の言葉が投げかけられる。

「今度はお前が丸腰の時に、会おうじゃないか」

心は疑いで一杯になっていた。それでもクロハは踵《きびす》を返した。

屋上を目指す。


「アイ」

とクロハは思わず口にしていた。

＋

放水用器具の場所を示すための赤いランプだけが、階段を照らしていた。

踊り場からクロハの見上げる先に、扉があった。視界は全て、赤く飾られていた。

手摺をつかむが、手のひらの血のせいで滑り、ほとんど役には立たなかった。右手は拳銃を握り続けていた。『鼓動』の動きを、今でもクロハは警戒していた。

金属製の段を踏む足音が狭い空間に響く。機械の作動音が耳に入る。扉の握りをつかむと、施錠されていないことが感触で伝わる。

押し開けた。

勢いのあるたくさんの雫がクロハの顔を叩いた。目を開けていることが、難しかった。

屋上は高い柵で囲まれていた。視界を塞ぐ多くの設備があった。空調の、大型の室外機が集まり、入り組んだ地形を作っている。それぞれの内部でファンが回転する音が強風と合わさり、轟音を奏でていた。

アイ、とクロハは呼んだ。

泣き声は、聞こえなかった。雨の染みる手のひらを両目の上にかざし、名前を呼びながら、クロハは小さな迷路の中を走った。

開けた場所にクロハは辿り着く。

そこに、白く何かが固まっているのを見た。

動いてはいなかった。

クロハは立ちすくんだ。拳銃が、手から滑り落ちた。

ついに膝を突き、クロハは声を上げ、泣いた。悲鳴でもあり、怒号でもあった。頬の上では、涙と雨の区別もつかなかった。

全ての意味を失った、と思った。

全部、こぼれ落ちてしまった。

アイはタオルで包まれ、くしゃくしゃに潰れたボストンバッグの上にいた。

薄い肌着を着た仰向けの上半身が冷たい雨に晒されていた。横顔が見え、頬が赤かった。

クロハは涙を拭った。

空へと、アイの片手が突き出された。

その腕を振り、金切り声とともに、アイはうつ伏せになった。両手をコンクリートに突っ張って、頭を起こした。

クロハの方を見た。アイの泣き顔。真剣に生を求め、もがく姿だった。

クロハは拳銃を拾い、立ち上がった。

アイを抱きしめるために。

＋

階段へ、クロハは駆け込んだ。アイの体はひどく熱かった。

紫色の唇を震わせる泣き声も途切れ途切れで、生命力を失いつつあるように見えた。

クロハは銃を床に置き、その手で自分のシャツの前を、ボタンを引きちぎることで開いた。アイに掛かったタオルも、肌着も捨てた。水分を含みすぎ、体を保護する役割はなくなっていた。

裸にしたアイを、クロハは直接肌に触れさせた。ペンダントの真珠が、アイとクロハの小さな隙間へ水滴のように落ちた。アイの体温が伝わり、クロハの心も熱することになった。上着で隠すようにして、アイの腰を片手で持ち、空いた手は再び拳銃を握った。

背中の神経が訴える強い痛みを、無視することはできた。

アイが大人しくなった。静かな呼吸はクロハの心臓に届いていた。

急がなくてはいけない。展望室まで降りると、受付の受話器を、銃を持ったまま取り上げた。スピーカからは雑音さえ聞こえなかった。

クロハは受話器を置いた。『鼓動』は全てを計算している。携帯電話を手放させたのは逃げる時間を長く設けるためだろう。

……もしそうではないとすれば『鼓動』は何処かで私達を待ち伏せている、ということ。

クロハは銃把を握り直した。顎を引き体を丸め、濃い睫毛を見せて眠るアイの顔を、確認した。

次は確実に当てるだろう。

エレベータで直接、一階へ降りた。

＋

階数ボタンの裏に隠れ、エントランスの様子を窺い見た。透き通るように、景色がよく見えた。これほど感覚が鋭敏になったのは、初めてのことだった。

クロハとアイ以外、誰の気配もなかった。『鼓動』が逃亡したことを表しているはずだったが、何かがおかしかった。

消えているものがある、とクロハは気付いた。銃口とともに視野の先を凝視した。

体を捩って息絶えていたはずの、遺体がなかった。

タカハシが消えていた。

エレベータから出たクロハは、壁に張りつくように歩いた。タカハシが倒れていた場所には、固まりかけた黒い血だけがあった。その血痕にも変化があった。手のひらと靴裏の形で、通用口の方へ点々と続いていた。クロハはその跡を追い、壁沿いに進んだ。

タカハシの足跡は、扉の外で消滅していた。

未だ強い雨が、地面を洗い流している。

タカハシは消えてしまった、とクロハは思った。

警察車両に辿り着き、暖房のスイッチを入れた時、クロハはそれを見付ける。

自分の見出したものに、目を凝らした。

クロハが昇り、降りた建物と対になった、もう一方の棟の玄関口を覆う硝子の一角が破壊されていた。その奥の床に、街灯をよく反射する真新しい血液が大量に広がっていた。けれど、いくら目を凝らしても、それ以外の変化は認められなかった。遺体も怪我人も見えなかった。

もう一つ、気付いたことがある。

フル・スモーク、漆黒のクーペが、駐車場からなくなっていた。

関わるべきではない、というほとんど本能的な気分が起こった。

人ではないもの同士の争いの痕跡を、見た思いだった。

『鼓動』はタカハシによって、地獄へ引きずり込まれたのだ、と思った。

胸の中で、アイが泣き出した。

クロハは幽冥との境界を見詰めるのを、やめた。拳銃を腰のポーチに収めた。

少し背を倒した助手席に、アイをそっと置いた。

ダッシュボードから取り出したビニルシートを、小さな体の上に掛ける。
フロントグラスを打つ大粒の雨にも負けない声量で、アイは泣いていた。
クロハは警察無線のマイクロフォンを、手に取った。

終章

雨が続いていた。止むはずはなかった。

それともじきに、この全てが消失することになるのだろうか、とアゲハはそう思う。

水溜りに広がる波紋のアニメーションも。

全ての構造物を飾るテクスチャも。

雨も瓦礫もパイプも金網も塔も、あの酒場も。

入店する前から、カウンタの奥に立つ管理人の姿は見えていた。

アゲハは脚の高い椅子に、腰掛ける。

「待っていれば、会えると思っていた」

管理人がいった。管理人の分身《アバター》は影そのものだった。輪郭の曖昧な、立体感のない黒いだけの分身。

この人物に相応しい格好、とアゲハは感じずにいられなかった。

「私的な訪問ではないのだろう？」

管理人がいった。

「そう」

アゲハは答えた。公的としかいいようのない訪れだった。

「ここは本部の大会議室。自宅じゃない」

アゲハ＝クロハは隠すことなく、

「今、私の周りには捜査一課の人間が大勢いて、この様子を観察している。記録もされている。これは捜査の一環。事情聴取だと思ってもらっていいわ」

「承知した」

影はゆらりと揺れ、

「硝子で怪我をしたと聞いた。もういいのかい」

「まだ痛むわ。破片の一つは肩胛骨を掠めて、肺に少し刺さっていたくらい。でも」

アゲハは影を見詰め、

「あなたほどじゃない。傷の具合は？」

「痛む。身動きすれば、な」

「あなたの入院先は、いくら捜しても、見付からなかった」

「入院など、していない。辛うじて生きているだけだ」

酒場に音楽はなかった。

雨が地面のテクスチャに触れる音がノイズのように聞こえる。

「質問、始めていい？」

アゲハが聞くと、

「話せる範囲で。話をするために待っていた」

管理人がいった。

「全部に意味があると分かったのは最近のこと。点と点が繋がるには時間が必要だった」

話し始めたアゲハは視点を移動して、辺りを見回した。チェック模様のタイル。

「でも、一つのリンクが確立してしまえば、そこから全体像を作ることは難しくなかった。偶然ではない、と思ったのがリンクの始まりになった」

カウンタの奥には、回転する大きな換気扇。

「この土地はとても個性的で非商業的。一種の芸術志向かと思えば少しも自己顕示欲を感じさせない。目的が全然判断できなくても、そういうものだと私はずっと思ってた。でも『鼓動』の痕跡を求めてコンテナの迷路に踏み込んだ時、気付いたのよ。偶然じゃないことを。あなたの言葉を思い出した。『この都市が何を意味しているのか知ったら、がっかりするのは君だ』。あなたはそういった。じゃあ何を意味している？　キリがいっていたわ。あの塔のことを。何かを捕まえるための罠だ、って。つまり、そういうことでしょ」

クロハはわずかに揺れる黒い分身《アバター》を見詰めた。

「この土地全部が『鼓動』を捕らえるための罠。そのために作られた。信じられないくらい、確率の低い仕掛け。でも、結果的には成功したのよね……そうでしょ。聞いてる？　タカハシ。タカハシ本人だと思っていい？　それとも代理人？」

「本人だと思ってもらいたい」

管理人＝タカハシが答えた。天井でうねり伸びる、銀色のダクト。

「『鼓動』の初めての殺人は五年前。本人が私にそういった。被害者は女性だと。確かに頸動脈を裂かれた殺人事件がその時期にあった。被害者の名前はタカハシコウといった。そこからまた、リンクが繋がった」

揺れる影。感情は何も見出せない。壁に埋まる、六つのＴＶ画面。

「高橋倖の交友関係を改めて追ってみたわ。彼女の知人の中に、こういう人物がいた。巨大な建設会社の系列企業に籍を置いている。その企業は系列全てのサポート業務を請け負い、系統の隅に位置している。真っ当な会社に見える。でも実際の色は灰色。裏の社会と一部重なる可能性。組織内の粗暴な問題を、一手に引き受けているという噂。その企業はこの土地、仮想空間のこの場所を所有している。企業の代表はあなた、でしょ。あなたはタカハシという名前じゃない。高橋倖はあなたの恋人。『鼓動』の最初の被害者となった女性。犯人は捕まらなかった。そしてあなたは、タカハシの名前を借りた」

アゲハの目の前に、小さなグラスが置かれた。中は青く光る飲みもので満たされている。

「高橋倖の周辺を洗うために、彼女のメイル記録が調べられた。犯人を示唆する文章が見付かったわ。営業の仕事中、出会った人物。芸術家気取り。高慢な男。でも記述は少なすぎた。警察は殺人者を見付けることができなかった。あなたは、殺人者を独自に捜そうとする。あわよくば仮想空間に誘い込もうとする。高橋倖から聞いていた殺人者の嗜好に合わせ、空間を構築する。それは実際に成功したはずよ。血の滴る心臓の分身。『鼓動』は確かに訪れた」

アゲハはグラスを手に持った。調査に対する管理人からの賞賛を、その物体《オブジェクト》に感じたからだ。光が揺らいでいた。

「来訪者全員を、あなたは調査していた。その中には、私もいた。心臓が『鼓動』の分身だと、あなたは知ったかもしれない。でも殺人者である証拠はなかったはず。あなたは連続殺人事件の中からも、殺人者の手掛かりを見付けようとした。だから主任や私に近付いた。あなたは都内の事情に詳しい。企業がそこにあるから。外のことを知るために、私を車に乗せた」

酒場の、少し汚れた壁紙を観察しながら、アゲハは続ける。

「フル・スモークの車の中で、あなたは激しい怒りを見せたわ。突然のことだった。今ではその理由も分かる。私との会話の中で、あなたは殺人者を発見したのよ。私の口から『蒼の自殺掲示板』の名称が出た時に。高橋倖の資料を見直していて分かったのは、彼女も『蒼の自殺掲示板』に参加していたこと。私から改めてその名称を聞いた時、あなたの中で、『鼓動』の名が急速に重みを増すことになった。常に現れる名前。『鼓動』は高橋倖、仮想空間、集団自殺、全ての要素にリンクを張る交点となった。『鼓動』と、全ての事件とが関連を持った。あなたは被害者の携帯電話の有無を気にしていたわね。集団自殺と連続殺人は同じ事件と見ていたから、でしょ。携帯が残されていない、という特徴の一致。あなたの怒りは……犯人への憎しみと、私が解答のすぐ傍にいて気付かないことへの苛立ち。もちろん、私への牽制も混ざっていた。あなたは捜査機関を利用しつつ、先に『鼓動』へと辿り着いた。警察は出遅れたわ。連続殺人を追う特捜本部は集団自殺に注意を払わず、自殺を調べる私達合同捜査班は、連続殺人を別の事案だと決めつけていて、高橋倖の事件を調べようともしなかった。個々ばかりを見詰め、あなたほど広範囲を見渡すことができなかった。もっと早く気付いていれば、色々なことが変わっていたかもしれない」

「君の家族については、残念だった」

影がやっと言葉を発し、

「奴に迫るのが、遅かった。奴の車を追ったのが間違いだった。乗っている人間が別人だと分かった時には、最後の殺人は終わっていた」

アゲハは別の可能性を、姉さんが生き延びることのできた可能性を考えまいとする。棺の中の、真っ白な姉さんの顔。一日に何度も思い出す光景。

アゲハは聞く。

「あなたは今何処にいるの」

「何のために知りたい」

「たぶん、あなたを逮捕する必要があるから」

「容疑は」

「さあ」

アゲハは冷静に、

「だって『鼓動』の行方を知るのは、あなただけでしょ。港湾振興会館の床からは、二人分の血痕が見付かっている」

「たとえ俺の居場所を教えようと、お前達には意味がない。海を越えているからな」

「そこで、何をしているの？」

「死ぬために、俺はここに来た」

「何故……」

「お前は分かっていない」

そう影はいい、

「五年間、俺の全霊は、奴を捕らえるために費やされることになった。奴を誘い込むために用意したのは、仮想空間の土地だけではない。人材募集、映像販売、各種広告、写真サイト。物理世界でも電子空間でも、奴のために多くの餌を用意した。殺人があれば、その全ての情報を集めた。お前がこの土地を訪れたのは偶然にすぎない。だが奴の来訪は、偶然ではない。数多くの仕掛けの一つに掛かった、ということだ」

大きく揺れ、

「最初から決めていたことだ。全てが終われば、コウの元へいく。死を恐れてはいない。今でもそれは変わらない。だが、気付いたことがある」

管理人の話を待つ間、アゲハは壁の、揚羽蝶の迷路を見詰めていた。見ることができるのは、これが最後かもしれない、と思っていた。

「気付いたのは、命を絶ってもコウには会えないだろう、ということだ。だから今では言葉の分からないTVを眺めている。ずっと眺めている。時折はコウの顔を、ブラウン管の何処かに見付ける。かつては触れることのできた指先を、艶のある髪を、鼻を、目を、同じ服装を見付ける。俺の動かない首は椅子と一体になったようだ。これが俺の生、俺の死だ。ここに直接来たいか？　来ればいい。いつでも。俺はここにいる。死ぬことを続けている。お前の住む世界とは、繋がってはいないがね」

その場所を訪れたいとは思えなかった。

アゲハは疑問だけを口にする。

「高橋倖はブラウン管の中で、どんな表情をしているの」

雨音《ノイズ》。

「いつも悲しい顔をしている」

管理人がいった。

そして、

「『鼓動』の居場所を教えよう」

アゲハの緊張が増した。

「埋め立て地に、一つだけ何処の工場にも属さない駐車場がある。一年分の駐車料金を支払い、そこに軽自動車を停めた。トランクをこじ開けるがいい。ただしクロハ、お前は見るな。たとえ屍蠟化していても、直視できる姿ではない。骨格が変わり、風貌も変わっている。が、間違いなく『鼓動』の死体だ」

「あなたの仕業ね」

アゲハは訊ねた。

「否定する必要もない」

影はそういい、

「遠くに、エレベータの作動音を聞いた。そして目が覚めた。冷たい体を床から引き剝がし雨の中へ出れば、硝子の向こうに足を引き摺る奴の姿が見えた。お前の仕業だろう。腹へ二発撃ち込むと、完全に、俺のいいなりになった。奴は泣き声を上げ続けた。聞いていたのは、俺一人だ。泣き声が消えた時、俺の体に痛みが戻ってきた」

事案の終局が、近付こうとしていた。

空間の終わりが、訪れようとしていた。アゲハは多角形《ポリゴン》の肌で、それを感じることができた。

「これからあなたは、どうするつもり」

「TVを見る。ずっとそれを続けることになるだろう」

「高橋倖の悲しむ顔を見るために？」

影が揺れ、輪郭をいっそうぼかした。

黒いひとがたと相対していると、自分自身と対峙するような錯覚を覚える。

『鼓動』に対する殺意は、私も男も同じだったはず。

私は大切なものを守るために。

男は復讐のために。

その違いを見出し、喜ぶ気にはなれなかった。

アゲハの心を見据えたように、影はいった。

「お前はどうする。これから」

「警察の仕事を続ける」

胸の奥にしまっていたものが湧き上がり、

「アイを保育所へ迎えにいく。アレルギー反応を起こさない離乳食を考え、寝る前にはサウンドを聴く。時間があれば姉さんと邑上晴加のお墓に花を供える……いつまで続けられるかは分からないわ。いけるところまで歩くだけ。仕事をして、子供を育て、生が終わるまで、生きる」

「楽ではないな」

「そうね。でも」

アゲハ＝クロハはふと力を抜き、

「幸せよ」

影が、笑ったような気がした。その姿が、薄れ始める。

アゲハは手に持った青い飲みものに、唇をつけた。

グラスを満たしているのは、中で羽ばたく小さな小さな蝶の軌跡、輝く鱗粉だった。

奇麗なアクセサリ。持ち帰ろう、とアゲハは思う。

それでも、罪は償《つぐな》われなければならない。

「あなたに、この世界へ帰って来る気持ちがあるなら」

アゲハ＝クロハは言葉を送る。

「また会いましょう」

管理人からの答えはなかった。

黒いひとがたの輪郭はますます滲み、全体像が霞み、そして完全に消えた。

解説——今、ここにある悪夢

有栖川有栖《ありすがわありす》
（作家）

『プラ・バロック』は、第十二回日本ミステリー文学大賞新人賞受賞作である。その際の選考委員は、石田衣良《いしだいら》、田中芳樹《たなかよしき》、若竹七海《わかたけななみ》の三氏と私、有栖川。そんな縁あって、文庫版の巻末にこの小文を寄せることになった。

新人賞の選考委員というのは、投稿者・主催者・読者の三者に対して大きな責任を負う。主催者への責任というのは、「とりあえず売れそうな作品」ではなく、「本当に有望な新人」を正しく選ぶことを指すわけだが、その任務が選考の場でプレッシャーになる。

想像してみていただきたい。選考に立ち会う主催者側の編集者はすべての候補作に目を通していて、かつ生原稿を読むプロなのだ。しっかり作品を読み込んだ上で、的確な評価を下さないと「違うだろ。駄目だな、この人は」と思われてしまう。場合によっては「見損なったよ。この人に原稿を依頼するの、もうやめようかな」……となるかどうかは知らないが、とにかく真剣勝負なのだ。

されるだから気合を入れて候補作と相対するのだけれど、どんな作品と出会えるかは運に左右される。コレという候補作が不在だった時には、いかんともしがたい。

新人賞には、主催者の意向によって受賞作なしを認めるものと、認めないものがある。どちらの立場にも理由があるわけだが、日本ミステリー文学大賞新人賞の方針は前者で、十一回目までに受賞作が出ないことが三回あった。誰もが喜べない結果で、私自身、第九回の選考でそれを経験していた。

それだけに、第十二回の選考で『プラ・バロック』に当たった時は、思わず笑みがこぼれた。「よし、今年は大丈夫だ。コレがある」と。作者の結城充考氏に「ありがとう」と言いたくなったほどだ。他の候補作に『プラ・バロック』を凌駕《りようが》するものはなく、「コレを推せばいいんだ」と確信して選考会に臨めた。各委員の意見が割れて紛糾《ふんきゆう》する場合もあるわけだが、そうはなるまいと楽観していたとおりに、満場一致で受賞作が決定した。

選評のさわりをご紹介したい。「道具立ても、文体も、作中のムードも、すでに固有の輝きを放っている」（石田衣良）、「端整な文章、視覚的想像力を刺激してやまない場面設定、サスペンスあふれるストーリー展開、余韻に満ちたラストなど、いずれもハイレベルで、選考委員一同を感歎させた」（田中芳樹）、「候補作中ぶっちぎりの第一位」（若竹七海）。受賞作といっても、なかなかここまでの賛辞が揃うものではない。

達者な書き手なのだな、ということは、前記のコメントをお読みいただければ伝わるだろう。だが、新人賞において「お達者ですね」と思わせる作品は必ずしも歓迎されるとは限らず、「お達者ですね。でも、それだけですね」と思われたら、たちまち受賞の圏外に去る。選考委員も、主催者も、読者も、新人賞にこれまでなかった新しい作品と才能を期待しているからだ。「お達者なプロ」なら、すでに掃いて捨てるほどいるわけで、単なる欠員補充のために多大の時間とコストを懸《か》けて探すことはない。

先の選評のとおり『プラ・バロック』には数々の美点があるが、新しさを感じさせてくれることが受賞を決定づけた。リアリズムに徹した作品ではなく、ヴァーチャルな世界を取り入れたがため、ときに非現実感をまといながらも、強烈な同時代性を味わわせてくれるミステリーである。

まず、埋め立て地の冷凍コンテナから十四体の死体が発見される冒頭のインパクトが尋常ではない。いずれも凍死体で、しかも整然と並んでいることから、示し合わせての集団自殺だと思われた。そうだとしてもショッキングだが、彼らの死にはウラがあった。

不可解な事件の謎を追うのは、神奈川県警機動捜査隊の女性刑事クロハ。捜査本部内には様々な軋轢《あつれき》があり、同僚の男性刑事からいやがらせを受けながらも、彼女は真相に迫っていく。ヒロインは、この孤独でミステリアスな捜査官である。

やがてクロハが見出《みいだ》すのは、死を操る邪悪な存在だ。犯人は、サイバースペースに足跡を残していた。その恐るべき悪意に立ち向かう彼女に、敵は牙を剝く。

閉塞感から自殺に走る人々、ヴァーチャルな空間に出没するサイコな殺人鬼、孤高の女性刑事。なるほど、現代的な道具立てを取り揃えたミステリーなのだな、と思われるだろうが、それらはさほど新しくない。捜査本部内の泥臭い争いや、男社会で女性刑事がなめる苦労なども、ふと既視感を誘うかもしれない。

ならば何が新しいのかというと、これは読んでいただかなくては判らない。コレとアレを出したからこの小説は新しい、というものではないので。

短い言葉で乱暴に言ってしまうと、それはリアリティの有り様ということになる。タイトルの『プラ・バロック』という無機的な造語、クロハをはじめとした登場人物たちの名前の片仮名による表記などから、この作品には最初から近未来の雰囲気が漂う。では、その未来とはいつ？

十年先でも五年先でもない。ややレトリカルに言うと、〈明日《あす》か明後日《あさって》〉。そんな感触がある。埋め立て地の冷凍コンテナから十四体の死体が見つかり、テレビのワイドショーが沸き立つ。そして、事件の背後に死の司祭の存在が浮上する。——私たちは、そんな光景を明日にでも目撃するかもしれない。

この作品が世に出たのは二〇〇九年三月で、それから文庫化まですでに二年の歳月が流れている。しかし、前述の不吉な感触はいまだに失われておらず、二年たっても『プラ・バロック』の近未来は到来していない。〈明日や明後日〉のことではなかった、と見るのは正しくない。このような〈明日か明後日〉を持った時代が、〈今、現在〉であり、『プラ・バロック』は、独特の手法をもって〈今、現在〉を捉えたミステリーなのだ。

作者から聞いたところによると、この小説は当初、『ナノ・バロック』という仮題の近未来SFとして構想されていたという。しかし、昨今のテクノロジーの進歩は早く、「現実が進んで、近未来である必要がなくなってしまった」のだとか。作者の言葉によると、「(時代に)追いつかれる危機感よりも、自分で先に先に取り込んで小説にしていったほうが楽しい」という姿勢である。そのあたりにも優れた時代感覚が表れている。

全編にわたって描かれるのは、降りしきる雨。べったりと暗い夜。

いずれも爽やかさからは遠く、犯罪は陰鬱で、ヒロインは幾度も傷つく。作品を象徴する風景は、埋め立て地の工場群。インダストリアルで冷たい。冷たいのみならず、ざらついた小説でもある。この物語の象徴的な音風景である雨音。それに振られたルビは、ノイズだ。

冷たくざらついてはいるが、悪意や絶望ばかりを誇張した虚無的な作品ではない。それどころか、〈今、現在〉の希望を、作者は真摯《しんし》に追求している。「コレがあるから大丈夫」という気休めを避けながら。手に汗握るクライマックスで描かれた希望を、じっくりと感じ取っていただきたい。

作者の結城充考氏についてご紹介しなくてはならない。

結城氏は、一九七〇年香川県生まれ。埼玉県で育ち、現在は東京在住。二〇〇四年に『奇蹟の表現』で第十一回電撃小説大賞銀賞を受賞してデビューし、『プラ・バロック』が受賞するまでにライトノベルの著書が三冊あった。候補作に接して新人離れした筆力と構成力を感じたが、それもそのはず。すでにプロ作家だった。

高校時代から時代小説やSFに傾倒し、自主映画の制作に関わった後、二十代後半から小説の執筆を始めた。影響を受けた表現者としては、ウィリアム・ギブスンや黒澤明らの名を挙げる。そんな情報を知ると、色々と合点がいく。『プラ・バロック』には、ギブスン風のサイバーパンクSFの味わいがあるし、斬新な視覚的イメージに富む。読み心地のよさと思い切りのいいストーリーテリングは、ライトノベル作家として培《つちか》ったものかもしれない。

長編で新人賞を受賞した作家には、デビュー直後に試練が待っている。「短編は書けるのか？」と試されるのだ。結城氏は、デビューの二カ月後に「小説宝石」誌に「雨が降る頃」を発表。これもクロハを主人公にした作品で、ツイストの利かせ方が素晴らしかった。「短編もうまいなぁ」と感心していたら、これが第六十三回日本推理作家協会賞短編部門の候補になる（同協会編の『2010　ザ・ベストミステリーズ　推理小説年鑑』に収録）。

惜しくも受賞は逃したが、新人の短編第一作がこの賞の候補作になるのは稀有《けう》で、それだけでも大変なことだ。実力派であることは立証されたといえるだろう。その後も、作者は切れのいい短編をコンスタントに書き続けている。

長編はというと、二〇一〇年八月に第二作『エコイック・メモリ』を発表。動画投稿サイトにアップロードされたおぞましい殺人の記録らしき映像に、クロハと私たちは再び〈明日か明後日〉の悪夢を見る。ひりひりするほど危険で、かつ黒檀《こくたん》のごとく光る甘美な悪夢だ。――本書を堪能した読者は、ぜひ続けてお読みいただきますように。

鋭い時代感覚でミステリーの地平を切り拓く結城充考。その冒険は、まだ始まったばかりだ。これからどんなところに私たちを連れていってくれるのか、楽しみでならない。

二〇〇九年三月　光文社刊

光文社文庫

プラ・バロック

著者　結《ゆう》城《き》充《みつ》考《たか》

2011年3月20日　初版1刷発行
2011年8月5日　8刷発行

発行者　駒井稔
印刷　萩原印刷
製本　フォーネット社

発行所　株式会社　光文社
〒112-8011　東京都文京区音羽1-16-6
電話　(03)5395-8149　編集部
8113　書籍販売部
8125　業務部

落丁本・乱丁本は業務部にご連絡くだされば、お取替えいたします。
ISBN978-4-334-74922-4　Printed in Japan

組版　萩原印刷

お願い　光文社文庫をお読みになって、いかがでございましたか。「読後の感想」を編集部あてに、ぜひお送りください。

このほか光文社文庫では、どんな本をお読みになりましたか。これから、どういう本をご希望ですか。

どの本も、誤植がないようつとめていますが、もしお気づきの点がございましたら、お教えください。ご職業、ご年齢などもお書きそえいただければ幸いです。当社の規定により本来の目的以外に使用せず、大切に扱わせていただきます。

光文社文庫編集部

光文社文庫　好評既刊